失はれる物語

乙一

角川文庫 14268

Contents

Calling You　5

失はれる物語　57

傷　91

手を握る泥棒の物語　145

しあわせは子猫のかたち　199

ボクの賢いパンツくん　247

マリアの指　253

あとがきにかえて―書き下ろし小説　ウソカノ　367

Calling You

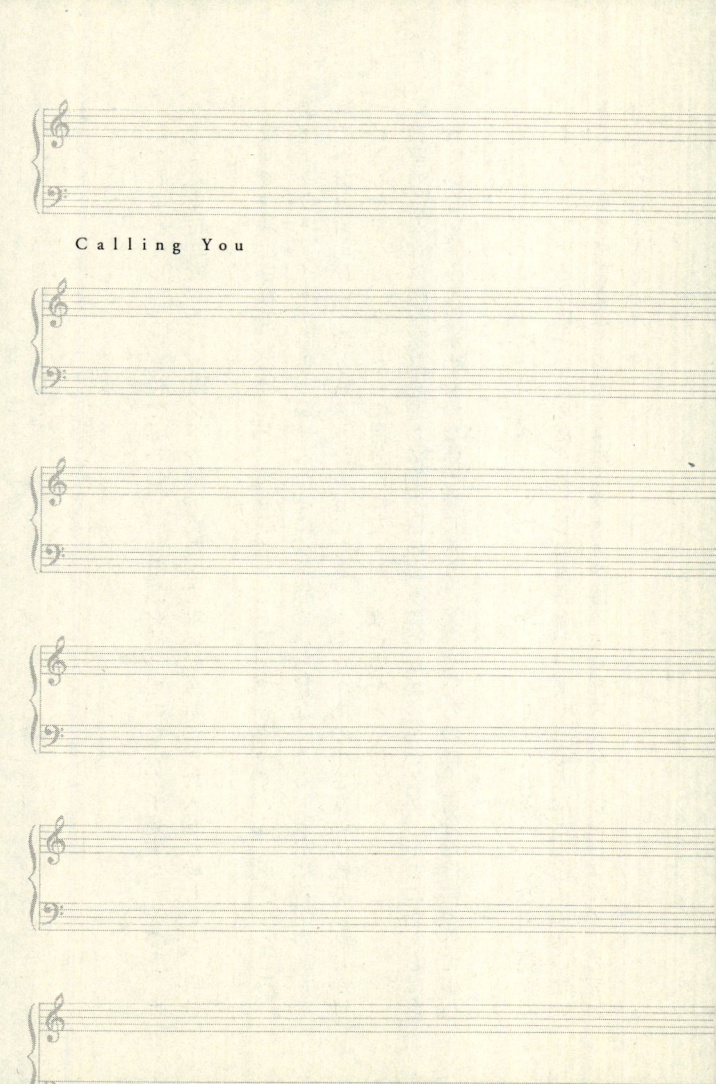

1

わたしはおそらくこの高校で唯一の、携帯電話を持っていない女子高生だ。その上、カラオケにも行かないし、プリクラを撮ったこともない。今時こんな人間は珍しいと、自分でも思う。

校則では禁止されているけれど、携帯電話なんてだれでも持っている。正直なところ、教室でクラスメイトがちらつかせるたびに、平静でいられなくなる。教室に着信のメロディーが流れるたびに、取り残された気分になる。みんながあの小さな通信機器に話しかけているのを見ると、あらためて自分には友人がいないのだと気付く。

教室のみんなは携帯電話を通じて網の目のようにつながっているが、そこにわたしは含まれていない。みんなが手をつないで楽しそうに笑っているのに、自分だけ輪の外で小石でも蹴《け》っている気分だ。

本当はみんなのように携帯電話を持ちたい。しかし話をしてくれる人がいない。持たないようにしているのはそのためだ。わたしに電話をかけてくれる人など、どこにもいないから。ついでに言えば、いっしょにカラオケへ行ってくれる人も、いっしょにプリクラを撮ってくれる人もいない。

わたしは話をするのが下手で、だれかに話しかけられると、つい身構えてしまう。心の中を見透かされまいと、よそよそしい返事をしてしまう。相手の話にどうリアクションを返せばいいのかわからず、曖昧《あいまい》に笑って失望させてしまう。そして、それらの失敗を繰り返すのが怖くて、だれかと話をすることから遠ざかってしまう。

なぜそうなってしまったのか理由を考えてみた。結局それは、わたしが人の話を真に受けすぎることに原因があるのではないかと思う。明らかに冗談を言われた、という場合は大丈夫だったが、相手の言葉が本心ではなく社交辞令だった場合、咄嗟《とっさ》に反応できないことがあった。だれかと話をしていて、真面目に返事をする。まわりから失笑がもれ、ようやく相手は冗談で話をしていたのだという事実を知る。

「その髪形、いいね」

小学生の時、髪を短くしたわたしに向かって、ある女の子が言った。わたしは幸福な気持ちになり、それから二年間、同じ髪形を選んだ。

しかし彼女の言葉がお世辞にすぎなかったのだと気付いたのは、中学生になってからのことだ。学校の廊下を歩いていると、数人の友達を引き連れた彼女とすれちがった。一瞬、わたしの顔を見て、彼女は友達に耳打ちした。

「あの子、少し前からあの髪形なんだけど、似合ってないよね」

舞い上がっていた自分がばかみたいだ。そういった経験が数多く積み重なり、わたしはだれかと話をする時、ひどく緊張するようになった。

春にこの高校へ入学してからというもの、だれとも親しくなることができないでいた。結局、教室の中で特異な存在となってしまい、だれもが腫《は》れ物を触るようにわたしを取り扱った。教室の中にいながら、自分だけ外にいる感じだ。

一番つらいのは休憩時間だ。仲のいい者どうしが集まってコロニーを形成するのだが、当然わたしは一人で椅子に座り続けているしかない。教室が楽しげに騒がしくなればなるほど、わたしのまわりの空間だけ切り離され、孤独感が増大する。

携帯電話を持っていない事実は、そのまま友達がいないことを表しているようで、ずっと気にしていた。人と上手く喋《しゃべ》れないことが不健全であるように感じていたし、友人を作れない自分はできそこないのように思えていた。

教室では常に、だれにも話しかけられないことなんて気にしていない、というふうに平気な顔を装った。そうしているうちに、本当に平気になれていたら、どんなに良かったことか。

携帯電話にプリクラを貼っている女子が、かわいいストラップを揺らしていたりすると、たまらない気持ちになる。きっと彼女には、たくさんの友達がいて、メモリーいっぱいの電話番号が記憶されているのだろう。そう考えると、自分もそうなれたらいいのにと、いつもうらやましくなる。

昼休みになると、よく図書館を訪れた。教室には居場所がなかったし、学校内でわたしを受け入れてくれる場所はそこだけだった。

館内は静かで、空調の設備が整っている。壁際にあるヒーターから、暖かい空気が出ていた。すぐ風邪をひくわたしにとってはありがたい。

できるだけ人が近寄らず、ヒーターの近くにある机を選んで座る。午後の授業がはじまるまでの数十分間を、もう何度も読んだお気に入りの短編小説を読み返すか、居眠りするかしてつぶさなくてはいけなかった。

その日、突っ伏して目を閉じると、携帯電話のことを考えた。

もし、自分にそれを持つ権利があるとしたら、どんなのがいいだろう。最近よく、そのことを考える。想像するだけならだれにも迷惑をかけない。失敗をすることもないし、思い通りにできる。

色は白がいい。触った感じは、つるつるがいい。

いつしか自分だけの携帯電話を想像するのが楽しくなる。わたしにはこの、想像をするという行為が重要だった。

一日の授業が終わると、クラスの中で一番早く学校から立ち去るのは、いつもわたしだった。歩くのが速いというわけではない。部活には入っていないし、いっしょに遊ぶ友人もいない。授業が終わるともう学校に用がない。わたしは一人、ポケットに両手を突っ込んだまま、目をふせておうちへ帰る。

途中、電器屋に立ち寄ると、携帯電話のチラシを数枚、手に入れた。バスに揺られながらぼんやりそれを眺める。最新機種の説明を読み、「便利な機能がいろいろついているんだな」というようなことを延々と考えていると、いつのまにか降りなくてはいけないバス停に到着している。

両親が帰ってくるのはいつも遅い時間だったし、わたしは一人っ子なので、玄関を開けても家にはだれもいない。

自室へ行き、机の上にチラシを置く。両手に顎《あご》を載せてそれを眺めながら、図書館でそうしたように、頭の中に自分だけの携帯電話をイメージしてみる。

できるだけリアルに、まるですぐそこにあると思えるほど強く思い描く。本物がそうであるように、想像の中の小さな通信機器にも、液晶の画面に時計が表示されている。着信のメロディーには、好きな映画の音楽が流れるようにしよう。『バグダッド・カフェ』という映画に使われていた、綺麗《きれい》な曲がいい。美しい和音で、私を呼んでくれる。

母がパートから帰ってくる音で、ようやく現実の世界に引き戻された。知らないうちに二時間がすぎていた。

授業中も、食事中も、わたしは頭の中に理想の携帯電話を想像して遊んだ。白い色の、美しい流線形のボディーは、まるで陶器のようになめらかだ。持ってみると意外に軽く、手にすんなりとなじむ。といっても、頭の中の電話を、実際の手で持つことはできない。イメージの中で手にしてみるとそうだった、という想像の中の話だ。

やがて、目を閉じている時も、開けている時も、頭の中にその携帯電話があるのを感じるようになった。何か他の物を見ていても、視覚とは別の場所で、その白い小さな物体が見えていた。いつしかそれはまわりにあるすべてより、はっきりと、濃い輪郭で存在するようになっていた。

ほとんどの時間を一人で過ごしていたから、他人に邪魔されずに頭の中でそれを眺めて楽しむことができた。他のだれのでもない、自分だけの携帯電話だと考えるとうれしくなった。想像で、そのつるつるした表面を何度もなでた。充電する必要もなく、液晶の文字盤が何かで汚れることもなかった。時計の機能もちゃんと作動していた。それが存在しないものだとは思えないほど、リアルに脳細胞へ刻みこまれていた。

一月のある朝。

空気は冷たく、窓から見える景色は閑散としたものだった。目覚時計に起こされたわたしは、寝ぼけた頭のまま身支度を整えていた。部屋の中だというのに息が白い。わたしは震えながら、「携帯電話はどこへやったかな」とベッド脇に散らばっている本をひっくり返した。もう階下では朝食ができている時間なのに、携帯電話がどうしても見つからなくて困った。ついさきほどまで布団の中で見ていた夢が、気怠《けだる》い霞《かすみ》となって頭に充満していた。

階段をあがってくる足音が聞こえた。母だと直感する。

「リョウ、もう朝よ、起きてる?」

「うん……、ちょっと待って、携帯電話が見つからなくて、さがしているの……」

ノックをする母に、そう返事をする。

「あなたいつの間に携帯電話なんか持つようになったの?」

母のいぶかしげな声が、寝ぼけていたわたしの意識をはっきりさせた。

そうだった。いったい自分は何をしていたのだろう。わたしの持っている携帯電話は、実際には存在しないはずではないか。ベッドのまわりをさがすなんて、どうかしている。頭の中で自分勝手に作り上げたものだという事実を、すっかり忘れていた。

また、同日の夜。

「リョウ、あなた今日、腕時計を忘れて学校に行ったでしょう。バスを待つ時、不便じゃなかった?」

パートから帰ってくるなり、テレビを見ていたわたしに母が言った。

「腕時計、わたし、忘れてたの?」

一日中、そのことに気付かなかった。不思議と、時間がわからなくて困ったことはなかった。どうしてだろう？　そう疑問に感じたが、次の瞬間、わたしは気付いた。腕時計のかわりに、頭の中にある携帯電話を見ていたのだ。無意識のうちに、その液晶の時計で時間を確認していた。

しかし、想像で作り上げたものが正しい時刻を指し示すものだろうか？　頭の携帯電話の液晶時計を確認する。八時十二分。

壁にかかった実在する時計を見る。ちょうど長針が動くと、八時十二分を指した。

奇妙な胸騒ぎを感じた。頭の中、空想の携帯電話のなめらかな表面を、同じく空想の爪で小さくはじいてみた。カツンという軽い小さな音が、頭蓋《ずがい》の中で響いた。

下校途中、バスの中でだれかの携帯電話が鳴りだした。目覚時計のような音。わたしの前に座っていた男の子が慌てて鞄《かばん》を探った。電話を耳にあて、そのまま会話をはじめた。

暖房のせいで窓は曇り、外の風景は見えない。わたしはとりとめのない空想をしながら、ぼんやり車内を見回した。乗客は他に、通路をはさんで買い物袋を抱えたおばさんがいるだけだった。携帯電話で話をする男の子に、彼女はそれとなく迷惑そうな顔をむけた。

複雑な気持ちだった。乗り物や店内で携帯電話を使用するのは人の迷惑になるかもしれないが、一方でそういった状況に対してあこがれにも似た気持ちを抱いていた。

男の子が電話を切ると、運転手がスピーカーを通して言った。

「他のお客様のご迷惑になりますので、車内での通話は控えるようにお願いします」

ただそれだけの、何でもない出来事だった。それから十分ほど静かにバスは走り続けた。暖かい空気が気持ちよく、わたしは半分、眠りかけていた。

再度、電子音が鳴りだした。最初のうち、また前に座っている男の子の電話だと思った。わたしは無視して目を閉じていた。やがて様子がおかしいことに気付き、睡魔がふきとんだ。

鳴っている電子音が、さきほどのものとは異なっていた。今度のは和音のメロディーで、聞き覚えのある映画音楽だった。偶然にもほどがある。わたしの想像していた電話の着信メロディーとまったく同じものだ。

だれの電話だろう?

車内を見回して、電話の持ち主を探した。運転手、男の子、おばさん。バスの中には、わたし以外にその三人しかいなかった。しかし、だれも身動きせず、響き続ける着信メロディーに気付いた様子もない。

聞こえていないはずがない。不思議に思うと同時に、不安な気持ちになった。その時はすでに、予感はしていた。膝《ひざ》の上の鞄を、いつのまにか強く握り締めていた。鞄の取っ手につけたお気に入りのキーホルダーが、カタカタと小さな音をたてた。

視覚以外の機能で自分の頭の中を覗《のぞ》くと、予感は的中していた。想像で作り上げた白い電話が、何かの電波を受信して、着信を知らせるメロディーをわたしの頭の中にだけ流していた。

2

ありえない。何かの間違いだ。

世界中のすべてがわたしを見捨てても、頭の中にあるこの通信機器だけは自分のそばから離れない。そう思っていたのに、電話がわたしの手を離れて勝手に歩きだしたような気分だった。

しかし、いつまでも電話を取らないでいるわけにはいかない。怖いからといって、この電話をどこかへ捨ててしまうことはできないのだ。

イメージの世界にある自分の手で、本来は実在しない携帯電話を操作した。さきほどから続いていた音楽を止め、躊躇《ちゅうちょ》した後、頭の中で電話に問い掛けた。

「あの……、もしもし……？」

「あ！　ええと……」若い男の子の声だった。嘘の携帯電話の向こう側から聞こえてくる。

「本当につながった……」

彼は感嘆するようにつぶやいたが、わたしはそれどころではなかった。あまりのことに気が動転し、おもわず電話を切ってしまった。だれかのいたずらじゃないかと思い、バスの中を見回した。声の主らしい男の人は近くに見当たらない。乗客たちは、わたしの頭の中におかしな電話がかかってきたことにも気付かず、ただバスに揺られているだけだった。

どうやら本格的に、頭がどうかしてしまったのに違いない。

目的のバス停に到着した。運転手に定期を見せて、暖かい車内から凍えるような寒さの中へ飛び出そうとした瞬間、またあの音楽が頭の中で流れ出した。不意をつかれ、バスのステップで転びそうになる。

すぐには電話を取らなかった。心を落ち着ける時間が必要だ。バスがわたしを残して発車する。肺まで凍りつきそうな冷たい空気を深呼吸すると、電話の応答に必要な好奇心が少しだけわいてきた。

頭の中で携帯電話を手に取る。

「もしもし……」

「切らないで！　突然のことに驚いているだろうけど、これ、いたずら電話じゃないからね」

さきほどと同じ声だった。いたずら電話という言葉が、不覚にも、ちょっとおもしろいと思った。何か言わなければいけないと思い、わたしは頭の電話に語りかけた。

「あのう……、わたしは今、頭の中にある電話に向かって話しかけているのですが……」

「ぼくも同じだよ。頭の中の電話に話しかけている」

「よく、わたしの電話番号がわかりましたね。電話帳に載せた覚えはないんですけど」

「適当に数字を押したんだ。十回ほど挑戦したけど、どこにもつながらなくて、これであきらめて最後にしようと思っていると、きみのとこにつながった」

「一回目の時、つい切ってしまってごめんなさい」

「いいよ、当然、リダイヤル機能がついてるから」

バス停から家まで、三百メートルほどの距離だった。人気はなく、空は灰色の雲に覆われて薄暗い。立ち並ぶ民家の窓に明かりはなく、人がいるようには見えない。枯れかけた木々が細長い枝を風にゆらし、まるで手の骨が手招きしているようにも見えた。

マフラーに顔の下半分をうずめ、ゆっくり歩きながら、頭の奥から聞こえる声に注意を向けていた。

彼は野崎シンヤと名乗った。わたしと同じように、毎日、頭の中で携帯電話のことを考えていたそうだ。想像で作り上げたはずの電話が、あまりに存在感があるのに気付き、好奇心から電話をかけてみたのだと彼は説明した。

「信じられない……」

実際に声をだしてつぶやいた。自分以外にも、携帯電話を思い描いて楽しむ変な人間がいるとは思わなかった。

我が家の前に到着すると、玄関の鍵《かぎ》をポケットから取り出す。

「ごめんなさい、何だかいろいろなことがあって、ゆっくり考えたいの。電話を切ってもいいですか？」

「うん、ぼくもそう思っていた」

正直に言うと、久々にだれかと会話したことがわたしに充実感をもたらした。しかしそれ以上に、混乱させられてもいた。

頭の電話を切って帰宅する。だれもいない家は静まり返り、暗闇が大口を開けているようにも見えた。いつもなら気にならないはずなのに、なぜか一人しかいない家がうつろで恐ろしいものに思えた。寂しさが込み上げてきて、急いで居間や台所の電気をつけた。

コーヒーをいれて、コタツに入る。テレビをつけるが、頭に入らなかった。

シンヤという人物について考えていると、彼は実在の人物ではないのではと思えはじめてきた。携帯電話と同様に、わたしが頭の中に作り出してしまった虚構の人物なのではないか。きっと、心の底で話し相手を欲しがっていたわたしが、無意識のうちにもうひとつの人格を形成してしまったのだ。

だれかの頭とつながってしまったと考えるよりも、その結論の方が現実的であるように思えた。きっと自分は病気なのだ。もうひとつ人格を作ってしまうほど壊れかけているのだ。そしてまた、自分がこうなるまで強く他人の存在に飢えていることをあらためて知った。教室では平気そうな顔を装っていても、やはり心のどこかで、一人は嫌だと感じていたのだろう。

怖かった。想像の携帯電話、これはいったい、何なのだろう。いつのまにか自分でもわからなくなっていた。これの正体を確かめなければいけないと思い、今度はこちらから電話することを考えた。

しかし、シンヤの電話番号がわからない。しまった。彼は番号を非通知に設定している。彼と話をするには、向こうから電話をかけてきてくれるのを待つしかないようだ。

彼に電話することをあきらめ、ためしに１７７へかけてみた。天気予報が聞けるのではないかと考えていた。緊張しながら頭の中の電話機に耳をすませていると、やわらかい女性の声が聞こえてきた。

「この回線は、現在つかわれておりません……」

次に時報をためしてみた。結果は同じだった。警察、消防署、実在の世界にある様々な電話番号を頭の中で押してみたが、どこにもつながらなかった。適当な数字を、好きな数だけ押してみる。そのたびに、回線がつかわれていないことを示すメッセージが返ってきた。はたして、この声の女性はだれなのだろう？

十五回ほどメッセージを聞かされた後、次の番号がだめだったらあきらめようという気持ちで、適当に数字を選んだ。期待をせずに頭の内側へ聴覚を集中していると、それまでと違い、メッセージではなく呼び出し音が聞こえてきた。どこかへつながったらしく、不意をつかれたわたしは、だれも見ていないのについ居住まいを正してしまった。

「もしもし」

やがて女性の声が携帯電話の向こう側から聞こえてきた。わたしは戸惑いから、上手く口がまわらなかった。電話の女性もまた、わたしの作り上げた人格かもしれないと考えられる。

「あの……、すみません、突然、お電話してしまって」

「いえ、いいの。どうせ暇だから。それより、あなたの名前は？」

わたしは自分の名前を名乗った。

「そう、リョウさん、て言うのね。わたしは原田。大学生。ねえ、あなたずいぶん困惑しているようだけど、まだ、頭の中にある電話での会話になれていないんじゃない？」

その通りであることと、さきほどシンヤという知らない男の人から電話があったことを説明した。

「まだ、突然のことで戸惑っているのでしょうね。でも、大丈夫だから」

原田さんもまた、頭の中にある携帯電話を使用して話をしているそうだった。年齢は二十歳。一人暮らしをしているらしい。彼女の声はやさしく、落ち着いており、混乱しかけているわたしを安心させるように語りかけてくれた。

「わたしもそうだったからわかるけど、あなた今、そのシンヤ君やわたしが、自分の作り出した人格なのではないかと疑っているのでしょう」

心の中を読まれたかと思った。彼女は、その考えが間違いであることを説明し、それを証明する方法を教えてくれた。

「今度、シンヤ君から電話がかかってきた時に、いま教えた方法を実行してみるといいよ。彼が実在の人物だということがわかるから」

「本当に、そんな回りくどいことを試すんですか？」

「実は、もっとかんたんで楽な方法もあるけど、教えない」

わたしはひそかにため息をついた。

「でも、もうかけてこないかも」

「どうかしらね」

彼女はそう言うと、この見えない電話回線について、いくつかのことを教えてくれた。

例えば、実際に口でしゃべったり、まわりで発生した空気の振動による音は、どんなに大きな音でも頭の電話の向こう側には伝わらない。頭の電話に向かって心の中で話しかけたことだけが、相手に伝わるそうだ。

また、多くの場合、電話の持ち主は自分自身の電話番号を知らない。電話帳や番号案内は存在せず、知らない相手に電話をかけるには、偶然に頼るしかないそうだ。わたしも、自分の電話番号を知らなかった。

「電話はいつも番号が非通知に設定されているの。設定画面をいじっても、変えられる機能はないみたい」

原田さんの説明を聞きながら、さきほどの彼が番号を非通知にしていたことを思い出す。

シンヤが実在するとして、彼は何番を押してわたしの携帯電話にかけてきたのだろうか。

さらに、もう一つ重要なことを原田さんは教えてくれた。

「いい？　よく聞いて。電話の向こうと、こちら側とでは、時間がずれている場合があるの。そちらは今、何年、何月、何日なの？」

彼女の問いに答えると、わたしたちの間には半年ほどのずれが存在することを知らされた。説明によると、現在わたしのいる時間よりも半年ぶん未来の世界で、原田さんは夏の入道雲を見ながら話をしているらしい。

「電話をかけ直すたびに、時間を確認しないといけないのでしょうか？」

「ずれは一定のまま変化しないから、そうする必要はないよ。たとえ電話が切られていても、こちらが五分間たったら、同じように電話の向こう側でも五分間が経過しているの」

この時間のずれがなぜ起こるのか、彼女にもわからないそうだ。番号の中に、時間と関係した因子が含まれているのかもしれない。それとも電話をする人間による個人差なのかもしれない。

「そろそろ、シンヤ君からまた電話がかかってくるかもしれない。ひとまず電話を切ろうね。ねえ、気兼ねはいらないから、また電話してね。リダイヤルを押せばいいから。あなたとまた、話がしたいの」

原田さんとの電話を終了した。わたしとまた話がしたい、そう言われたことがうれしかった。突然の電話にも落ち着いてこたえてくれた彼女は、なんて大人なのだろう。わたしとはかけ離れている。

シンヤから電話がかかってきたのは、それから二時間後だった。今度はいくらか落ち着いて対応することができた。

「あれから少し考えてみたんだけれど、きみは、ぼくの作り出した空想の人格なのかもしれない」

彼はそうきりだした。さきほどの原田といい、この人といい、だれもが同じことを考えてしまうのだろうか。新しいコーヒーをいれながら、原田から聞いた頭の電話に関する情報を説明する。もしも今、両親がそばでわたしを見ていても、だれかと会話しているようには見えないだろう。わたしはただスプーンでカップの中をかき混ぜているだけで、口はまったく動かしていないのだから。

「今、ぼくの時計は七時を指している」

「わたしの方は、八時」

わたしとシンヤの間にも、時間のずれがあった。原田とのずれほど大きくはない。同じ年、同じ日を生きていたが、電話の向こうの彼は、わたしのいる時間からちょうど六十分前の人間だった。つまり、わたしの方が彼よりも一時間だけ未来に存在しているわけである。もちろん彼という人間が本当にいるという条件つきで。

「それじゃあ、ぼくたちがそれぞれ実在しているのだということを確かめるために、その女の人が言った方法を試してみようじゃないか」

十分後、わたしは自転車をコンビニエンスストアの脇に止めた。すでに辺りは暗かったが、店内は白い蛍光灯の光に照らされていた。頭の電話はつながったままだった。

二分後、シンヤから、同じくコンビニに着いたという知らせが入った。つまり、わたしの到着した時刻から五十八分ほど前に、彼はどこかの店内に入っていたというわけである。

「どの雑誌で調べようか」

彼が頭の中で質問した。

「お互いにまだ読んでない雑誌でないといけませんね」

「『月刊少年エース』っていう漫画の雑誌、きみがいる店にも置いてある？」

足下で平積みにされていた。

「はい、あります。読んだことは……ありません」

「ぼくもない。つまり、お互いに『エース』最新号の内容を知らないわけだ」

「そうです。自分が読んだことないってことは、自分で一番、知っています」

相手に見えるわけないが、私は頷《うなず》いて同意を示した。近くで立ち読みしていた大学生風の人が、不審そうに私を見た。

「だから、もしもぼくがその本の中身について知っていたとすれば……」

「わたしにとってあなたが幻聴ではなく、確かに存在する個人だと証明できます」

それが原田さんに教わった存在証明の方法だった。

「じゃあ、まずぼくから質問するよ。今、雑誌を開いて中身を確認してる。決めた。219ページを開けると、高校生の男の子と女の子が立ち話をしている。女の子の髪は長くて、左目の下に小さなほくろが描かれてるね。どうだい、君のほうの雑誌にも同じコマはある？」

雑誌を手に取り、彼の指定するページを開いた。

「あります！　説明されたのとまったく同じキャラクターが描かれてます！　ということは……」

「ぼくはきみの脳内電話の向こう側に実在しているってことだよ。じゃあ、今度はきみが質問する番だ。実験を厳密なものにするため本を変えよう」

売り場を見回して、まだ読んでいない雑誌を探した。

「『横浜ウォーカー』でいいですか？」

薄い雑誌を手にとり彼に質問した。

「『横浜ウォーカー』だって？　残念だけど、それはできない。そもそもなぜ『横浜ウォーカー』なんだい？」

「え、だって、雑誌売り場にたくさん並んでるから……」

「ところがね、ぼくのいる店には一冊も見当たらないんだ。そのかわり、『北海道ウォーカー』ならある」

「北海道……」

「そう……。つまりぼくのいるところは北海道。きみの家は横浜ってこと」

「わたし、自分の頭がおかしくなったのだと思ってました」

コンビニを出たところで、わたしはシンヤに話しかけた。心の中でつぶやいた言葉が、六十分という時間の隔たりと、日本列島の半分という空間的距離を越えて彼に届いているという。信じがたいことだが、どうやら本当のことらしい。

「無理もないよ。普通、こんなことは起こらないんだから。……ねえ」

「はい」

「また電話をしてもいいかな……」

冬の訪れを間近に控えたその一月の夜は驚きとともにふけていった。その奇跡のような一日を私は長く心にとどめた。

それから頻繁にシンヤから電話がかかってくるようになった。最初のうちは短い会話だったが、やがて一時間、二時間と長さを増した。

いつしか、わたしは彼からの電話を待ち望むようになっていた。学校の休憩時間、みんなが楽しそうに騒いでいるのを教室で一人ながめている時、ほとんど請い願うように頭の中であのメロディーが流れ出すのを期待した。電話がかかってくると、まるで久々に外を歩くことを許可された囚人の気持ちで頭の携帯電話に飛び付いた。もちろん囚人というのはたとえで、本物の牢屋《ろうや》に囚《とら》われた経験は幸いにもまだない。

シンヤは十七歳で、わたしよりもひとつ年上だった。飛行機とバスで三時間ほどかかるところに住んでいるそうだ。

「ぼくは内向的な性格なんだ」

彼はそう言ったものだが、信じられなかった。少なくとも頭の電話で交わした言葉からは、そう思えなかった。

「本当に内向的な人が、自分からそんなこと言うかしら」

「いやまあ、そうだけどさ。この頭の中を通った回線だと、なんだか口が軽くなったみたいになるんだ。口を動かさなくていいからかな」

話を聞いてみると、彼もまた、わたしと同様に親しく話ができる友達がいないのだそうだ。

「自慢じゃないけど、朝、校門をくぐって、夕方、下校するまでの間、一言も言葉を発しなかったということなんて普通だよ。よくあることさ」

本当に自慢じゃない。

「でも、それだったらわたしの勝ちよ。わたしなんて、学校では友達がたくさんいるって、母に嘘ついてるもの。だって心配かけるでしょう。娘に友達が一人もいないってわかったら」

「そんなの、だれだってやるよ。当然の隠蔽《いんぺい》工作だね。きみは『時間かせぎ』の場所、どこにしてる？」

「『時間かせぎ』？　ああ、わかった。わたしは図書館。あなたは？」

「ぼくはごみ捨て場を使ってる。と言っても、近所の空き地に電化製品なんかが放置されているだけなんだけどね。だれもこないところだから、すごく落ち着くんだ。錆《さび》のういた冷蔵庫の真似をして、膝をかかえて座っていると、楽しい気分になれる。時々、まだ使えるものまで捨てられていて、このまえ、まだ映るワイドテレビを拾ったよ」

話をしていると午後六時になったので、わたしは図書館を出た。

学校前のバス停で、一人バスを待ちながら、彼と話をつづけた。冷たい風が頬につき刺さり、吐く息は魂を凍らせるように白かった。

「おかえり、リョウ。遅かったわね。どこ行ってたの？」

家に帰ると母に声をかけられた。

「友達とマックで話してたら、こんな時間になっちゃってて……」

友達と遊んでると親に思わせるため、図書館で時間をつぶしていたとは言えなかった。

やがてわたしとシンヤの頭は、ほとんど一日中つながっている状態にまでなった。電話代はかからない。頭の中の携帯電話は、常に無料通話サービス期間だった。原田さんともしばしば連絡をとり、彼女に尋ねてみたが、まだ一度も請求書が届いたことはないらしい。

わたしとシンヤはお互いのことを話した。今までに読んだ小説のことや、わたしがニビで悩んでいること。使っているハミガキ粉の名前まで教えた。ジブリの映画が好きで、トトロのグッズを集めていることも話した。実を言うとわたしの部屋には、三十四以上のトトロが生息しているのだ。

彼自身のことをいろいろと聞いた。子供のころの遊び。骨折した思い出。原動機付自転車の免許証の顔写真が、ひどい写り具合であること。

彼が英語のテストを受ける時、わたしは電話越しに、英和辞典を用意してアドバイスをした。高校二年の英語は、一年生のわたしにとって少々難しい。知らない文法が続出したが、彼の役にはたてたと思う。

このインチキがだれかにばれる恐れはなかった。はたから見れば、彼はしんとした教室の中、ひたすら問題と向き合っているだけなのだ。頭の中で、さながら嵐のような問答がかわされていたことは、だれにも気付かれなかったはずである。

そしてまた、わたしの苦手な数学のテストを受ける際、シンヤは電話の向こうでいっしょに問題を解いてくれた。

「助け合いというのは、いいものだね」

わたしたちは高得点の答案を受け取りながら、お互いそう口にした。

シンヤがごみ捨て場で座り込み、ぼーっとしている場面をよく想像した。家にも帰らず、そんなところで、いったい何を考えているのか、私にはよくわかった。おそらく私が図書館で考えていることと、そんなにかわらないだろう。

「今度ごみ捨て場で、ラジカセを探しておいてよ。軽くて、小さなやつ。前から欲しいと思っていたんだ」

わたしがそう言うと、彼は笑って「オーケー」と答えた。それから、わたしとの会話がとても楽しいと言ってくれた。

「楽しい？」

「うん」

「はじめてそんなこと言われた。かなり今、びっくりしてる。だって、わたしには、会話をかみ合わなくさせる欠陥があるものだと信じていたから」

「欠陥？」

わたしは彼に話をした。他人の社交辞令を真に受けてまわりから苦笑される、物事を信じこみやすい愚かな女の子の物語である。

「臆病《おくびょう》だと思われるかもしれないけど、もうわたしは、失敗をして人に笑われたくないんだよ」

怖くて、人に話しかけることができない。話しかけられると、緊張してしまう。

このことを考えるたびに、わたしはこの先ずっと、みんなのようには決してなれないのだという沈んだ気持ちになる。

「ああ、わかるよ」

シンヤの声はやさしかった。

「でも、きみのそれは欠陥なんかじゃないと思うね。まわりに、本心のない言葉が多すぎるんだ」

「言葉？」

「きみはいつも真剣に人の言葉と向き合っているのだと思う。人の言葉に対して、ひとつずつ意味のある答えを返そうとする。だから、多すぎる嘘に傷ついていく。でも大丈夫。その証拠に、ぼくとはちゃんと話しているじゃないか」

いつのまにか自分が、どうしようもなく涙もろくなっていることに気付いた。

原田さんとも時々、話をした。彼女は大人で、どんなことでも相談にのってくれた。大学での生活や、一人暮らしをする上で経験した悲喜こもごもを話してくれた。ニキビによく効く洗顔クリームも教えてくれた。彼女の声は、なぜかわたしをおおいに安心させた。不思議とその声音は以前から知っていたような気がする。彼女の声は耳慣れた響きで、清らかな水が染み込むように、頭の中へ浸透していった。

「原田さんの声、どこかで聞いたような気がします。ひょっとして、何かテレビに出るようなお人なのですか？」

「めっそうもない！」

彼女はあわててそう否定した。

また、わたしたちは趣味が抜群に一致していた。読書好きで、彼女の推薦した本は例外なく楽しめた。

話をするうちに、原田さんという人間が持っている懐の深さに気付いた。彼女には嫌いな人間などいないようだった。多くの人を愛していた。彼女の中に差別という言葉は存在しないらしく、その辺の石ころから宇宙ロケットにいたるまで優しげなまなざしを向けていた。だれかの失敗や欠点を話の種にして笑いをとることがなかった。むしろ、自分自身の失敗を披露してわたしから笑顔を誘い出すようなタイプだった。

わたしは彼女の人間的な大きさを尊敬するとともに、自分の未熟さを、いっそう思い知った。自分もこういう人になりたいと、ひそかに思っていた。

「原田さんは、だれかを好きになったことがありますか?」

興味本位で、たずねたことがある。

「何年も前にね」と、曖昧《あいまい》な答えをいただいた。

3

シンヤは遠く離れたところに住んでいる。しかし、彼とはいつも手をつないでいる感覚だった。話し相手。悩みを打ち明ける相手。寄り掛かり、自分が孤独ではないことを確認する。以前なら気にならなかった些細《ささい》なことで気分が浮き沈みを繰り返した。いつのまにか、わたしは弱くなっていた。

シンヤが飛行機に乗ってやってくる。

「実際に会って、話をしようよ」

いつものように、重要ではないけれど、わたしたちにとっては大切な無駄話をしているうちに、いつのまにか二人を、そのアイデアが直撃していた。頭の携帯電話もいいが、同じテーブルに座ってコーヒーを飲みながら話をすることは、また別の意味を持つように思われた。

頭の中がつながっていても、わたしたちは、実際には長い距離に隔てられている。高校生にとってそれは容易な距離ではないが、彼が自分の貯金で飛行機のチケットを購入するらしい。

わたしはその日、バスで飛行場へ迎えに行くつもりだった。不思議と事前に写真を郵送したりはしなかったから、そこではじめてお互いの顔を知ることになる。

その前日、頭の中にある携帯電話ではなく、家に設置されている本物の電話を使って打ち合わせをすることになった。彼と時間のずれがない会話をしたのは、その日がはじめてだった。電話代だけがかかって意味のないことのように思えるが、楽しかった。そして、何となく気恥ずかしいものだった。

まず頭の携帯電話を通して彼の家の電話番号を聞き出す。その後、我が家の居間に取り付けられている、黒くて平たい本物の電話機で、シンヤの家に電話する。

本物の受話器を握り締め、彼の家の電話機が呼び出される音を聞く。不思議な感じだった。実はその間も、頭の携帯電話は一時間前の彼とつながっていたのだ。

「もしもし、リョウ?」

受話器の取られた音とともに、今まで頭の中でしか聞こえなかった声が、実際にある電話線の向こうから聞こえてきた。

「突然だけど、一時間前のぼくへ『足下に気をつけろ』と忠告してくれ！」

彼が泣きそうな声で言うものだから、何事なのかと思った。

「どうしたの？」

「さっき、電話をとる時に、柱で足の小指をうったんだ」

笑いをかみ殺しながら、一時間前の彼にあらましを伝えると、今度は過去のシンヤがこう言った。

「一時間後のぼくにこう言い返してくれ。どうしてお前はいつもそうなんだ、たるんでいる証拠だぞ！　そもそも、物理の課題はもう終わらせたのか？」

呆《あき》れながらお互いの言葉を伝言していると、私はあることに気づいた。

「あ、そうか！」

思わずそう言うと、シンヤのいぶかしげな声が受話器から聞こえてきた。

「どうかした？」

「原田さんの言った、かんたんな方法ってこれだったんだ。なんで気づかなかったんだろう！　お互いが存在していることを確認するために、コンビニまで行く必要はなかったんだ。実際に電話をかけてみるだけでよかったんだよ！」

あまりの発見だったので、きっと受話器の向こうにいる彼も驚くはずだと思っていた。けれど、彼はひどく冷静だった。

「なんだ、そのことか」

「気づいてたの?」

「一時間前に、きみが頭の電話で言ったじゃないか」

シンヤとの打ち合わせが済むと、わたしは頭の中の電話を切った。リダイヤルを押して、原田さんにかける。彼女が電話に出ると、シンヤとのことや、ようやく気づいたかんたんな存在証明の方法について話をした。

「実際に電話をかければいいだけだって、どうして教えてくれなかったんですか」

すると、彼女は飄々《ひょうひょう》として言うのだ。

「だって、それだとつまらないでしょう」そしてしばらく間を置いてから付け加えた。

「明日、がんばってね」


次の日。

わたしの乗ったバスは渋滞で遅れていた。車内は空港へ向かう人で埋まっていた。

隣に、白色のコートを着た女の子が座っていた。年齢はわたしと同じくらいだろう。しかし、化粧をして、わたしよりもずっと大人びた、きれいな人だった。彼女は大きな鞄《かばん》を膝《ひざ》に載せて座っていた。

「ここ数年で、一番の寒さだと朝のテレビで言っていたよ」

頭の電話に向かってシンヤに説明する。一時間前の彼は、今ようやく飛行機に乗り込んだところだった。彼がシートに座って、はるか下に広がる地面を眺めている場面を想像する。微笑ましい。

わたしたちの会話は実際に声を出すわけではない。だから、隣に座った女の子は、わたしのことを、ぼんやり窓の外を眺めているだけだと思っただろう。

暖房でほてった頭を、冷たい窓ガラスに押しつけるのが好きだった。曇った窓の一部を手でふき取ると、そこからわずかに見える空には、今にも雪の降り出しそうな低い雲が広がっていた。太陽はなく、人通りの少ない町の中を冷たい風が通り抜けているだけだった。一切の色を奪い去られたように、風景が灰色に見えた。

「今ごろ、もう飛行場に到着している予定だったんだけど、バスが渋滞にはまっちゃって動かないんだ。シンヤの方は、遅れてない？」

「雲の上に渋滞はないみたい。さっきから赤信号にもひっかからないよ。この飛行機、あと二時間くらいでそっちの空港に到着する。時計を見ると、今は十時二十分だから、到着予定時刻は十二時二十分だ。ぼくたちの間には一時間のずれがあるから、今のきみの世界の時刻は十一時二十分だね。つまりあと一時間ほど経過すると、きみのいる世界でぼくが飛行場に現れるわけだ」

「それまでにわたしの乗っているバスが到着するかどうか、わからないよ」

「その時は、ぼくがバス停できみを迎え撃とう」

「バス停は、空港の前にあるからね。わからなかったら、人に聞くんだよ」

少しずつ、バスが前に進む。窓から見下ろすと、同じようにスローペースで進む隣の乗用車が、白い排気ガスを大量に吐きだしている。

「ところで、どうやってお互いを見つければいいのだろうか？」

ふと彼が口にした。わたしも似たようなことを考えていたが、なにせ頭がつながっているのだし、どうにでもなるだろうと思っていた。

「そんなの、飛行場にいる女の子の中で一番の美人に声をかければ、それがわたしなんだよ」

強がっておどけてみせた。自分の顔を見せることについて、不安がないというのは嘘だった。もう、何度もそのことについて考え、それでもわたしたちは実際に会って話をしなければいけないのだという結論に達していた。

やがて渋滞を抜け、バスが動きだす。それまでの遅れを取り戻すかのように、窓の外の風景が快調に後ろへ流れていく。さきほどまでゆっくり隣を走っていた乗用車が、いらついたようにスピードを上げ、瞬く間に見えなくなった。空港で人を待たせているのだろうか。スピード違反だった。

時刻は十二時十三分。彼の乗った飛行機が到着する時刻までに、飛行場へはたどり着けそうにない。そのことを、頭の奥に向かって伝えた。

十二時二十分。予定では、シンヤの乗った飛行機はすでに着陸しているはずだ。膝の上に載せた小さなバッグの取っ手につけたキーホルダーをいじりながら、わたしは、わたしたちのことをぼんやり考えていた。これまでに交わしてきた会話を、ひとつひとつ思い出していた。その多くは愉快なもので、顔に笑みが広がるのを抑えられなかった。それから、小学生や中学生の時の辛《つら》かったこと、悲しかったことまでなぜか思い出した。

冷えた窓ガラスに額を押しつけて外を見ると、すでにバスが飛行場のそばまできていることを知った。時計は十二時三十八分。今ごろシンヤは、飛行機を降りて到着ロビーを歩いているところだろうか。もしかすると、空港を出てバス停へ向かっているかもしれない。

運転手がブレーキを踏むと、車体が一度ゆれた。到着したことを知らせる運転手のアナウンスが流れると、乗客が一斉に立ち上がる。わたしは一番最後に降りようと思い、座り続けていた。開いた扉から一人ずつ出て行くと、やがて人のざわめきが小さくなり、車内が広々としてくる。隣に座っていた白いコートを着た女の子が立ち上がり、大きな鞄とともに出口へ向かう。

「わたしの乗ったバスが飛行場に到着したよ。これから降りるところ」

頭の電話に向かって説明した。

「わかった。もしぼくがバス停できみを待っていなければ、きみの行き先を頭のケータイで知らせてくれ。こっちの時間で一時間後、ぼくはそこへ向かうから」

あらかた乗客がいなくなると、ようやくわたしは立ち上がり、財布を取り出しながら出口へ向かった。お金を払い、ステップを降りると、冷たい風が頬を打ち、寒さに弱いわたしは体を震わせた。飛行機の轟音《ごうおん》が上から聞こえ、ひょっとして風というものはジャンボ機が通り過ぎた時に発生するのだろうか、とぼんやり思った。では、飛行機のない時代に風は存在しなかったのだろうか。そして、シンヤはバス停まで迎えにきてくれているのだろうか。時間を見ると、微妙なところだった。まだ飛行場の中かもしれない。

バスから離れ、歩道を歩きだす。どこかで悲鳴があがるのを聞いた。悲鳴といっても、女性のものなのか、男性のものなのか、わからなかった。次の瞬間、それが悲鳴などではないことを知った。急ブレーキをかけた車のタイヤが地面のアスファルトをこする音だった。

振り返ると、さきほどまで何もない空間だと思っていたところに、いつのまにか黒い乗用車のバンパーが存在していた。巨大な塊は、まっすぐ自分に向かっていた。わたしにはコマ送りのように見えたが、車が仕方のないほどの猛スピードであることが瞬時に理解できた。フロントガラス越しに運転手と目があった。彼は目を見開いていた。わたしは愚かにも手を突き出して、その車を止めようとした。細い腕でその運動量のすべてを受け止めることなんて、できるはずがないのに。

不意に、だれかがわたしを、横から突き飛ばした。歩道に倒される。背後で金属の塊がつぶれる、爆発のような音。砕けたガラスが飛散する。目の前の路面で、ガラスの破片が飛び跳ねる。わたしの上にも降り注ぐ。

咄嗟《とっさ》のことに、頭が混乱していた。もう何も上から降ってこないことを確認し、とにかく立ち上がろうと思った。顔をあげ、ようやく事故の全景を見る。乗用車が歩道を越え、建物の壁に衝突し、奇怪な形にゆがんでいる。

そばに男の人が倒れていた。おそらく、わたしを横から突き飛ばしてくれた人だろう。もしもそうされていなければ、わたしはちょうど、車と壁の間でつぶされていた。

まわりに人が集まりだした。その中には、バスで隣に座っていた女の子もいる。わたしはゆっくりと立ち上がる。どこにも大きな怪我はない。倒れた拍子に右手を歩道でこすり、小さな裂傷を作った程度だ。左手は鞄を握り締めたままの恰好《かっこう》で動かなくなっていた。

突き飛ばしてくれた恩人は、あお向けに倒れたままの姿勢でわたしを見ていた。瞳《ひとみ》がわたしの動きを追っていた。口が何かを言いたげに動いた。路面上に彼の血が広がっていく。わたしはまだおぼつかない足取りで、彼に近付く。息が苦しくて、声が出せない。恐怖などの、一切の感情を忘れていた。わたしは人形のようにふらふらと彼の方に吸い寄せられていった。

そばに膝をつくと、その男は息苦しそうに呼吸しながら、不思議な笑みを浮かべた。わたしと同じか、少し上の年齢だろうか。まるで何かに満足しきったような顔で、彼は力をふりしぼるように右手を持ち上げると、わたしの頬を指でそっとなでた。その瞬間、彼がだれなのかをわたしは知った。

「リョウ、ロッカーの番号は……445……だよ……」

血を吐きながらそう言うと、シンヤは目を閉じた。

4

わたしたちは同じ救急車に乗せられ、救急病院へ向かう途中、彼は死んだ。

まるで夢でも見ているように、目の前が目まぐるしく動いていた。しきりにだれかが引っ張ったり、押したりして、動かないわたしを移動させようとした。

車内で救急隊員の一人が、わたしの右手のかすり傷を調べながら何かをたずねていた。きっと、救急車の中で息を引き取った目の前の若い男は何者なのか、どのような関係なのかをたずねていたのだろう。わたしは答えなかった。一切の反応を拒否した。

やがて彼のポケットの財布から免許証が見つかった。それを見つけた救急隊員は、名前の部分を読み上げた。そして、その運転免許証こそ、シンヤが前に言っていた原動機付自転車のものだということを知った。できの悪い顔写真。霞《かすみ》がかかったような頭にそのことが浸透すると、自分の身に起きたことが理解できた。突然、呼吸ができなくなるほどの悲しみが胸を突き上げた。

救急車が病院に到着し、救急隊員の一人がわたしに声をかけるまで、彼らは、わたしが声を押し殺してひっそりと泣き続けていたことに気付かなかった。

救急車を降ろされる。一応、きみも検査をしなくてはいけない。そう言って、白衣の人が手を引っ張ろうとした。わたしを乗せるための担架も用意してあった。しかしわたしはすでに一人で歩けるまで精神状態が回復していた。

数人の手を振り切ってわたしは逃げた。

病院の中を、人のいない方向へやみくもに進んだ。戦前から生きのびてきたような巨大な古い病院。増築が繰り返されたのか、入り組んだつくりになっていた。廊下の両側に病室が並び、天井にはむき出しのパイプがのびていた。

後ろを見て、だれも追ってこないのを確認する。角を曲がると、行き止まりだった。天井の蛍光灯は壊れ、ほこりをかぶったソファーが打ち捨てられていた。もう長い間だれも立ち入らなかったような、そこは病院の片隅だった。掃除されていないらしく、蜘蛛《くも》が巣をはっていた。ソファーに座り、なんとかして心を落ち着けようとした。頭の中では、一つのことを考え続けていた。

過去に干渉することで、現在を変えることは可能だろうか。

もしも、シンヤがわたしを助けなければ、彼が死ぬことはなかっただろう。

頭の中の携帯電話に注意を払う。大丈夫。一時間前の彼につながったままだ。事故の前、バスの中で時計を見たら、たしか十二時三十八分だった。今は十三時五分。電話の向こうは一時間前の十二時五分だ。事故まで三十分以上ある。

かすり傷だと思っていた右手からぽたぽた血が滴っていた。痛みでしびれてくる。しんと静まり返ったこの場所は、薄暗い。体の震えが、さっきから止まらない。わたしはソファーの上で体を縮め、想像で作り上げた白い通信機器に語りかける。

「……もしもし、シンヤ?」

「この三十分間、連絡をくれなかったね。今までどうしてたんだよ。ちゃんと、ぼくには会えたの?」

一時間前の彼は、まだ自分が死ぬということを知らない。飛行機のシートに座って、窓の外にある雲をまだ眺めているのだろうか。巨大な冷たい鉄の塊が胸の奥に押しこめられたような気持ちになる。シンヤの優しげな声を恨めしく思いながら、わたしはたずねた。

「あとどれくらいで飛行機が着陸するの?」

「あと二十分くらい。もう座り疲れた。リョウ? どうかした? きみの声、いつもと調子がちがうけど……」彼は戸惑い、真面目な声色になる。「楽しげな様子じゃないね。何かあったの？」

わたしは自分を叱咤《しった》した。感情を殺せ。さもないと、見えない電話回線に、恐ろしいまでの感情が噴出してしまう。今や心の中は、悲しみと愛情の悲鳴が入り交じった濃密なスープで破裂しそうだった。

「シンヤ、お願いがあるんだよ。飛行機が到着したら、そのまま飛行場を出ないで。すぐに帰りのチケットを買って、家へ戻って」

彼は一瞬、黙り込んだ。

「どうして？」

「わからないの？　きみが嫌いだって意味だよ。会いたくもない！　三十分前の、きみに会ったという過去を消したいんだよ！」

病院のソファーの上で体を丸め、わたしは寒さと痛みに耐えた。心が血を流しそうだった。これでいい。震える唇を嚙《か》みしめ、今にも泣き叫びたくなるのを防ぐ。

彼はわたしを助けることなく、生きて帰宅する。もしかすると彼は、突然、追い返したわたしのことを嫌いになるかもしれない。そして、乗用車に轢《ひ》かれるのはわたしだ。その結果、死ぬかもしれない。でも、これでいい。

「本当にそう思っているの？」

「……うん」

時間が静止したような沈黙。どれくらいそれが続いたのかわからない。ただ目を閉じて、石になったように体を動かすことができなかった。

冷たく、光がない、まるで深海のような病院の片隅に、どこか遠くから人の笑い声がかすかに聞こえてくる。

「嘘だね」やがてシンヤが口を開く。「なぜだか知らないけど、きみはぼくをバス停に近付けまいとしているんだ」

「どうしてそう思うの⁉」

「きみはバスを降りる直前、頭の電話でぼくに連絡をくれたね。でも、その連絡を最後に、きみはおよそ三十分間ぷつりと黙り込んだ。ぼくは何度も呼び掛けたけれど、きみはつながったままの携帯電話をどこかへ放り出したように答えなかった。あの連絡の直後、バスを降りたきみの身に、そうさせるような何かが起きたんだ」

「違う！」

「ねえ、きみはぼくと会わないようにして、すでに起きてしまったことを、なかったことにしようとしているんだ。でも、そうはならないよ。ぼくがどんな行動をとっても、その結果が、きみの体験したことなんだから。ぼくはきみを迎えにバス停へ行く。止めても無駄だよ。……そろそろ飛行機が着陸態勢に入る。シートベルト着用のランプが点灯した」

シンヤの言葉が、わたしを泣きじゃくる子供のような気持ちにさせた。どうすることもできず、ただ無力に彼が死んだのを受け入れるしかないのだろうか。

時計を見ると、十三時十分。わたしたちに残された時間が次第に少なくなっていく。さきほどまで目にしていた彼の亡骸《なきがら》を思い出す。わたしさえいなければ、彼は死ななかった。そう考えると、私は自分を呪いたくなる。

「だめだよ、来たらだめだ……シンヤ、来たら、死ぬよ……」

頭の携帯電話は、ついにそのことを伝えてしまった。

「死ぬ？」

電話の向こうで、彼が息を呑《の》む。そのまま怖くなって逃げ出せばいい。心の底から願った。

「わたしがバスを降りた直後、車が歩道に突っ込んだの。車は真っ直ぐ、わたしに向かってきた。避けることができなかったわたしを、だれかが突き飛ばした。それがシンヤだよ。あなたはわたしのかわりに……」

重苦しい沈黙。

「きみがバスを降りる時間は十二時三十八分だったね？」

彼はそう確認して、決心したようにつぶやいた。

「ぼくはバス停に向かう」

悲しみと嬉《うれ》しさが同時に込み上げて息苦しくなる。

「本当に、それでいいの？」

「嫌われたんじゃないとわかって、ほっとした。リョウ、助けに行く。でも、きみの顔をぼくはまだ知らないんだ。どんな服装をしているのか教えてくれ」

わたしは最後の嘘をついた。

「大きな荷物を持って、白いコートを着たのがわたしだよ……」


彼の時間で十二時二十二分、飛行機が着陸。十二時三十分、シンヤは到着ロビーに立った。

わたしたちはその間、何かに追い立てられるように話し続けた。今までに交わした会話を反芻《はんすう》し、あの時はおかしかったねと笑い合った。楽しいはずなのに、涙腺《るいせん》はすっかり壊れてしまっていた。時間と空間を飛び越えて、頭の携帯電話が声を運ぶ。ひとつひとつの言葉が、何よりも貴重だった。


やがてお互いに口数が少なくなり、もうすぐおしまいの時間だとわかる。

もしも時間が止まるなら、そうなってほしい。まだ話したいことはたくさんあるはずなのに、言葉がうまく出てこなかった。わたしたちの間に流れるささやかな沈黙。わたしは自分の肩を抱きしめて震えに耐える。

「事故まで、あと八分しかない。これから、バス停に向かって走る」

決心したように、シンヤが言った。彼に見えるわけではないのに、わたしは頷《うなず》く。目を閉じると、まるで自分がそばで見ているように、彼が荷物を投げ出して走りだす光景が浮かんだ。

「シンヤ、思いとどまるなら今のうちだよ……」

彼はわたしの言葉を聞かずに空港を駆け抜ける。多くの人でごった返している。彼はその人たちを押し退けて走る。

「今、バス停の場所を人にたずねている。ぼくが来ないように、きみは嘘を教えるかもしれないからね」

到着ロビーからバス停までは距離がある。事故の時間まで、五分をきった。それはそのまま、わたしたちの残り時間だった。

「今までありがとう」

わたしは口にした。ずっとそれが言いたかった。感謝の気持ちで胸がいっぱいになる。わたしとの会話が楽しいと、彼は言ってくれた。嬉しくて、その言葉を思い出すと顔がほころんでしまう。シンヤに生きていて欲しい。素直にそう感じる。

「空港を出た。意外と東京も寒いんだね」

時計を見る。十三時三十七分。電話の向こう、一時間前の世界では、もうすぐバスが到着するころだ。

わたしは静かに呼吸をする。病院内の冷たい空気が肺に送りこまれた。震える手足を、どうしても止めることができなかった。

バスの中で隣に座っていた女の子のことを、彼がわたしだと思い込んでいればいい。彼女に注目しているかぎり、シンヤが事故に遭って死ぬことはない。彼はわたしの本当の服装を知らない。助けようにも、たくさんいる乗客の中からわたしを見分けることはできないだろう。

「三十メートルほど先にバス停がある。ちょうど今、白い排気ガスを大量に吐きだしながら、一台のバスが止まった。あれに、きみが乗っているんだ」

シンヤの声。

静寂な病院の片隅で、わたしは祈るような気持ちになる。

電話の向こうでわたしが轢かれた瞬間、今のわたしはどうなるのだろうか。過去の自分が死ぬということは、今の自分はすでに死んでいたということになるのだ。その瞬間、わたしの体がどのようになってしまうのか想像もつかない。ただひとつ、わかることは、それがシンヤとのお別れだということだった。

「バスのそばまで近付いて、きみが降りてくるのを待っている。扉が開いて、人が降りはじめた。まず一人目、ネクタイを締めた男の人だ。たぶん、きみではないね」

次々と乗客が降りていく。車内にいる人間が残り少なくなってくる。

わたしは、ほどなくして訪れる消滅の恐怖に耐える。もうすぐ、病院の片隅で丸めたこの体は、一時間前に受けた圧力でつぶれるに違いない。

「……今、白いコートを着た女の子が降りてきたよ……」

彼の中で、それがわたしであることを望む。隣に座っていた彼女の姿を思い出し、自分もああいった人間になりたかったのだと思う。

事故が発生し、女の子が死んだのを知って、はじめてそれがわたしだったと気付くのだ。シンヤ、ごめん。だましてごめん。

でも、こうするしかなかった。彼のことを思うと、死の怖さが消えた。体温の抜けきったわたしの体の中に、どうしようもない温かさが広がる。

「ごめんね、ありがとう」

涙声になってしまった。

「……違う！」

「え？」

「あれはきみじゃない」

一瞬、彼が何を言ったのか、正しく理解できなかった。

本来、頭の電話は声しか伝えない。でも、見えない電話回線の向こう側で、彼が走りだしたのを鮮明に見た気がした。

「たった今、本当のきみが歩道に降り立った」

最後にバスを降り、外の寒さに驚いている女の子がいる。その子は上を見上げて、飛行機が飛んでいるのを眺める。待ち合わせをしている男の子はもう到着しているのだろうかと考えていた。

彼女のもとへ、迷いなく彼が走る。

「車が……」

シンヤの声。

車のバンパーが、女の子の前に迫っている。その絶望的な速度と、逃れられない死。彼は横から、彼女を突き飛ばす。

あの、爆発が起きたような音。ガラスの散らばる音。聞こえないはずなのに、聞こえた気がした。

彼の名前を心の中で叫んだ。時計が、事故の起きたちょうど一時間後の時刻を指していた。

だれにも忘れ去られたような病院の片隅で、わたしの嗚咽《おえつ》だけが響いた。

「どうして……?」

頭の携帯電話に呼び掛けた。

「きみは、ミスをおかした……」苦しそうな声が、電話の向こうから聞こえてくる。「…

…鞄《かばん》にトトロのキーホルダーをつけていなければ、きみはぼくをだましとおすことができたのにね。きみ、言っただろ。トトログッズを集めてるって……」

彼の声は、次第に弱々しくなる。まるで、電波の届かないところへ遠ざかっているようだった。

「……ねえ、今、ぼくはあお向けに倒れているんだけど、さっき突き飛ばされたきみ、立ち上がるのが見える……」

「うん……」

「きみは、意味がわからない、といった顔をしているよ。強く押したけど怪我はなかった……？」

「シンヤほどの怪我ではなかったさ……」

「ぼくの方を見て、きみが近付いてくる。ふらふらした、危なげな足取りで……」

「そして、そばに膝《ひざ》をついたんだね……」

「ぼくは手を伸ばす……」

目を閉じると、彼の指先の暖かさを頬に感じる。

「……気にしていたほどのニキビではないね……」

電話がとぎれると、あのむなしい音が聞こえてきた。

ツー、ツー……。

5

病院の片隅で看護婦の一人に発見された時、わたしは凍死寸前で、右手から流れていた血は乾ききっていた。

事故を起こした乗用車の運転手は、即死だったそうだ。事故の原因は聞かなかった。興味がなかった。それに、警察や親への事情説明でひどくつかれていた。

頭の携帯電話のことは、だれにも言わなかった。

シンヤの葬式に出席した後、彼がよく話していたごみ捨て場へ行こうと思った。それは雪の日のこと、わたしは道に迷いながら、その場所を探し当てた。多くの粗大ごみが雨ざらしになっていた。

ロッカーがあった。掃除器具などを入れておくような、どこにでもあるようなもので、三ケタの小さな数字錠がかかっていた。４４５。彼の言った数字に合わせると、鍵《かぎ》は開いた。

わたしの時間で、はじめてシンヤから電話がかかってきた時刻。四時四十五分……。

ロッカーはさびつき、形もゆがんでいたけど、扉はスムーズに動いた。小さくて軽そうなラジカセが入っていた。いつかの約束を、彼は覚えていてくれたのだ。

細かい雪がちらちらと舞うごみ捨て場の中、わたしはラジカセを抱き締めて長いこと突っ立っていた。

「半年間のずれ、っていうのは、嘘だったんですね」

そう尋ねてみると、原田さんは否定しなかった。

シンヤが死んだ日の、前日にかけた電話。そのときに彼女が言った最後の言葉を思い出して、彼女の正体に気付いた。

「今まで、ありがとうございました。あなたのようになれたら、どんなにいいだろうかと、ずっと思っていました」

頭の電話の向こうで、彼女は確かにうなずいていた。

「がんばってね」

彼女に電話をかけたのは、それが最後になった。

何年もたった。色々あって、友達もできた。大学に入ると本物の携帯電話も買った。

それは、一人暮らしも板についてきたころ。両手を泡だらけにして、食器を洗っていた時のことだ。不意に、何年間も鳴りださなかった頭の電話が、なつかしい着信のメロディーを流しだした。映画『バグダッド・カフェ』のテーマ曲『コーリング・ユー』。きた、と思った。わたしは目を閉じ、頭の中でほこりをかぶっていた携帯電話をとる。

「もしもし」

「あの……」

電話のむこうから、戸惑いと不安の混じった切実な女の子の声。

胸がつまり、瞼《まぶた》が熱くなる。

「いえ、いいの。どうせ暇だから……」

そして、わたしは名前を偽った。

電話の向こうにいる女の子は、まるで弱々しげな声で、自分の押した電話番号が、未来にいる自分自身への番号であることに気付いていない。

心から彼女に言いたかった。

あなたは今、いろんなことに傷ついて、さびしい思いをしているかもしれない。肩を寄せ合う友達がいなくて、いっそ泣きたくなるくらい冷たい風の中、たった一人で歩いているかもしれない。

でも大丈夫。心配ない。どんなに辛《つら》いことがあっても、ラジカセがいつもそばで勇気づけてくれるから。

失はれる物語

7

1

　妻は結婚するまで音楽の教師をしていた。彼女は美しく、生徒からの人気も高かった。結婚後も、以前に教えていた女子生徒から年賀状が届いたり、男子生徒からラブレターが送られてきたりしていた。彼女はそれを大事そうに寝室の棚へしまい、部屋の片付けをする度に眺めて顔をにやにやさせていた。

　彼女は子供のころからピアノを習い続けていた。音大を卒業し、彼女の演奏はプロのものと変わらないように聞こえた。なぜプロのピアニストにならなかったのか不思議だった。しかし、耳の肥えた人間が聞けば、彼女の演奏にもどこか疵《きず》があるらしかった。結婚後も彼女は時折、家で演奏した。

　自分には音楽の素養がなく、音楽家の名前を三人も挙げられないほどだった。よく彼女は僕の前でピアノを演奏してくれたが、正直なことを言うとクラシック音楽のどこが良いのかわからなかった。歌詞のついていない音だけのものを、どのように聴いて楽しめばいいのか難しかった。

　知り合って三年後に彼女へ指輪を贈った。結婚して自分は彼女の両親の家でいっしょに住むことになった。自分の肉親はすでに亡くなっており家族と呼べるものはしばらくいなかったが、結婚と同時に三人も増えることとなった。それから一年が経過すると家族はさらにもう一人追加された。

娘が生まれてしばらくしたころ、自分と妻との間で諍《いさか》いが多くなってきた。自分たちはお互いに口が達者なほうだった。それが悪い方に影響したのか、双方が主張しあい、夜中まで些細《ささい》なことで議論した。

最初のうちはそれが楽しくもあった。相手の意見を聞き、自分の意見を言い、考えを受け入れたり否定したりするうちにお互いの心の形が見えてきて接近している気がした。しかしやがてそういった議論の最後を、相手よりも優位に立って終わらなければ気がすまなくなった。

義理の母が泣いている孫をあやしている横で、自分と妻は言い合いをした。つきあっているうちは相手のいいところを見ることが多く、疵が見えてもそれを愛することができた。しかし結婚していつも接近した状態でいると、その疵がいつも目の前にあり、お互いに嫌気がさすらしかった。

相手を負かすために傷つけるようなことも言った。本心ではない言葉が、相手より優位に立ちたいがためについ口から出てしまうことさえあった。

だからといって彼女のことが嫌いになったわけではなかった。それはどうやら妻も同じらしいと、彼女の左手の薬指にはまっている指輪を見て感じた。だからよりいっそう、なぜ一歩ずつ歩み寄れないのか不思議だった。

彼女はピアノを演奏するときだけ、気が散るからと指輪を外して傍らに置いた。以前はそれを見ても何も感じなかったが、諍いをするようになってから後は、結婚せずにピアノの教師を続けていればよかったという彼女の無言の主張であるように感じる瞬間があった。

自分が交通事故に遭ったのは彼女と喧嘩《けんか》をした翌日のことだった。会社へ行くために車庫から車を出したとき、自分の目は、青く茂った木々の若葉を見た。五月の晴れた朝に葉は朝露の水滴をつけて輝いていた。運転席に乗り込むとエンジンをかけてアクセルを踏んだ。会社までは車で二十分ほどだった。途中、交差点の赤信号で停車した。青になるのを待っていると運転席の窓が不意に暗くなった。振り返るとトラックの正面が陽光を遮って目の前にあった。


自分がいつから目覚めていたのかわからなかった。あるいはまだ眠っている状態にいるのではないかとも思った。周囲は暗闇で光は一切なく、どのような音も聞こえてこなかった。自分はどこにいるのだろうかと考えた。体を動かそうとしたが、首をめぐらせることさえできなかった。全身に力が入らず、皮膚の有無さえわからなかった。

唯一、右腕の肘《ひじ》から先にだけ痺《しび》れる感触があった。腕や手首、指先などの皮膚が、静電気で覆われているように感じられた。腕の側面にシーツの感触らしいものが当たっていた。

暗闇の中でそれだけが外界からの刺激だった。その感触により、自分はシーツの上へ寝かされているらしいとわかった。

　自分の置かれている状況がわからず、混乱と恐怖に襲われた。しかし、悲鳴をあげることも、走って逃げ出すこともできなかった。目の前にあるのは、無限の距離を持つそれまでに見たこともない完全な暗闇だった。その暗闇が晴れて光が差すのを待ったが、一向にその時間は訪れなかった。

　静寂の中には時計の秒針が動く音さえなかった。そのため時間経過は定かでなかったが、やがて右腕の皮膚が温かみを感じはじめた。陽光を肌の上に受けたときいつも感じる温《ぬく》もりだった。しかし、それならなぜ自分には太陽に照らされた世界が見えないのかわからなかった。

　自分はどこかへ閉じ込められているのではないかと思い、体を動かしてその場所から逃げようと思った。しかし体は動かず、右腕以外の箇所は闇の中へ溶けてしまっているように感じられた。

　右腕ならば動くかもしれないと思い、そこに力を込めた。他の部位を動かそうとしたときには感じられない手応《てごた》えがあった。筋肉がかすかに伸縮し、人差し指のみ動く感触がした。濃い暗闇の中で本当にそうなったのかを確認する手立てはなかった。しかし、人差し指の腹とシーツの擦れあう感じから、指がかすかに上下していることを覚《さと》った。

音のない暗闇で人差し指を動かし続けた。自分にできることはそれしかなかった。どれだけの時間そうしていたのかわからず、何日も同じ動作を繰り返していた気がした。

不意に人差し指をだれかが触った。皿洗いを終えたばかりのような冷たい手の感触だった。それが手だとわかったのは、細い指が絡みつくような感触を人差し指の周辺に感じたからだった。その人物の歩く足音さえ聞こえず、暗闇の中から手の触感だけが唐突に出現したようだった。驚いたが、自分以外の存在があるということに喜びを感じた。

その人物はまるで慌てるような手つきで人差し指を握り締めた。同時に腕の上へ手のひらの感触も受けた。指に触れてくれた人物がもう一方の手を置いたのだろうと思った。右腕の表面が感じる圧迫の中に、金属のものらしい硬く冷たい感触を見つけた。

腕に手を置いた人物の指に指輪がはまっており、それが皮膚の表面に当たっているのではないかと推測した。左手に指輪をはめている人物が一人、すぐに思い浮かんだ。腕に触れているのはどうやら妻だと理解した。彼女の声や足音、衣擦《きぬず》れの音さえなかった。暗闇のせいで彼女の顔もわからなかった。ただ右腕の皮膚の表面に彼女の手が触れたり離れたりするのを感じるだけだった。

彼女の手の感触が消え、自分は再び暗闇へ取り残された。二度と彼女が戻ってこないのではないかと想像し、必死に人差し指を上下させた。自分はなぜか視界を失っているが、彼女にはどうやら周囲が見え、歩き回れるらしかった。おそらく自分の動かす人差し指も見えるだろうと考えた。

やがて再び右腕にだれかの触れる感触があった。それが妻の手でないことはすぐにわかった。固い皺《しわ》のある年老いた手だった。それがまるで調査をするように指や右手のひらへ触れた。その手は人差し指をマッサージするように動かした。自分は必死に指へ力を込めた。その年老いた手は、まるでこちらの力を測るように指を握り締めた。そうされると年老いた手に張り合うこともできず指は動かせなくなった。指を動かせるといっても一センチほどを根元からかろうじて上下させられるだけで、少しでも固定されたらだめになるらしいと自ら覚った。

やがて針のように尖《とが》ったものを人差し指の腹に当てられた。痛みで自然に指が動いた。その直後に針の感触は消えたが、すぐ次に手のひらを刺された。暗闇で音もなく急に痛みが発生すると、不意打ちを食らったように驚いた。半ば抗議の意味も含んで指を上下させると針は取り払われた。どうやら人差し指を動かすと針が抜かれるという法則があるらしかった。

針は右手のいたるところに刺された。親指や中指、手の甲や手首にも痛みが走り、その度に指を動かさなければならなかった。針の刺される位置は、手首から上の方へ、腕を少しずつ移動した。そのうち顔を刺されることになるのではないかと危惧《きぐ》したとき、肘の辺りで急に痛みを感じなくなった。ついに針で刺すのを止めたのだろうと最初は思った。しかし自分は、右腕の肘から先以外の場所に皮膚があるという気がしなかった。肩や左腕、首や足などに針を刺されていたとしても自分には気づけないはずだった。

自分に痛みが感じられるのは、どうやら右腕の肘から先だけらしいと自覚した。静電気のような痺れが右腕を覆い、ただその感触のみが、音も光もない暗闇の中で明確な形をとっていた。

やがて何者かが右手を握り締めた。年老いた皮膚ではなく、若々しい肌だった。細い指の感触から、妻の手だとすぐにわかった。

彼女は右腕を撫《な》で続けた。手の感触がこちらにはわかっているのだと示すため、必死に人差し指を動かした。彼女の瞳《ひとみ》にその動きがどう映るのか想像できなかった。もしかするとただの痙攣《けいれん》として見えるのではないだろうかという危惧もあった。声が出せるのならすぐにそうしていた。しかし、そもそも自分の力で呼吸しているという気がしなかった。

しばらくすると、右腕の持ち上げられる感触があった。腕に当たっていたシーツの感触が消え、直後に、手のひらへ柔らかなものが触れた。彼女の頰の感触だとすぐにわかった。濡《ぬ》れる感触を指に受けた。彼女の頰は濡れていた。

彼女の手に腕を支えられたまま、腕の内側の皮膚に尖った感触を受けた。どうやら彼女の爪が当てられているらしいとわかった。

彼女の爪は絵を描くように皮膚の上を滑った。最初は彼女が何をやろうとしているのかわからなかった。何度も同じことばかり彼女は繰り返し、やがて爪は文字を書いているらしいと自分にもわかった。腕の皮膚に意識を集中し、彼女の爪がどのように動くのかを知ろうとした。

「ゆび　ＹＥＳ＝１　ＮＯ＝２」

ただそれだけの単純な文字を彼女の爪は書いていた。意味するところを理解し、人差し指を一回だけ上下させた。それまで同じ文字ばかり書いていた爪の感触が消えた。わずかな時間を空けた後、躊躇《ためら》うような速度で妻は再び腕をなぞった。

「ＹＥＳ？」

一回、指を上下させた。妻と拙《つたな》い意思のやり取りをする生活がそうしてはじまった。

2

自分にあるのは一面が黒色に塗りつぶされた完全な暗闇の世界だった。そこは静寂でわずかな物音さえ聞こえず、心はどこまでも寂しくなった。たとえだれかがそばにいたとしても皮膚に触れてもらっていなければいないも同然だった。そのような状態の自分に妻は毎日つきあってくれた。

彼女は多くの文字を右腕の内側に書き、暗闇の中にいる自分へ情報をもたらしてくれた。

最初の慣れないうちは皮膚上の感触に集中しても文字を判別するのが難しかった。書かれた文字がわからなかったときは人差し指を二回、上下させて否定の意味を表した。すると彼女は再び最初から腕の内側に文字を書いてくれた。その作業を行っているうちに文字の判別が上手くなった。彼女が指先で皮膚上をなぞるのと同じ速度で、彼女の綴《つづ》る文章が頭に入ってきた。

腕に書かれた言葉を信じるなら自分は病室にいるそうだった。四方を白い壁に囲まれており、ベッドの右手側に窓がひとつだけあるのだと彼女は右腕に書いた。彼女はベッドと窓のある壁との間に椅子を持ち込んで腰かけているそうだ。

自分は交差点で信号待ちをしているとき、居眠り運転をしていたトラックに衝突され大怪我をしていた。体中の骨を折り、内臓もやられていた。脳に障害が起こり、視覚、聴覚、嗅覚《きゅうかく》、味覚を失っていた。右腕以外の触覚も同じだった。骨は治ってもそれらの感覚はもう取り戻せないらしかった。

それを知った自分は、人差し指を動かした。心中でどれほど深く絶望してもすでに泣くことすらできなくなっていた。悲鳴を彼女へ伝える方法は指を動かすことしか残されていなかった。しかし彼女には能面のように無表情で横たわる自分がただ指をかすかに動かしているとしか見えないに違いなかった。

自分には朝が訪れたことを目で見ることができなかった。右腕が日差しの温かみを感じ、温《ぬく》もりが皮膚上を覆うことで夜明けを知った。暗闇の中で目覚めた当初にあった痺《しび》れはいつのまにか消え、少なくとも皮膚の感覚だけは以前と変わらなくなった。

朝になりしばらくすると不意に妻の手が腕に触れるのを感じた。彼女が今日もまた病室に来てくれたことがそれでわかった。最初に彼女は「おはよう」と右腕に書いた。返事をするように自分は人差し指を動かした。

夜となり彼女が家へ帰るときは「おやすみ」と書いた。そして彼女の手の感触は闇の中へ消えた。その度にもう自分は見捨てられ、妻は二度と来てくれないのではないかと思った。眠っているのか起きているのか判然としない夜が終わり、日差しの温かみの中で再び彼女の手を右腕で感じると、自分は深く安堵《あんど》した。

一日中、彼女は皮膚に文字を書き、天気のことや娘のことなどを教えてくれた。保険金や運送会社からもらえる賠償金があり、当分は暮らしていけるらしいとわかった。

様々な情報は彼女に教えられるのを待つ以外になかった。時間を知りたいとこちらが思っても、その要望を彼女へ伝える方法はなかった。しかし今日が何月の何日であるのかは、朝に彼女が病室へ来た際、必ず右腕に書いてくれた。

「今日は八月四日です」

ある朝、彼女が指先でそのように書き、事故から三ヶ月が経過したのを知った。その日は昼ごろに病室へ来客があった。

妻の手が不意に右腕を離れ、自分は暗闇と無音の世界に取り残された。しばらくして小さな温もりが右腕に当てられた。それは汗ばむように湿っており、熱の塊であるように感じられた。それが娘の手であることをすぐに覚《さと》った。妻が右腕の上を爪でなぞり、彼女の両親が娘を連れて見舞いに来てくれたことを教えてくれた。一歳になる娘の手を、彼女は右腕に押し付けてくれたらしかった。

人差し指を上下させて義父母と娘に挨拶《あいさつ》した。彼らは何度目かの訪問だった。妻のものとは異なる手の感触が右腕に次々と触れた。どうやら彼女の両親が挨拶のかわりに触れてくれたらしかった。皮膚上を撫でる彼らの感触にはそれぞれ特徴があった。皮膚が固かったり、ざらついていたりという触感の違いがまずあった。皮膚へ触れる面積や速さから相手の中にある恐れが見えることもあった。

娘の触れる手つきには恐れがなかった。まるで目の前にある物体がいったい何なのかわからないといった触れ方だった。自分の肉体は彼女の前では人間としてではなく、ただの横たわる塊として映っているのだろうと考えた。そのことは自分を打ちのめした。

義父母に連れられて娘は帰って行った。しかし自分は娘の手つきを思い出し胸が痛くなった。自分の知っている彼女はまだ喋《しゃべ》ることができていなかった。事故に遭う前、自分を見て「おとうさん」と声に出したことさえなかった。それなのに自分は、彼女がどのような声で話すのかを知るよりも前に聞く力を失ってしまった。彼女が立ち上がって歩きはじめる様も見ることができず、頭に鼻を押し付けたときに嗅《か》いだ匂いも永遠に失われた。

知覚できるのは右腕の表面のみだった。自分は右腕だけの存在になってしまったのだろうと考えた。自分はおそらく、事故で右腕が切断されたのだ。体と右腕が切り離され、どのような理由からか、自分という考える存在は切断された右腕の方に宿ってしまったのだ。自分は病院のベッドで横たわっているらしいが、右腕だけがそっとベッドに寝かされているのと変わらなかった。そのような状態の自分を見て、娘がそれを父親だと認識できるはずがなかった。

妻の爪が右腕の上を滑り、娘の成長を見ることができずに悲しいかどうかを質問してきた。人差し指を一回だけ動かして肯定の意思を伝えた。

「苦しい？」

妻が腕に書いた。肯定の返事をした。

「死にたい？」

迷わずに肯定を選んだ。彼女の情報によると自分は人工呼吸器と点滴によって生かされているらしかった。彼女が少し手を伸ばして人工呼吸器のスイッチを切るだけで苦しみから解放されるはずだった。

妻の手の感触が腕から離れ、自分は暗闇へ置き去りにされた。自分には知ることなどできないが、今、彼女は椅子から立ち上がったのだろうと推測した。そしてベッドの周囲を回り、人工呼吸器の前へ移動しているのだろう。

しかしそれが間違っていたことを、不意に腕へ触れた妻の手の感触により知らされた。彼女は椅子から立ち上がらず、そばにずっと座っていたらしかった。

腕の上に触れているのは、接触面の形からどうやら左手のひらであるらしいとわかった。しかしその感触はどこかいつもと異なっていた。左手のひらが腕を撫《な》でる際、いつも皮膚上に感じていた指輪の冷たさがないのだと気づいた。どうやら彼女は指輪を外したらしかった。それがなぜなのかと考える前に、皮膚を叩《たた》かれる感触があった。

叩いたのはどうやら指らしかった。叩くといっても平手打ちのような強い力ではなく、一本だけたてた指をそっと皮膚の上に振り下ろすという感じだった。まるで躊躇《ためら》うように、何度か同じ場所を彼女の指は叩いた。何かをはじめる前の準備運動のようでもあった。

最初は妻が何かの合図を送っているのかと思ったが、連続的に叩かれる指の感触には、こちらの返事を待っている様子が見受けられなかった。

皮膚を叩いていた指は最初のうち一本だけだったが、やがてその数が二本に増えた。どうやら人差し指と中指で交互に皮膚を叩いているようだった。受ける感触が次第に強くなり、彼女が指に力を乗せて弾きはじめたのを感じた。

指の数は増えていき、ひとつひとつの弾かれる感触がいくつも連なっていった。最終的に十本の指が腕の皮膚上を一斉に弾いた。小さな爆発が連続的に皮膚の上で起こっているように感じられた。彼女の力が弱められると、今度は雨粒が腕の上をぽろぽろと転がるようだった。彼女は腕をピアノの鍵盤《けんばん》に見立てて演奏しているのだとわかった。

肘《ひじ》に近い部分が低い音の鍵盤、手首に近い方の皮膚が高い音の鍵盤、そう考えて刺激を感じると確かに彼女の弾く感触は音楽として連なっているように感じた。一本の指が皮膚を弾いた時の刺激は単なるひとつの点だった。しかしそれが連続して連なると刺激は腕の上で波の形を描いた。

腕の上が広いスケートのリンクへ変化したようだった。妻の指で弾かれる感触が肘の辺りから手首の辺りまで一直線に滑ったかと思うと、まるで階段を小刻みな歩き方で下りてくるように手首から肘へと戻ってきた。地響きを起こすように多くの指が皮膚へ打ち付けられることもあった。カーテンが揺れるようなやさしさで十本の指先が腕の上を通り過ぎることもあった。

その日以来、妻はいつも病室に来ると右腕の上で演奏をするようになった。これまで文字を書いていた時間が音楽の授業へと変わった。演奏の前と後、彼女は曲名と作曲者を腕に書いてくれた。自分はすぐにそれらを記憶し、気に入った曲のときは人差し指を動かした。自分では拍手のつもりだったが、その動きを彼女にどう受け取られたのか定かではなかった。

自分にあるのは光の差さない深海よりも深い闇と、耳鳴りすら存在しない絶対の静寂だった。その世界で彼女が腕の上に広げていく刺激のリズムは、独房に唯一ある窓のようなものだった。

事故から一年半が経過し、冬が訪れた。

病室の窓を妻が開けたのか、右腕に外からの冷たい空気が触れるのを感じて驚いた。無音の暗闇ではだれかが窓に近寄る様も開ける様子もわからないため、腕に触れる冷気を事前に予測することができなかった。妻は病室内の空気を入れ替えているのだろうと考えた。室内の温度が下がっていくのを右腕の皮膚が感じていた。

やがて右腕に氷のような冷たいものを当てられた。どうやらそれは妻の指らしかった。直後にその指が腕の上に文字を書いた。

「おどろいた?」

人差し指を一回だけ動かして肯定の意思を伝えた。その返答を見て彼女がどのような表情を浮かべたのか自分には確認する術《すべ》がなかった。

再び指が文字を書き、これから演奏をはじめると告げた。しかしその前に少しだけ指を温めさせてくれと彼女は続けて書いた。

温かく湿った風を腕の皮膚に感じた。彼女は吐く息で指を温めており、その吐息が腕の表面にまで届いているのだろうと推測した。温かい風が消えると、演奏がはじまった。

自分は彼女の指が弾く順番やその位置、タイミングなどをすっかり覚えてしまっていた。曲名を教えられずに演奏がはじまってもすぐにそれが何の曲かわかった。彼女の指の動きを皮膚で感じていると、いつもその向こう側に何かが見える気がした。それは漠然とした色の塊であったり、かつて体験した幸福な時間のイメージであったりした。

同じ演奏を聴いても飽きることはなかった。それは日によって彼女の弾き方に微妙な差異が表れるからだった。曲を完全に覚え込んでしまうと、腕の皮膚に感じるわずかなタイミングのずれなどがわかるようになった。そこから発生するイメージの違いが、前日に聴いたものとは異なる景色を暗闇の向こう側に生んだ。

その微妙な差異こそが妻の内面の表れなのだと、いつからか自分は思うようになった。彼女の心が安らかなとき、皮膚上には、寝息に似た柔らかい指の動きを感じた。彼女の心に戸惑いがあるらしいとき、まるで階段を途中で転んで引っかかってしまうような瞬間があった。彼女は演奏に対して嘘をつくことができず、腕へ感じる刺激の向こう側に彼女のあるがままの本質が潜んでいるのだと思えた。

不意に妻の演奏が中断され、再び温かい吐息が腕の表面を撫でた。寒さで赤くなっている彼女の細長い指が、暗闇の向こう側に透けて見える気がした。腕に当たる吐息が止み、演奏が再開された。

弾かれる指の刺激が肘から手首までゆらめくように移動した。自分は海辺に寝かせられ、海から打ち寄せる波がやさしく腕にかかっているような気がした。

事故に遭う前、彼女と多くの言葉で傷つけあったことを思い出した。後悔のために胸を焼かれた。彼女に謝りたかったが、その気持ちを表現する手段はもう自分にはなかった。

3

なぜ自分を死なせてくれなかったのかと、幾度も神様を呪った。このまま老人となり老衰で死ぬまで自分は数十年という時間を暗闇と無音の中で過ごさなければならないのだ。そう考えるといっそのこと狂った方がましだった。狂い、時間の感覚も、自分が自分であることもわからなくなれば、どれほど安らかな気持ちになるだろう。

しかし自分は、動くことも言葉を発することもできない状態で、考えるということだけを許されてしまった。いくら頭の中で思索をめぐらしても、見聞きすることや気持ちを表現することはできず、ただ光と音に恋焦がれるしかなかった。

自分の考えることを暗闇の向こう側で歩き回っているはずの妻たちに伝える方法がなかった。腕に書いてくれる質問へ人差し指で肯定か否定かを表すことはできたが、しかしそれだけでは足りなかった。外側から自分を見たとき、おそらくはベッドで横たわる無表情な人形として目に映るはずだった。しかし実はこの頭の中で常に様々なことを自分は考えているのだ。

それなのに考えていることを吐き出すには人差し指の上げ下げなどあまりにもはけ口として小さすぎた。心の中に様々な感情が膨れ上がっても自分にはもう笑うことも泣くこともできなかった。胸は常に限界まで水の溜《た》まったダムと同じで、肋骨《ろっこつ》が内側から爆発しないのが不思議なほどだった。

自分ははたして生きていると言えるのだろうか。これではただの考える肉塊でしかなかった。生きている人間と肉塊との境界はどこにあるのだろうか。そして自分はそのどちら側に位置しているのだろうか。

自分はこれまで何のために生きてきたというのだろうか。このように肉塊となるため母から生まれ、学校で勉強をし、就職して仕事をしていたというのだろうか。人は何を目的にこの世へ生を受け、地上を這《は》いずり回り、死んでいくのだろうか。

生まれてこなければよかったと考えた。いまや自殺することさえ自分一人ではできなくなっていた。もしも自分の血管に毒を流し込むスイッチが人差し指の下にあれば迷わずに押していた。しかしそのような機械を用意してくれるやさしい人間はどこにもおらず、それを指示する方法も自分にはなかった。

考えるということを止めたかったが、無音の暗闇で自分の脳味噌《みそ》だけは生きていた。

いつのまにか事故から三年が過ぎていた。妻は毎日、病室を訪れて自分につきあってくれていた。腕の皮膚に文字を書き、今日の日付や家であった出来事、世界のニュースなど、外界の情報を教えてくれた。彼女は一度も弱音を腕に書かず、今後もずっとそばにいるという姿勢を言葉の中に交えて勇気付けてくれた。

彼女からもたらされる情報によると、娘は四歳になり飛び跳ねることや言葉を話すことができるようになったらしかった。しかし、はたしてそれが本当のことなのかどうか自分には確かめる術がなかった。娘が風邪をこじらせて死んでしまっていたとしても、自分にはそれを知ることなどできなかった。日付を間違って教えられていても、家が火事で燃えてしまっていても、世界が滅びていたとしても、自分は妻の書くことを真実として受け止めるしかできなかった。

それでもある日、自分は妻の嘘に気づくことができた。それは彼女が右腕の上で演奏をしてくれているときだった。

彼女の指によって弾かれる刺激の連なりが様々なイメージを自分に見せてくれた。それはそのまま、彼女の頭の中に浮かぶイメージと言っても良いはずだった。そこからうかがい知ることのできる彼女の姿は、腕に書かれる文字の内容よりもはるかに実体をともなって感じられた。

あるとき、いつものように自分は、彼女の指によって奏でられる音のない音楽に心の耳を傾けていた。それまでに繰り返し、何百回と聞いた曲を彼女の指は弾いていた。はじめて聞いたときは小刻みに動く指先の感触から、まるで子馬が駆け回っているような曲だと思った。しかしその日の彼女が弾いた曲からは、子馬の駆け回っている様子は想像されなかった。微妙な乱れがそうさせるのか、彼女の指から与えられるイメージには、疲れた馬が首を重たげに下げて歩いている様しか見えなかった。

何か妻に嫌なことがあったのだろうかと思った。しかし彼女が腕へ書く文字には暗い心を示す言葉など微塵《みじん》もなく、いつものように明るく自分を勇気付けるような話をするだけだった。自分は彼女に調子を尋ねることもできず、顔の表情を見ることもできず、ただ演奏と言葉の間にある矛盾した印象だけが心に残った。

しかし彼女の演奏に疲弊したイメージが混じったのはそのときだけではなかった。以来、彼女がどのような曲を弾いても、皮膚上に織り成す曲の中に明るさは見えず、そのかわり窒息と先の見えない絶望というイメージが入り込んだ。それは普通ならば気づかないほどの微妙な差異だった。おそらく彼女自身、いつもと同じように弾いているつもりだろうと考えた。

彼女は疲れているのだと覚《さと》った。原因は明らかに自分だった。自分が鎖となり彼女を縛り付けているのがいけなかった。彼女はまだ若く、いくらでも人生をやり直す時間があるはずだった。しかし、自分が中途半端に生きているせいで、彼女にはそれができないに違いなかった。

彼女がだれかと再婚したら周囲は非難するだろうか。それとも仕方のないことだと考えるだろうか。ともかく彼女は肉塊となった夫を見捨てることができないでいるのだ。毎日、病室に足を運び、右腕をピアノの鍵盤《けんばん》に見立てて演奏の真似事をしてくれた。

しかし内心では彼女も苦しんでいるに違いなかった。どのような明るい言葉で偽ろうと、彼女の指先は心の中にあるものを表現してしまっていた。演奏の中に垣間《かいま》見た疲れた馬とは、おそらく彼女自身の姿だった。

彼女のまだ可能性に満ちているはずの残りの人生が、この肉塊につきあって日々を過ごしていくうちに消えていこうとしていた。自分は事故のために人生を失ったが、その看病のために病室へ通わなければならない彼女もまた同じだったのだ。彼女の中にあるやさしさが、この肉塊を見捨てていくことはできないと考えさせているに違いなかった。

自分はどうすればいいのかわからなかった。彼女を自由にさせなければならなかった。しかし彼女がいなくなるということは、自分が暗闇と無音の世界に一人で取り残されることを意味していた。また、何かを思いついたところで自分にはその考えを彼女に伝える方法がなかった。自分はただ彼女の決心に身を委《ゆだ》ねることしかできなかった。

時間だけが過ぎ、事故から四年が経過した。時を重ねるごとに彼女の演奏は重苦しさを増していった。それはおそらく常人には感じられない程度の微妙な感覚だった。しかし自分にとって彼女の演奏は世界のすべてに等しく、そのために強く彼女の苦しみを感じとった。

二月のある日のことだった。

彼女が明るい曲を腕の上で弾いてくれた。皮膚の表面を指が小刻みに叩《たた》く感触は、蝶《ちょう》がそよ風に乗りながらうろつき飛んでいる様を想像させた。一見するとそれは穏やかなイメージだった。しかしその蝶をよく見ると羽が血で濡《ぬ》れているように感じられてきた。どこかに降り立って休むことができず、苦しくても永遠に羽を動かし続けなくてはならない運命を背負わされた蝶だった。

演奏をしばらく続けた後、中断して休憩をとりながら彼女は腕に文字を書いた。演奏とは裏腹の明るい世間話だった。

「爪が伸びているからそろそろまた切らないといけないわね」

彼女はそう書いた後、爪を調べるために人差し指を触った。自分は必死に指を動かし、触れている彼女の指に爪をたてようとした。皮膚を突き破り、血を出させ、殺してくれという心情を伝えたかった。

この情けない肉の塊を殺してほしかった。生を終わらせ、安らかにさせてくれることを祈った。しかし爪をたてるにはあまりにも人差し指の力は弱すぎた。彼女の指を押し返すことさえできず、呪いに満ちた気持ちをぶつけることはできなかった。

それでも指の皮膚を通じてこちらの気持ちがわずかにでも伝わったらしかった。演奏が再開したときにそのことを知った。

腕の上に降り立った彼女の指先は、まるで胸を掻《か》き毟《むし》るように皮膚を弾いていった。彼女が腕の鍵盤で奏ではじめたのはさきほどの明るい曲ではなく、どこまでも暗い穴へ落ち続けていくような曲だった。

奏でるという表現では生易しい弾き方だった。彼女の心の奥にあるものをそのまま指に乗せてぶつけられている気がした。皮膚が彼女の爪で引っ掻かれるような痛みさえあった。その痛みは、自分の人生と、肉塊となった夫に対する愛情とを秤《はかり》にかけなければならなくなった懊悩《おうのう》そのままだった。指先が皮膚に当たる度、何も聞こえなくなったはずの自分の耳は、彼女の悲鳴を聞いた気がした。腕の表面で生まれた彼女の演奏は、それまで自分が触れたどのようなものよりも狂おしい美を備えていた。

やがて弦が耐え切れず弾け飛んでしまったように演奏は中断された。皮膚の上に十個の鋭い痛みが並んでいた。どうやら妻の指先にある十本の爪が腕に突き立てられているらしかった。数滴の冷たい液体が落下した。彼女の涙の雫《しずく》だとわかった。

やがて指の載っている重みはなくなり、彼女は暗闇の向こう側に消えた。病室を立ち去ってどこかへ行ってしまったのか、しばらくの間、皮膚の表面に戻ってはこなかった。指が離れても爪の痛みだけは残っていた。一人で無音の暗闇に取り残されていた時間、自分は、ついに自殺する方法を思いついた。

4

不意に右腕の表面へ何かが触れた。皮膚への接地面積からすぐにそれが手だとわかった。その手には皺《しわ》があり、表面は固く、腕を触る手つきには妻のものらしい愛情は感じなかった。その手が医者のものであることにはすぐ気づいた。四年前に暗闇の中で目覚めて以来、何度も感じた手だった。

彼女が医者を呼びに行くことは想像がついていた。おそらく彼女は今、同じ病室内にいて、医者の下す診断を緊張しながら待っているのだろうと想像した。

医者の手によって右腕は持ち上げられ、腕の側面からシーツの感触が消えた。医者の手の皮膚が人差し指を包み込むように握り締めるのがわかった。そのまま医者はマッサージをするように関節を折り曲げた。人差し指の骨に異常がないかどうかを確かめているような手つきだった。

やがて右腕は再びシーツの上に置かれ、医者の触れる感覚は暗闇の奥へ消えた。少しの間をおいて、人差し指の先に針の刺される鋭い痛みを感じた。しかしそれがくることはあらかじめ予測していた。自分は痛みに耐え、決して人差し指を動かさなかった。

決心は昨晩のうちに終えていた。夜が終わり、窓から差し込んでいるらしい朝日の温《ぬく》もりを皮膚が感じはじめるころ、すでに自分の自殺ははじまっていた。妻がいつものように病室を訪れ、指先で皮膚の表面に「おはよう」と書いた。しかし自分は人差し指を動かさなかった。

妻は最初、眠っているのだと考えたらしかった。彼女の手の感触は右腕の表面から離れ暗闇の奥に消えた。窓を開けたらしく、外の空気が腕に触れた。外は冷え込みが厳しいらしく、皮膚の感じる空気は痺《しび》れを起こすほど冷たかった。毎日、日付を教えられていたので、今が二月であることは知っていた。窓の外を見ながら白い息を吐き出す彼女の姿を自分は想像した。

腕に触れられていないかぎり、目も耳も失われている自分には、だれかが病室内にいようとそれを知ることはできなかった。しかしその朝、窓を開けた彼女がベッド脇に腰掛け、自分の眠りが覚めるのを待っているらしいことを直感していた。人差し指に、彼女から注がれる視線の圧力があった。自分は決して人差し指を動かさず、ひたすらに沈黙し続けた。

やがて妻は、指が動かないことを異変ととらえたようだった。右腕を軽く叩き、腕に文字を書いた。

「ねえ、起きて。もう昼が近いわよ」

この四年間で彼女の書く文字は話し言葉と同じ複雑さと速さを得ていた。自分はその言葉を、耳で聞くのと同じように皮膚上で理解することができた。

無視して返事をしないでいると、再び彼女は自分が起きるのを待ちはじめた。しばらく時間を置き、腕を叩いて呼びかけた。それを何度か繰り返して昼ごろになったとき、彼女はついに医者を呼んだ。

医者は人差し指だけではなく、右手のひらや小指の関節、手首など、あらゆるところを針で刺した。しかし自分はそれに耐えなければならなかった。ここで痛みに負け、あるいは驚き、人差し指を動かしてしまってはいけなかった。医者や妻に対して、自分はもはや指を動かすことや皮膚の刺激を感じることができなくなったと思わせねばならなかった。そうして自分は、もはや外界と完全に意思の疎通ができない肉の塊なのだと判断してもらわねばならなかった。

やがて医者の刺す針の痛みが消えた。自分は一度も人差し指を動かさず、石のように沈黙し続けることができた。

しばらくの間、右腕にだれも触れなかった。医者が妻に話を聞かせているのだろうと思った。やがて長い時間を経た後、やさしい手の感触が右腕に載せられた。指輪の冷たさを見つけるまでもなくそれが妻の手であることを覚った。

彼女は右腕を仰向けの状態に置き直し、皮膚の表面に指を二本、触れさせた。位置や感触からそれが人差し指と中指であることが自分にはわかり、二本の指だけが闇の奥から白々と浮かび上がったように思われた。指先の触れる二つの点は弱々しい感触でしかなく、朧《おぼろ》な存在として感じられた。それが腕の表面を肘《ひじ》から手首の方に向かってそっと滑った。髪の毛らしい細かな感触が腕に落ち頼りなげに崩れた。濡れた柔らかい圧迫を手のひらが受け、彼女の頰が当てられているのだとすぐにわかった。ベッドの横に膝《ひざ》をつき、右手のひらに横顔を載せる彼女の姿が暗闇の中で見えた。

彼女の口から吐き出されたらしい熱い息が手首の表面に軽く衝突し、まるで腕を駆け上がってくるように皮膚上を撫《な》でた。しかし息の気配は肘を通過したところで暗闇の中に掻き消えた。

「あなた、指を動かして」

手の上から頰の感触が消え、腕に指先で文字がなぞられた。

「先生の言うとおり、本当に指を動かせなくなってしまったの?」

彼女は問いかけるようにそう書くと、反応を待つように時間をおいた。指を沈黙させていると、彼女は次々と腕に言葉を刻み込んだ。彼女が書いたのは、医者から聞いた診断の報告だった。

人差し指による返答がされなくなったことについて医者は考えあぐねているらしかった。ついに全身麻痺《まひ》の状態になってしまったのか、それとも指を動かせなくなっただけで皮膚感覚はまだあるのか、判断がつきかねた。あるいは心が暗闇にやられてしまい、もはや外界からの刺激に対して何も感じなくなってしまったのかもしれないと、医者は彼女に言っていた。

「あなた、本当は感じているのよね。そして指を動かすことができるのよね」

妻の指先が震えながら腕の表面にゆっくりと書いた。暗闇と無音の世界で自分はその言葉を見つめていた。

「あなたは嘘をついているんだわ」

涙の雫らしいものが腕の表面に落下して何度も弾《はじ》けた。

「あなたは死んだふりをしているだけなのよね。ねえ、そのまま無視を続けるのなら、私はもうここに来てあげないわよ」

返答を待つように彼女の指は腕から離れた。人差し指が彼女から注がれる視線を感じていた。指を動かさないでいると、彼女はまた腕に書きはじめた。指先の動きは次第に速く、忙しくなっていった。一心不乱に神へ跪《ひざまず》き希《こいねが》うような真剣さがそこから感じられた。

「お願いですから、返事をしてください。でなければ、私はもうあなたの妻であることをやめます」

彼女の指先はそのように書いた。暗闇の向こう側に見えるはずのない泣いている彼女の姿を見た。自分は人差し指を動かさなかった。無音の中でさえはっきりと感じられるほどの沈黙が自分と妻の間に流れた。やがて彼女の指が力なく腕の表面に当てられた。

「ごめんなさい。ありがとう」

彼女の指先はゆっくりと皮膚上で動いた。そして腕の表面から離れ、暗闇に溶けて消えた。


その後も妻は病室を訪れて腕に演奏してくれた。しかし毎日ではなくなり、二日に一回の割合となった。その数もやがて三日に一回となり、ついに妻の来訪は一週間に一度となった。

腕の表面で聴く彼女の演奏から重苦しさが消えた。連続的に弾かれる指の感触は、腕の上で小さな子犬が踊っているようだった。

彼女の演奏に、時折、罪悪感めいたものを見ることがあった。自分に対しての負い目だとすぐに気づいた。彼女がそれを感じるのは望むことではなかった。しかし、不思議とその感情が演奏を深くさせた。腕の表面に広がる無音の音楽の中に、許してくださいと運命に乞《こ》う彼女の美しい姿を垣間《かいま》見た。

演奏の前後、彼女は腕に文字を書いて話しかけてきたが、自分は決して返事をしなかった。彼女はそれでもかまわないらしく、物言わぬ肉の塊にひたすら指先で近況報告を書いた。

ある日、右腕の皮膚に恐々とした様子で触れる何者かが現れた。自分は暗闇の中で意識を集中し、それがだれなのかを知ろうとした。妻のものよりも、はるかにその手は小さく、柔らかかった。その隣にいつもの妻の手が置かれたのを感じ、小さな手は娘のものだと覚った。

自分の記憶にある娘の姿は、まだ妻の胸に抱きかかえられていなければならない小さな子供だった。しかし腕に載せられた彼女の手の感触は、赤ん坊のような意思を伴わない触れ方ではなかった。物言わぬまま横たわる肉体に対して恐れを抱いていながら、それでも好奇心を感じさせる触れ方だった。

「最近、この子にピアノを教えているの」

妻が腕にそう書いた。皮膚の表面から彼女の存在が離れ、自分に触れているのは娘だけとなった。

娘の指は大人のものにくらべて細く先が尖《とが》っているらしかった。皮膚の上に感じるその感触は、まるで子猫が爪先立ちをして腕に載っているようだった。

不器用にその指は演奏をはじめた。爪先立ちをした子猫が腕の上で飛び跳ねたり、転んだりしているようだった。妻の弾く曲とは比較にならないほど簡単なものだったが、一生懸命に弾いている娘の姿が思い浮かんだ。

娘は妻と共にその後もよく病室を訪れ、腕の上に演奏をしてくれた。時が経つにつれてその演奏は上達し、腕の表面で躍る指先の感触から、彼女の明るい性格に触れることができた。たまにお転婆で飽きっぽい性格が演奏の中に混じっていた。娘が腕の上に織り成していく世界から、おそらくは目で見るよりも深く彼女の成長に接することができた。

やがて娘が小学校にあがるころのことだった。彼女の尖った指先が腕の表面に載せられ、ゆっくりと慎重に文字をなぞった。

「おとうさん」

子供特有のわずかに歪《ゆが》んだ文字だったが、はっきりと娘はそう書いていた。


やがて長い時間が過ぎた。どれほどの年月が過ぎたのかを自分に教えてくれる人間はいなくなり、正確な日付を知ることはできなくなっていた。いつからか妻は自分のもとを訪れなくなっていた。それと同時に娘が来ることもなくなった。

妻の身に何かが起こったのか、それともただ忘れられてしまっただけなのか、定かではなかった。彼女の状況を自分に教えてくれる人間はおらず、ただ想像するしかなかった。生きるのに忙しく肉塊となった夫のことを思い出す暇さえないというのであれば自分は嬉《うれ》しかった。彼女は物言わぬ塊に関わっていてはいけなかった。忘れてしまっているということがもっとも望ましいことだった。

最後に娘の演奏を腕の皮膚上で聴いたとき、彼女は妻と同じ程度に上達していた。病室にこなくなって久しいが、すでに娘は成人しているはずだった。あるいは結婚し、孫を産んでいるのかもしれなかった。時間の経過は判然とせず、娘が現在、何歳なのかを知ることはできなかった。

そもそも、自分がどれほど老いているのかさえわからなかった。妻はもしかすると老衰で死んでしまったのかもしれないとさえ考えた。

自分は暗闇と無音の世界にいた。シーツの上に載せられた腕へ日差しが当たることもなくなっていた。どうやらベッドを移動させられ、窓のない部屋に移らされたのだろうと考えた。それでも世界が滅びていないらしいとわかるのは、自分がまだ人工呼吸器と点滴によって生かされているからだった。

自分は使わない物を置いておくように病院の片隅へ寝かされているのだろうと想像した。そこはおそらく物置のような部屋で、自分の周囲には埃《ほこり》を被《かぶ》った様々なものがあるのだろうと思った。

腕にだれかが触れることはもうなくなっていた。医者や看護婦にも存在は忘れ去られ、また、自分はそれでも良いと思っていた。時折、力を込めてみると、まだ人差し指は上下に動いた。

腕の上にはまだ妻や娘の生み出した演奏の感触が残っていた。それを暗闇の中で思い出しながら、今も外界で起こっているはずの様々なことを想像した。人は今日も歌っているだろうか。音楽を聴いているだろうか。自分が物言わぬ塊として物置に置かれているときも時間は流れ過ぎているのだ。自分は無音の暗闇にいるがその間にも世界は音と光に満ちているのだろう。大勢の人間が地上に生き、生活し、笑ったり泣いたりを繰り返しているに違いなかった。永遠に失われた光景を夢見ながら自分は静かに暗闇へ身を委《ゆだ》ねた。

傷

7

1

オレの通う小学校には特殊学級というのがあって、問題のある生徒が何人か集められていた。生まれつき頭の弱い子や、もう何年もしゃべらない子、何らかの障害があって普通のクラスになじめない子などが、まとめてそこで授業を受けていた。

特殊学級の教室は、小学校の片隅、まるで他の子供たちから隠すような場所にひっそりとあった。問題のある子供について専門の勉強をした先生がクラスを受け持ち、ボタンとキャンデーの見分けがつかない生徒を見張り、間違って喉《のど》をつまらせないようにしていた。年齢は関係ない。普通の教室に適応できないと判断されたら、そこの生徒になる。

ある日、体育で水泳をやることになった。オレが更衣室で上着を脱ぎ、上半身がはだかになったときのことだった。同じクラスのやつが言ったのだ。

「おまえのその痣《あざ》、親父につけられたんだってな」

そいつはオレの背中を指差し、そこにいたみんなの注意をひいて楽しんでいた。

オレの背中には、数年前に親父からつけられた痣がある。酔っ払った勢いで、アイロンを投げつけられたのだ。その部分は赤黒く変色して目立った。オレはそこを見られるのがいやで、常に隠そうとしていた。

「おい、なんとか言えよ。親父がやったんだろ」

痣を指差して、そいつは言った。そこにいた同じクラスの男子は、みんなオレの背中に眼を向けてこそこそ笑いあっていた。

更衣室の隅に、プールを磨くためのデッキブラシがあった。長い柄の先に、緑色のブラシがついたやつだ。オレはそれを握り締めて、思いきり、背中を指差していたやつを殴った。鼻血が出て、何度も泣いて謝っていたが、オレは殴り続けた。

次の日、まわりの大人たちがオレの家庭環境を調べ、精神的欠陥のおそれについて話し合った。その結果、オレは特殊学級に入ることが決定した。

特殊学級の先生は、メガネをかけたおばさんだった。特殊学級にいる小さな子と毎日、折り紙をハサミで切らされるのだ。そうやって、あらゆる色の混じった派手な折り紙の鎖を作り、特殊学級の教室は天井や壁が無意味に飾り付けされていた。

「うちのクラスは、今の子たちで手いっぱいなんです。その上、あんな子をひきうける自信が私にはありません……」

当初、彼女は校長先生にそう訴えたそうだ。オレがこれまでにやった暴力的なことをすべて知っていたのだ。特殊学級にいる他の子に迷惑がかかると考えたのだろう。結局、彼女の叫びは校長先生に聞き入れられなかった。

オレが特殊学級の生徒になって一週間ほど、彼女はぴりぴりした目でオレを見ていた。

いつ、火山が爆発するのかを恐れているように見えた。

しかし、オレは特殊学級の生徒になってからは、暴力をふるわなかった。小さな子がオレの給食を机から落としてダメにしたときも、怒ったりはしなかった。

「あなた、腹が立たなかったの？」

先生がオレに尋ねた。

「最初はむかついたよ。だって食べたかったもん。でもさ、あいつはまだ一年生なんだぜ。悪気があったんじゃないんだ、しょうがないよ」

先生は驚いたようにオレを見た。

「あなたについては、少し、報告と違うみたいね」

オレはすぐにそのクラスが好きになった。そこには、敵意を持ったやつがいない。からかうやつもいない。特殊学級の子は、だれもオレに対して嫌がらせなどしなかった。

半分近くの子が、一人でトイレに行けなかった。言葉をしゃべることができない子や、いつも何かに怯《おび》えている子がいた。それでもみんな、なんとか一生懸命にやっていた。だれかをからかう暇もなく、必死で普通の子についていこうとしていた。

その教室にあるのは、他の場所で生きるのが困難な子供たちの笑顔と、普通の子供ならすぐに置き去って成長してしまう幼い純真さだけだった。

四月、特殊学級に一人の男の子がやってきた。オレと同じ十一歳のそいつは、他の小学校から転校してきたものの、だれとも口をきかなかった。それで、このクラスに移動させられたのだ。色の白い、背の小さなやつで、先生に手をひかれて不安そうに教室へ入ってきた。黒色の長袖《そで》、長ズボンに身を包み、まるで陶器の人形のように美しい顔をしていた。

それがアサトだった。


特殊学級では、毎日、先生から課題のプリントが配られる。生徒の頭の良さによって課題の難易度は違っていたが、アサトはもっともレベルの高いプリントをこなしていた。しかし彼は、なかなかみんなと打ち解けなかった。先生に言われたことはだれよりもうまくこなしたが、だれとも話をしなかった。休み時間になると教室の隅で、小さな体を丸めて一人、本を読んでいた。

ある日、オレは職員室に呼び出された。行ってみるとそこには、腕に歯形をつけたかつての同級生と、その母親がいた。前日、オレはそいつの腕に噛《か》み付いたのだが、そのことを大人たちは怒っていた。

なぜそんなことをしたのかと尋ねられたので、そいつが特殊学級のクラスメイトにひどいことをしたのだと説明した。結局、オレは職員室の床に正座させられた。怒っていた生徒と母親は、それを見ながら納得した顔で帰っていった。

先生たちや、たまたま職員室を訪れた生徒が、床に座らされたオレをじろじろ眺めた。

弁護してくれたのは特殊学級の先生だけだったが、オレは気にしていなかった。

正座している時、先生たちがアサトの家庭について話していた。オレは、聞こえていないふりをしながら、耳を傾けた。

「新しく特殊学級に入った子って、例の事件があった家の子なんでしょう……?」

若い女の先生の声だった。

例の事件というのがいったい何なのか、結局はわからなかった。しかし、アサトの家庭について多くを知った。

彼には両親がいなかった。父親は数年前に死んだらしい。そして母親は、刑務所にいる。先生の話にあった例の事件というものに、アサトの母親が関係しているのだろうかとオレは推測した。

両親がいなくなって、彼はいろいろなところをたらい回しにされた。そして現在、ほとんど血のつながりがないような親戚《しんせき》の家に住んでいるらしい。

アサトに親近感を覚えた。なぜなら、オレも他人の家に住んでいたからだ。

一ヶ月前に親父が入院するまで、両親と三人で暮らしていた。親父は酒が入るとわめきちらす男で、いつも母さんやオレを怒鳴っていた。いらついて物を壊したり、投げつけたりした。昔はちゃんと仕事をしていたが、しばらく前から何もせず家にいた。振り上げた長い腕の先に固い拳があり、オレと母さんはよくそれに痛め付けられた。乱暴する親父は本当に恐くて、母さんと二人、裸足で家を飛び出したこともあった。辺りは暗く、母さんはオレの手を引っ張って歩き、親父の機嫌が直るのを待った。

昔、会社勤めをしていた頃は、みんなは親父のことが好きだったそうだ。でも、今では嫌われていた。親父自身、そのことに気が付いているようだった。

母さんはずっと耐えていたが、あいつが入院すると、ほっとしたような表情をした。親父がもう助からない重い病気にかかっていたからだ。これからは母さんとの静かな二人暮らしがはじまると思っていた。そんな時、母さんは買い物に出掛けた。

「ちょっと、郵便局に寄ってくるから、遅くなるわ」

そう言って、サンダルを履いて出掛けて行った。そのまま、帰ってこなかった。オレを残して遠くへ逃げていったのだ。オレはそれに気付かないで、夜遅くまで母さんを待ち、帰ってこないことを知ると、布団をしいて眠った。

やがて、家に一人息子だけが残されたことを知り、伯父《おじ》夫婦がやってきた。オレを引き取って、人並みの生活をさせてやる、というのはたてまえだった。家が欲しかっただけで、オレのことは邪魔者を見るような目で見ていた。

そんなだから、アサトに、なんとなく親しみを覚えた。

授業が終わると、クラスのみんなは喜んで家へ帰っていく。特殊学級の多くは、一人で家に帰ることができない子たちだった。家までの道を覚えることができなかったり、一人になると不安で頭を掻《か》きむしったりするのだ。だから、親が迎えに来る子も多かった。オレとアサトは、いつも暗くなるまで帰らなかった。まるで、家に帰るのを先延ばしにしているようだった。

人が減り、教室がしんと静かになる。夕日のせいでオレンジ色に染まる校舎、ぽんとボールを投げると、跳ねる音だけが静かに響いて消えた。だれもいない校庭は子供たちに取り残され、鉄棒や滑り台が寂しく影を伸ばす。昼間の騒々しさが嘘のようだった。その時間の空気は、とても透明だ。母さんがいなくなったのも、ちょうど世界が赤色に染まる頃だった。

教室にアサトと二人。彼は静かに本を読み、オレは工作をしたり絵を描きながらテレビを見ていた。

アサトの不思議な力が最初に現れたのは、そんな時間だった。

ある夕方、オレはカッターナイフで木を削っていた。勉強は全然だめだったが、図工は好きだった。以前、本を見ながら作ったフクロウの置物を、先生はすごく気に入ってくれた。彼女はみんなの前でそれをほめて教室に飾った。そういったことはほとんどはじめてのことだったから、うれしかった。それで今度は犬の置物を作ろうと思い、ナイフでカリカリとやりはじめた。机の周りには削りかすが散らばり、ふと気付くとオレの体にも小さな木屑《きくず》がたくさんついていた。

その日も教室にはアサトと二人で残っていたが、彼は読書に没頭していた。同い年の子に比べて彼の体は小さく、強風にあおられると浮き上がるんじゃないかと思えた。絹糸のように細い髪が額までかかり、綺麗《きれい》な目はじっと国語の本に向けられたまま動かない。

不意に、オレは彫刻する手を止めた。ナイフが木に引っ掛かって動かなくなったのだ。力を込める。瞬間、木から外れた鋭い刃が、窓から差し込む夕日を反射した。反動で、ナイフを持っていた手が机にぶつかり、意外と大きな音が教室内に響いた。

木を持っていた左の腕に、鋭い痛みがあった。十センチくらいの赤い線ができて、血が流れていた。

救急箱を取りに立つ。怪我をしたせいで、先生がオレからナイフを取り上げてしまうことを心配した。

いつのまにかそばにアサトが立っていた。少しの間それに気付かなかった。彼が自分からだれかのそばにくることはほとんどなく、同じ教室にいても、オレのことなど意識にないのだと思っていた。

彼は腕の傷を見て、顔を真っ青にしていた。眉間《みけん》にしわをよせて、呼吸困難に陥ったように苦しそうだった。

「大丈夫……？」

はじめて耳にするアサトの声は、細く、震えていた。

「このくらいのことは、慣れているんだぜ」

アサトはオレの左腕をつかみ、傷口を両側からぎゅっと押さえた。何をしたいのか測りかねていると、彼は、はっとしたように慌てて腕を放した。

「ごめん。こうやったら、傷がふさがるんじゃないかと思ったんだ」

つまり両側から圧迫することで傷がもう一度くっつくと考えたらしい。オレは愉快になった。「つきゆびした指は引っ張れば治る」という迷信にどこか似ていると思った。おもしろいやつだと思い、ぽんぽんと肩をたたいた。彼は不思議そうな顔でオレを見た。

教室の棚から救急箱を持ち出し、いざ腕の傷を消毒しようとして、気付いた。さきほどに比べ、心なしか傷が浅くなっているような気がした。

オレは不思議な予感からアサトを振り返った。彼も自分の左腕を見ていた。その日も彼は長袖に長ズボンだったが、首をかしげて袖をまくり上げていた。何年も太陽に当たっていないような、恐ろしく白い肌が出ていた。

アサトの左腕、オレがナイフで切ってしまったところと同じ場所に、似たような傷があった。浅い傷で、ほとんど血も出ていなかったが、長さや形状など、オレの傷をそのままコピーしたようだった。

「その傷、前からあったのか？」

尋ねると、彼は首を左右に振った。まるで、オレの傷が浅くなった分、アサトに傷が移動したみたいだった。

　そんなまさか、と、オレは考えたことを否定した。アサトも同じようなことを思い付いたらしく、じっとオレの目を見て言った。

「もう一度、さっきみたいにやってみていい？」

　馬鹿なこと言うなよとオレは笑ったものの、心のどこかにある好奇心が、血の流れている左腕を差し出させた。

　さきほどのように、アサトが傷口を両側から押さえ付ける。

　ポタ、と、血が一滴、床に赤い点をつけた。その血は、オレの腕から落ちたものではなかった。アサトの左腕にあった傷が、いつのまにか、あきらかに深くなっている。そこから流れた血だった。腕を押さえ続けるアサトは、まるで念じているようでもある。オレはそれを振りほどき、自分の腕を見た。ナイフの傷は、当初の半分の深さになっていた。そして、消え去ったもう半分がどこへ行ったのか、オレらは考えるまでもなかった。アサトは自分の左腕を不思議そうに見て、

「傷の深さも、痛みも、半分ずつ。二で割って、はんぶんこだね」

　と冗談めいて言った。

その日から、オレとアサトは突然に仲良くなった。彼の特殊な力のことを、みんなには秘密にした。他人の体にできた傷を、ぎゅっと押さえることで、自分の体に移動させる。それが不思議でおもしろく、何度か同じ実験を試してみた。

保健室の前で張り込みをし、怪我をした下級生を発見したら、アサトが力を使ってみる。大きな傷を移動させるのは彼に気がひけるので、小さな切り傷を作った子だけに対象をしぼった。

「ちょっとこっちにおいで」

転んで肘《ひじ》をすりむいた一年生の男の子を、保健室の前でさらった。階段の下で、アサトがその子の肘にある傷を、ぎゅっと閉じこむように押さえる。男の子はオレらのことを不安な顔で見て、逃げ出していく。アサトが長い袖《そで》をめくると、そこには男の子の肘にあったのと同じ傷が生まれている。

傷を移動させる時間は次第に短くなり、やがて一瞬でそれができるようになった。また、傷を押さえる必要もなく、アサトが体のどこかに触れていれば効力が発揮されることもわかった。

そのうち、保健室の先生が、いつも部屋の前にいるオレらに気付いた。また何かたくらんでいるものと思ったようで、しばらく保健室に近寄ることを禁止された。

「ねえ、なんで特殊学級に来たの？」

ある日のこと、アサトがオレに尋ねた。少し躊躇《ちゅうちょ》したけど、水泳のときに更衣室で行なったひどい暴力について話した。それから、オレの背中にある痣《あざ》についても説明した。話をしている間中、アサトの顔には不安や恐怖といったものが浮かんだ。そして、悲しそうな様子も見せた。

「オレが恐い？」

彼は驚いたように首を横に振る。

「全然、恐くないよ」

オレは少なからずプライドを傷つけられた。するとアサトはしどろもどろになりながら弁解をはじめる。

「人を怪我させるのはひどいよ……。話を聞いているだけで恐かったもの。でも……」

その後、アサトは押し黙り、何かを考えこんでいた。やがてオレの方を振りかえり、手を握った。アサトの視線は、服が透けてオレの背中が見えるとでもいうように、まっすぐ痣の場所を差していた。最初、その行動の意味がわからなかった。

「いまのはなんだったんだ？」

「なんとなく、できるかなと思って……」

家に戻り、服を着替えようとした。母さんが残していった姿見に映る自分の背中を見て、ようやくアサトの行動を理解した。

痣がどこにもなかった。アサトはオレの手を握り、背中の痣をおそらく自分の体へ移動させたのに違いない。

移動させることができるのは、傷だけではなかったのだ。

「痣、返せよ」

翌朝、オレはそう言ったが、アサトは微笑んだだけだった。

のちに、火傷《やけど》や残ってしまった古い傷跡まで、さまざまなものをアサトは動かすようになった。

2

オレの家は町の郊外にあった。貧しい人々が住んでいる地区で、家といってもほんの小さなプレハブの建物だ。夏は外よりも暑く蒸していた。冬は外よりも寒く、布団の中にいても凍死しそうだった。家々の間を縫う道は舗装されておらず、乾燥すると土埃《つちぼこり》が家の窓枠にざらざらと張り付いた。

錆《さ》び付いた三輪車が横倒しになって、一ヶ月も前から道端に転がっていたが、だれも片付けようとはしなかった。三歳くらいの小さな男の子が、ブリーフ一枚で道端にしゃがみ、石で絵を描いていた。太ったおばさんがほとんど下着という姿で首にタオルを巻き、平然と道を歩いていた。その地区はいつも嫌な臭いがするらしく、通りかかる人はみんな顔をしかめる。オレは小さな頃から住んでいるので、それがどんなにひどい臭いなのかはよくわからない。

学校の無い日、オレは家にいるのが嫌だった。それで、アサトと二人で町の中を歩いた。縦横無尽に路地という路地を進み、どんな建物の隙間にも足を踏み入れた。ここは道なのだろうか、と疑問に思うような際どい路地裏を積極的に散歩した。

だれも遊ばないような汚らしい公園があり、そこでよく暇をつぶした。遊具はブランコとシーソーだけ、それも表面は錆《さび》に覆われていた。雑草が繁殖し、よく見ると割れたビール瓶などが散乱していた。暴走族の落書きした跡があり、鉄条網の切れ端が打ち捨てられていた。公園の隅には車のタイヤが山積みになっていた。その中に雨水がたまり、腐っていた。

ある日曜日、オレとアサトはその公園でブランコに座っていた。すると目の前の道を、若い母親と小さな子供が通り過ぎた。オレらは無意識のうちにその姿を追っていた。母子は手をつなぎ、幸せそうな顔をして歩いていた。

子供がつまずいて転んだ。膝《ひざ》から血が流れ、泣き始めた。母親が泣きやませようと優しい声をかけるが、うまくいかない。

アサトが立ち上がった。

「放っておけよ」

オレは声をかける。それを無視して、アサトは母子の方へ歩いていく。

泣きじゃくる子供のそばに立つと、いたわるような顔で頭をなでた。その瞬間、子供の怪我が、彼の体に乗り移ったのがわかった。子供の膝は血で汚れており、傷がふさがったのかどうかよくわからない。アサトは長いズボンを穿《は》いており膝は見えないが、その下で皮膚が裂けているだろうとオレは想像した。

傷を移動させる際、痛みもいっしょに移動する。子供は、すっと消えてしまった膝の痛みを不思議がるように泣きやんだ。

オレらが子供を泣きやませたと、その母親は理解したらしい。

「きみたち、どうもありがとう。何かお礼をしなくちゃいけないわね」

彼女はアイスクリームをおごってくれると言った。

小学校の帰り道においしそうなアイスクリーム屋があった。しかしオレとアサトはお小遣いなんてもらえなかったから、いつもガラス越しに店内を眺めるだけだった。だから、その日に限り神様の存在を信じることができた。

その店はレンガ造りだった。店内に丸いテーブルと椅子がいくつか設置され、アイスを食べるスペースが設けられていた。オレらはガラスの中にある様々な種類のアイスを眺める。それらはバケツのような容器に入っていた。

どれを注文しようかと、これが人生の分岐点だとでも言うようにおもうさま迷った。悩んだあげくに決定して女性店員に伝えると、子供をつれた母親が代金を支払った。母子はオレらに手を振って、店内から出ていった。

その店で働く女性の店員は、子供たちの間で有名だった。彼女はいつも、花粉症の人がするような大きなマスクを顔につけている。白くて、四角いやつだ。

絶対にマスクを取らないので、その素顔について、説明するのもはばかられるような子供じみた憶測が飛び交っていた。

彼女を、はじめて近くから眺めることができた。するとやはり、確かに四角いマスクをしていた。けれど、オレらにはそれよりもアイスの方が大事だった。

店内で食べる。オレはほとんど一瞬で消化した。アサトはオレに合わせて一生懸命に急いで食べていたが、全然、遅かった。

オレは暇を持て余し、ガラスケースにはりついて、並んでいるバケツアイスを眺めた。大きなマスクをつけた女性店員が眉《まゆ》をひそめ、向こう側からオレを見ていた。よく見ると、マスクの端からひどい火傷の跡がのぞいていた。

「ねえ」

話し掛けてみた。すると彼女の眉が、ピン、と驚いたように上がる。

「アイスってさ、売れ残ったらどうなるの？　捨てるの？　それとも次の日まで保存するの？　もしもだよ、何日も売れ残ったりしたら、古くなってしまうよね？」

「……ええ、そうね」

彼女は戸惑ったように頷《うなず》く。

「だったら、ちょうだい」

オレは頼んでみた。

「ダメ」

「あ、そう」

そのとき、アサトが食べ終わった。オレは彼女に背中を向ける。

「じゃあな、シホ」

「なんで私の名前を知っているの？」

「名札に書いてあるだろ」

彼女の胸に、『ＳＨＩＨＯ』とある。

「きみ、ローマ字が読めるんだ」

「バカにするなよ」

そう言ったオレを見て、シホは微笑んだ。マスクをしていても、それがわかった。

「場合によっては、売れ残ったアイスを分けてあげないこともない」

彼女はそう言うと、オレらに店の掃除を頼んだ。シホはたんなるバイトだったが、掃除を終わらせると、人気がなくて余ってしまったアイスをくれた。

オレらは食べ物をくれる人に対して犬のようになついてしまう卑しい子供だったので、すぐに彼女のことが好きになった。

その日から、オレとアサトは彼女のいる店へ通うようになった。彼女の手伝いをして、その報酬を得るのだ。

シホはやさしく、オレらのような子供の話をまともに聞いてくれた。大きなマスクの上に、形の良い美しい目が並んでいて、笑うとすっと細くなるのだ。オレらは彼女の笑った顔が見たくて、よくくだらない物語を二人で考えた。

アサトはオレとしゃべるようになってから、少しずつ特殊学級のクラスメイトたちとも話をするようになっていた。もちろん、シホとも言葉を交わし、それは良い兆候に思われた。

だれかの傷を肩代わりするたび、アサトの体に傷が増えた。長い袖《そで》をめくると、白い肌に、治りかけや、跡になった傷が残っていた。腹の方はどうなっているのだろうかと思い、服をめくろうとしたら、意外な意志の強さで抵抗を受けた。ひどく狼狽《ろうばい》した様子だったので、オレの方が戸惑った。彼は、人前では、決して服を脱がなかった。

アサトの体に傷が増えることを良いと思わなかったので、できるだけおかしな能力を使わないよう言った。

ある日、アイスクリーム屋のカウンターに寄り掛かってシホと話をしていた。店内は冷房がきいており、居心地がいい。それに、オレらのような汚らしい子供を毛嫌いする店長は、たいていシホに店をまかせてパチンコを打っていた。

背の低いアサトがつま先立ちをし、カウンターに顎《あご》をのせる。

シホが彼の手をとった。

「アサトくん、手に怪我してるじゃない！」

心配そうに、大丈夫？　痛くない？　と繰り返した。

オレは気付かなかったが、アサトは店にくる前、おそらくだれかの傷を癒してきたのだろう。彼は自分の体に怪我を移動させた後、たいていは血の流れるまま放っておいた。

シホはごそごそと服のポケットを探った。女子がよく持っているようなかわいい絆創膏《ばんそうこう》を取り出すと、それをアサトの手に貼った。彼女は、傷を移動させるおかしな能力の存在など、知らなかったのだ。

アサトは目を輝かせてその絆創膏を眺め、礼を言った。数日がたってもそれをはがさず、長い間、大切に眺めてうれしそうにしていた。

数年前、小学校に嫌なヤツがいた。そいつは背が高く、目が凶悪な犬のようにぎらぎらしていた。オレよりも年上で、いつも数人の仲間と徒党を組んでいた。廊下や道ですれちがう時、ヤツを中心としたグループには気をつけないといけなかった。オレは敵視されていて、いつかヤツらに、後ろから重いもので殴られるのではないかと思っていた。敵視される理由には心当たりがあった。ずっと以前、ヤツが親父のことでオレをからかった時のこと、あまりに意地悪い言葉を口にしたので、校舎の二階から突き落としてしまったのだ。

親父が近所のみんなから嫌われていることで、息子のオレまで一緒に疎まれ、たちの悪い人間に目をつけられる。

しかし、ヤツが小学校を卒業していなくなったことで、ここしばらくは平穏だった。

オレとアサトが、シホのいる店に向かっている時のことだった。

気付くと、目の前に黒い学生服の男が立っていた。小学校を卒業し、現在は中学生をやっているあの嫌なヤツだった。あいかわらず凶悪な気配があり、そのせいで間違いようがなかった。中学へ入っても、彼の悪い噂は絶えず耳に飛び込んできていた。

オレは気付かないふりをして通り過ぎようとした。でも、だめだった。

そばを通り過ぎる瞬間、彼は、親父と母さんにまつわるひどい言葉をオレの耳にささやいた。それで、喧嘩《けんか》へ発展した。

ヤツは最初から、それを期待していたのだろう。金属バットを隠し持っていた。そういえばかつて、野球部だったと聞く。それでバッティングフォームが美しかったのだ。

ヤツの振り回すバットを、腕で受け止めた。骨が折れた。

痛がるオレを見て、ヤツは満足そうに目を細めた。

それまでかたわらにいて、恐ろしげに成り行きを見守っていたアサトの表情が、すっと消えた。焦点のあっていない、空《うつ》ろな表情になり、ふらふらとそばに近寄ってきた。小さな手をのばし、そっとオレの腕に触る。止める間もなかった。彼は腕の激痛を吸収したのだ。腕から痛みが引くと同時に、アサトの腕からポキンという音がした。彼は無表情のままで、そのことが恐ろしかった。

「アサト……？」

オレは戸惑い、そう声をかける。しかし、彼には聞こえていないようだった。

アサトは危なげな足取りで、バットを持った中学生に近寄って行く。背の高いヤツのそばに立つと、アサトはよりいっそう小さな子供に見えた。いぶかしげに眉をしかめたヤツの腕に、そっと手を触れた。

何をやろうとしているのか、オレにはわからなかった。おそらくアサト自身にも、はっきりとしたことはわかっていなかったと思う。しかし次の瞬間、ヤツは悲鳴をあげて地面に膝《ひざ》をついた。学生服の黒い長袖の腕が、本来はまっすぐであるはずの箇所で曲がっていた。

骨折が、アサトからヤツの腕へ移動したのだと気付いた。結局、彼はバットを振りかぶり、自分の腕の骨を折ったというわけだ。

自分の所有する傷を、相手の体へ移動させることができる。

アサトに与えられた不思議な力に、そういったルールがあることをはじめて知る。

痛がる中学生を見て、アサトは自分の行なったことに気付いた。目を大きく開いて立ちすくんだ。自分が相手に怪我をさせたということが、ショックだったらしい。

オレはアサトの手をひっぱってその場を離れた。そのままにしていたら、中学生の骨折をまた自分の体に移動させ、よけいな人助けをしてしまいかねない。

その時、頭に名案が浮かんだ。

傷を相手に移動させることが可能なら、それを利用すればいい。アサトの体にある傷は、だれか他人の体に捨てていけばいいのだ。それなら、体に傷が増えていくことはない。それにオレは、傷の『捨て場所』として、適任の体を知っている。

オレらは、親父の入院している病院へ向かった。歩いて行ける距離にある、大きな病院だった。病院の正面玄関脇に、ラッパを吹く少年のブロンズ像がある。その足下には小鳥が集まり、まるで少年を慕っているかのように見える。その像が、どことなくアサトに似ていて、そのことを言うと彼は恥ずかしそうにしていた。

肉親のくせに、オレは病室を知らなかった。訪ねるのははじめてだったのだ。看護師に親父の名前を言って、病室を探し当てた。入り口の前まできて、中に入るのをためらった。親父が今にも長い腕を振り上げてオレをしかるんじゃないかと思い、足がすくんで動かなかった。

入り口からそっと中をのぞくと、チューブのつながった親父が布団をかぶって眠っていた。医者の話では、もう目覚めないかもしれないそうで、ぜひそうなればいいと思っていた。

「あとは、アサトだけ行ってきてくれ」

オレは入り口から見守るだけにした。他人の体に傷を移動させるというその仕事を、アサトがちゃんとやってくるのか心配していた。まったくの他人が怪我した時さえ、彼はしくしくと泣き出すのだ。しかしそれは杞憂《きゆう》だった。

彼だけが病室に入り、眠っている親父にそっと触れる。アサトの体にあるすべての傷が移動するのには、ほんの一瞬で充分なのだ。

傷の捨て場所を得たオレらは、思う存分、いろいろな人の傷を治療した。一生治らない傷跡を持った人間は、病院に大勢いた。そういう者たちに声をかけ、秘密を守れることを誓わせる。それからアサトが手を触れるのだ。

声をかける相手は、子供に限定した。大人は話を信じてくれない上に、秘密をさほど重んじない。

最初のうち半信半疑だったやつらも、気になっていた手術の跡や、火傷《やけど》のひきつれが消え去ると、驚き、喜んだ。そしてほんのささやかなお小遣いをくれた。

だれかの傷を自分の体へ移動させることに、アサトは抵抗を感じないようだった。だれかの体に傷があるくらいなら、自分の体にあった方がいいと考えているらしい。だれかが痛がっているのを見て、その本人よりも痛そうな顔をする。

病気は移動させることができなかった。病気で苦しんでいる人を前にして、アサトは何もできずに落ち込んだ。

オレらは感謝された。そうして得たささやかな報酬は、アイスクリーム屋や、お菓子屋などで使われた。

そして、シホと毎日、話をした。アサトが笑顔を許すのは、特殊学級のみんなとオレ、そしてシホだけだった。

夕方、シホのバイトが終わるのを待って、三人で例の汚い公園に行った。ブランコに乗ったアサトを、シホが後ろから押してゆらす。もう十一歳だったので、オレは彼女と手をつないだりしなかったが、アサトは気にせずくっついていた。シホの腕にしがみつき、ぶらさがった。彼も十一歳だったが、体も心も十歳に満たず、違和感がなかった。

三人でよく、他愛の無いことを話した。例えば、今までについた嘘の中で、一番ひどい嘘はなんだったか。一番まずい料理はなんだったか。そして、理想の死に方は、どんな死に方か。

「私は海で、だれかと心中したいよ」と、シホは答えた。

オレは、だれもいない駅のホームで、ベンチに寝転がり、寂しく死んでいくのが理想だった。

「ぼくは……」アサトの言葉は尻《しり》すぼみに小さくなり、そのまま消えた。

次第に暗くなっていく空を見上げた。

シホには以前、アサトに似た弟がいたそうだが、火事で亡くしていた。それで、よく彼を可愛がったが、あいかわらずマスクを外そうとはしなかった。

公園からの帰り道、オレらは曲がり角で別々の方角に別れていく。そこの街灯の下で、オレは彼女に言ってみた。

「シホの顔が見たいよ」

彼女はうなずくと、マスクに指を引っ掛け、いったんは外そうとした。しかし、少し肩を震わせると、ごめんなさい、と断った。

その時、アサトが彼女の手に触れようとしたので、引き止めた。とっさに彼が何をしようとしたのか、すぐに理解できた。シホの火傷を自分の顔に移動させようとしたのだ。

しかしそうすることは、もうしばらくの間、だめなのだ。

それまでシホの火傷を移動させようと言い出せなかったのは、火傷のある位置が顔だったからだ。傷は、移動する前と同じ場所に現れる。移動させる際、自由に場所を決めることができればかんたんなのだが、残念ながらそうではないらしい。

親父の体に傷を捨てるのは大丈夫。あいつは首まで布団をかぶっているから、体の傷は気付かれないだろう。しかし、首から上は外に出ている。顔の傷をあいつに捨てると、すぐにばれてしまう。だから、彼女の火傷を治療するためには、丁度いい傷の捨て場所を探してからにしたかった。

シホにはアサトの能力と、傷の捨て場所については、大人には秘密にしたかった。

シホにはアサトの力のことを話していなかったので、街灯の下でのオレらの無言のやり取りを理解できなかった。でも、近々、彼女には話をしようと思った。

3

アサトが暮らしているという親戚《しんせき》の家を訪ねた。その日、彼は風邪をひいて学校を休んでいた。

「アサトくんの家に行って、このプリントを渡してきてくれないかしら」

帰り際、教室を出ようとするオレを先生が引きとめて言った。そのプリントは、三週間後に控えた授業参観の出欠を確認する紙だった。

特殊学級での授業参観は、普通のクラスでのものと少し意味が違っていた。オレは、以前、先生に尋ねたことがある。

「みんなほとんど勉強ができないのに、どうして授業参観なんかするんだよ。親に見せる必要ないじゃないか」

先生は意見箱に入っていた手紙を読みながら、オレに答えを返す。意見箱とは教室の後ろに設置した箱で、生徒は思ったことや感じたことを、毎日紙に書いて、これに投函《とうかん》する。字が書けない子には、書ける子が代わりに書いてあげた。

「問題を抱えた子供が、教室でどれくらいがんばっているのかを見せたいの。勉強ができなくたっていいのよ。普通の子たちに混じれなかった子供が、教室で一生懸命に手をあげていたらうれしいでしょう？」

彼女が言うには、問題のある子供を育てるのには困難が付きまとうらしい。繰り返し教えてもトイレができなかったり、わめくのをやめなかったりする。その度に感じる絶望の中で、子供たちが教室で暮らしている場面は救いになるのだそうだ。

「でも、先生、オレやアサトの家からは、きっとだれも来ないよ」

オレがそう言うと、先生は悲しそうな顔をした。

オレはプリントを持ってアサトの家へ向かった。実際には、一度もアサトの家へ行ったことはない。場所は知っていたし、家の前を通ったこともある。けれど、アサトはオレを家にあげたくないようだった。理由は聞かなかった。

先生から渡されたプリントを持って、チャイムを鳴らす。普通の民家だ。表札は出ていたが、アサトの名字とは違っている。玄関の扉が開くと、おばさんが出てきた。オレの顔を見ると、首を傾げる。

「あなたは？」

「アサトくんの友達です。プリントを持ってきました」

彼女は納得したように頷《うなず》くと、オレを招き入れた。アサトのことを思い出し、入っていいものか躊躇《ちゅうちょ》したが、オレは玄関にあがった。

そこでは一般的な家族が暮らしていた。居間にはソファーとテレビがあり、冷房がきいていた。アサトは二階の一室にいた。殺風景な部屋で、ベッドに入っていた。眠っていたわけではないらしい。部屋に入ってきたのがオレだとわかると、アサトは少し戸惑いながらも、うれしそうな声を出した。

「きてくれたの!?」

その家には、中学生と小学生の兄妹がいた。部屋の外から、階段を駆け上がる子供の足音が聞こえてきた。

その日に学校であったことや、先生の言ったことを、アサトにしゃべっていた。すると部屋の扉が開き、おばさんが現れた。

「あなたも夕飯、食べてく?」

オレの伯父《おじ》夫婦のことだから、どうせ家に戻ってもろくな食事はないはずだった。だから、その申し出を受けた。

「アサトくんは、一階まで下りてこれる?」

「はい」

「お友達がくるってわかったら、やっぱり体を拭《ふ》いていた方が良かったでしょう?」

おばさんは勝ち誇ったようにアサトに言った。彼女はオレを見て説明する。

「体の汗を濡《ぬ》れたタオルで拭いてあげようとしたけど、この子、いやがって絶対に服を脱がないの。どうしたのかしらね」

おばさんが部屋を出る。

「おまえ、風邪で寝こむ前にだれかの傷を引きうけたんだな?」

アサトは少し考えてから、オレの質問に頷く。体へ移動させた傷跡が、まだ残っているのだ。だから服を脱がされることをいやがったのだろう。

食卓に、アサトと並んで座る。その家にいる他の者たちは、みんなすでに食事を済ませていたらしい。テーブルについたのはオレらだけだった。

その家の中で、アサトだけが妙に異質な感じだった。他の家族は、家の中にオレらがいることなどまるで気付いていないように振る舞った。

　アサトは家族のだれとも口をきかず、また、その家族の方でもあえて彼に話しかけたりはしない。その様を見ていると、彼がインクの染みのように見えてくる。明るい風景の水彩画に、一滴、落ちてしまった黒い染み。まわりから浮いていた。

「この子は大変なめにあったんだから。あなた、知ってる？」

おばさんがオレの正面に座った。家事が一段落したらしい。オレの隣で、アサトが肩を震わせたのに気付いた。

「大変なめ？」

「ええ、そう。あら、知らなかったのね？　手術をして、生死の境をくぐり抜けたのよ。お母さんに包丁で刺されてね」

おばさんはその話を、まるで世間話でもするように語った。それは、とある主婦が夫を刺し殺し、息子の命まで奪おうとした事件の物語だった。

オレの隣にはアサトがいた。それでも、彼女の話は続いた。それがいかに陰惨なことだったかを話した。それから、アサトの母親が普段は普通の主婦だったということもオレに説明した。

　オレは彼女の首をつかみ、もう二度とその話をするなと、恐い声で伝えた。

半ば追い出されるように、その家を出た。アサトの両親のことを考えながら、伯父夫婦のいる家へ戻る。辺りは暗く、街灯もまばらにしかなかった。経営者の逃げた借金だらけの町工場があり、その裏路地を抜ける。何日も前からその路地には、犬の死体が転がっていたが、だれも掃除しようとはしなかった。空に星はなく、ただ湿った風がドブ川の臭いを運んでいた。

いつのまにか、親父のことを考えていた。傷を捨てに、あいつの入院する病院へ何度も通った。病院で眠っている親父には、半径三メートル以内に近寄らないようにしていた。だれかの怪我を引き受けたアサトは、痛がりながら病室へ入り、布団から出ているあいつの頬を触る。病室を出る時は、もう痛みを訴えない。苦痛も、治りかけの傷も、すべて、深い眠りの中にいる親父の体へ移動しているのだ。

親父はみんなから嫌われていた。よく物を壊したし、乱暴をした。その上、泣き出して、弱音を吐きながら酒を飲んだ。だれも近寄る人間はいなかった。早く死ねばいいのに、と、だれもが口にした。

オレは勉強ができず、何の取り柄もなく、親父がそんな風だから、意地の悪いやつにちょっかいをかけられた。そういうやつに出くわすと喧嘩《けんか》になったが、絶対にオレは泣かなかった。母さんが出て行った日も、もちろん泣くのをがまんして夜をすごした。でも、いろいろなやつから嫌われていた。先生からも、生徒からも、生徒の親からも。

不幸の根源は、すべてあいつにある。オレはずっと親父を憎み続けていた。

でも、母さんやオレを怒鳴るようになる前の、まだ優しかった親父を、少しだけ覚えている。それはまだ会社に勤めている時のこと、あいつはオレの頭をなでた。たしか、あいつが犬小屋を作っていて、それをそばで見ていたのだ。おかしなことに、犬を飼っていたことなどまったく記憶にない。それは以前に住んでいた家の風景で、庭に絨毯《じゅうたん》のように緑色の芝が生えていた。親父が鋸《のこぎり》で板を切り、木の屑《くず》にまみれながら、オレと犬に笑いかける。やっぱり、犬のことは覚えていない。

もしかするとそれは、想像で作り出した勝手な幻想なのだろうか。そう考えると、残念な気持ちになる。オレは目を開けたまま夢を見ていて、それが過去にあったできごとだと自分に言い聞かせているのではないか。今、住んでいる家や、乱暴な親父の姿を思い出すと、そんな時間は存在しなかったとしか思えない。もしそうなら、それはひどく憂鬱《ゆううつ》なことなのだ。

オレは暗闇の中、背中の、かつて痣《あざ》があったところを触る。なぜなのかわからないけど、そうしていると、オレは悲しくなった。

親父にアイロンを投げつけられて、できた痣。それはアサトの体に移動し、今は親父自身の体にある。

その日、バイトを終わらせたシホは、ひどく落ち込んでいた。いつもの公園で、錆《さび》だらけのブランコに座り込むと、マスクをした顔をうなだれさせた。理由を尋ねたが、ほとんど何も言わなかった。

「世の中には、あなたたちに想像もできないほどの、ひどいことがあるのよ」

彼女は悲しげに目を細め、ただそれだけを口にすると、アサトの柔らかい髪の毛をそっとなでた。

シホの言ったことが、叫び声をあげたいくらい恐ろしかった。

アサトは、彼女を元気づけるように振る舞い、傷を移動させる力のことを説明した。最初は冗談半分で聞いていた彼女も、実際に古傷が移動するのを見て驚いた。

「シホの火傷《やけど》も、移動させることができるんだよ」

アサトが言うと、彼女は顔を輝かせた。

「おねがい、三日間だけでいい。わたしの顔の火傷を、吸い取って。普通に顔を見せて道を歩いてみたかったんだ」

三日がたったら、また火傷は引き受ける。あくまでも、『預けておく』だけなのだと。

そんな彼女の申し出に、アサトはうなずいた。

ブランコに座ったシホとアサトの目線は同じ高さにある。マスクの横から、そっと頬に触ると、肉の焦げる臭いがした。次の瞬間、アサトの顔、下半分に醜い火傷ができあがっていた。

シホはショックを受けた表情で目の前にある少年の顔を眺め、ゆっくりマスクを外した。

美しい顔をしていた。

火傷を引き受けたアサトの顔を、オレは正視できなかった。しかし、彼がシホの苦しみをたった三日間だけでも引き受けることに、誇らしさを感じているのがわかった。彼はとにかく、喜んでいるシホの顔が見たかったのだ。

三日が経過した。しかしアサトの火傷は顔にあり続けた。シホは町から姿を消したまま、二度と現れなかった。


アサトは美しい顔だったので、いろいろな人からけっこうかわいがられていたが、シホの火傷を引き受けてから、みんなに避けられることが多くなった。一生ものの傷を治療してもらったやつでさえ、感謝していたのが嘘のように、彼を見ないよう顔を背けた。しかたなくオレは、アサトの顔にマスクをかけさせた。シホがそうしていたように、耐えられないほどの醜い傷を覆い隠して安心したのだ。

アサトを引き取った親戚《しんせき》は、突然、顔にできた火傷のことをどう思っているのだろう。彼に尋ねたが、何も答えなかった。

夕方の太陽が沈みかけるころ、オレらは先生に挨拶《あいさつ》をして家に向かっていた。

赤く染まった空、木や建物は影のためによりいっそう黒くなり、まるで影絵のようだった。街灯がともり、生暖かい空気に不思議と気分を落ち着かなくさせる雰囲気が混じる。

いつもなら何気なく素通りする家の前で、ふとアサトは足を止めた。どんな家族が住んでいるのかも知らない、どこにでもある民家のひとつだった。

その家の窓は明るく、すりガラスの向こうから夕食を用意する気配がした。食器の触れ合う音に幼い子供の笑い声。換気扇から美味《おい》しそうな匂いが漂い、オレの肺が母さんのことを思い出す。

アサトが静かに泣き出した。

「ねえ、お母さんはぼくがいらなかったのかな……」

この場所は危険だと思い、彼の手を引っ張って歩いた。

「やめろよ、なんでそんなこと言うんだよ。おまえの母さん、刑務所を出たら、またいっしょに暮らすんだろう？」

「なんでシホは戻ってこないの？」

「しょうがないのさ、耐えられなかったんだよ」

アサトを見ると、オレがそばにいることなど忘れてしまったように、ほうけた表情をしていた。ずっと遠くを見ているような目で、ぽつりと言った。

「なぜこんなに苦しいの……？」

次第に暗さが増していく中、オレは何も言わずに、ただアサトの手を握っていた。頭の中で、アサトのつぶやいた言葉が繰り返された。

家に戻ると、伯父夫婦が段ボール箱をオレに持たせた。全部、親父の荷物だった。もういらない物だから捨ててこい、と伯父が命令した。箱は重く、オレは何度も下におろして休憩をとり、ゴミ捨て場へ向かった。

ゴミ捨て場と言っても、ただ雑草が生い茂る空き地に、大きな穴を掘っただけである。だれかが回収してくれるというわけではなく、ただ生活のじゃまにならないところにいらないものを寄せ集めているだけだ。穴の底には大量のゴミが敷き詰められている。辺りは異様な臭いに包まれ、小さな虫の一群がオレの耳や首筋にはりつこうとする。

穴の縁に立ち、持っていた箱を逆さにする。中身がガラガラと落ちていく。親父がよく着ていた服や、古ぼけた靴が穴に吸い込まれる。見慣れない何か小さなものが、穴の途中で引っ掛かった。少し気になったものの、オレはその場を離れて小さな虫の大群から退散した。

家へ戻り布団に入った時、親父の持ち物を捨てたことが心に重くのしかかってきた。長い時間、眠ることができず、風の吹く音をただ聞いていた。

次の日、アサトといっしょに、親父の入院している病院へ向かった。朝から天気が悪く、工場の煙のように黒い雲が空に広がっていた。家を出るときに伯父が聞いていたラジオは、午後から大雨になると告げていた。

アサトはあいかわらず元気がなかった。その日も長袖《ながそで》、長ズボンを身にまとい、肌の露出を避けるような恰好《かっこう》だった。小さな彼の顔をすっぽり覆うように、巨大なマスクが火傷を隠していた。

病院の正面玄関にあるブロンズ像から少し離れると、緩やかな傾斜を持った坂がある。植え込みのスロープに沿って坂を上ると、救急車の止まるスペースがあった。そこは急患が運ばれてこないかぎり人のこない場所らしく、話をするのにちょうどよかった。

植え込みに座り、アサトに言った。

「おまえの顔にある火傷、親父に移動させよう」

オレは、早急にアサトの顔をなんとかしたかった。そのためには、親父に移動させるしかないのだ。突然、あいつの顔に発生した火傷を、みんな不思議がるかもしれないが、オレらは知らないふりをすればいい。

「でも……」

アサトは困惑していた。その様子を見ていると、オレまでどうすればいいのかわからなくなる。目をそらして、オレは言い聞かせる。

「それしか方法はないだろ！　その火傷を、おまえはどこかへ追い出さなくちゃいけない、だれかになすりつけないといけないんだ！　オレらは、もうこれ以上損をしちゃいけないんだよ！」

アサトの手を引いて、病院の廊下を歩く。その間、オレらは一言も口をきかなかった。

エレベーターの中で、医者らしい白衣を着た男の人といっしょになった。上の階で患者の容態が変化したのか、妙にそわそわしていた。上に到着するまでの短い時間の中、オレは親父のことを考えていた。

たとえ元気だったとしても、授業参観には来ないだろう。先生は、子供が学校でちゃんと生活している場面を親に見せたいのだと言った。けれど、オレやアサトが暮らしているところを、この世界にいるだれが見たがるものだろうか。授業参観は数日後だったが、アサトのおばさんは欠席するという話を聞いた。オレらが生まれてきて、この町で暮らし、学校に通っているということなんて、だれにとってもどうでもいいことなのだ。

エレベーターの扉が開く。親父の入院している階だった。同乗していた医者が駆け出した。廊下を見ると、ある病室の前で、看護師が医者を手招きしている。オレはある予感がした。医者の入っていった病室は、親父がいるはずの部屋だった。

病室の入り口から、中を見る。看護師や医者がオレの顔を振り返った。彼らは、親父のベッドを囲んでいた。

「きみは……？」

医者の言葉を無視して、病室へ足を踏み入れた。はじめてそばに近寄って、親父の顔を見た。そいつは、オレが見たこともないくらいやつれていた。頬がげっそりやせていた。

オレの知らない親父がそこにいた。

それまでの怒りや憎しみが静かに溶けていく。親父が死んだのだということを、オレは知った。

わけのわからない衝動が胸をつきあげて狼狽《ろうばい》した。だれにも悲しまれずに消えてしまう親父が、かわいそうでしかたなかった。

生前、こいつはろくなやつじゃなかった。オレの人生はこいつのおかげで目茶苦茶にされた。でも、生きられないと泣きながら酒を飲んでいた親父が哀れで、ここでオレが見捨てたら、こいつのそばには本当にだれもいなくなるのだと感じた。

息子だけでも、そいつのことを悲しもうと思った。親父の亡骸《なきがら》に抱き付いて泣いた。憎んでいたはずなのに心が痛かった。

そばにいたアサトに、オレは言った。

「今まで親父の体に移動させた傷を、全部、オレの体に移してくれ」

彼の力を使えば、それは可能だった。親父を傷だらけの姿で死なせてはならない気がした。

アサトは病室の入り口で、困惑したように立ちすくんでいた。

「ごめん、それは、できないよ」

首を横に振り、アサトは走り去った。

親父に脈がないのを確認したのだろう。腕が布団の上に出ていた。それを目にしたとき、アサトが走り去った理由に気付く。

親父の腕は、綺麗《きれい》だった。傷がひとつもない。アサトが今まで多くの傷を移動させたはずなのに、それらが見当たらなかった。

布団をはぎ、親父の寝間着をはだけさせる。腹にあるはずの、話に聞いていた手術の跡さえ、綺麗に消えていた。

オレはアサトを追いかけた。その瞬間まで、オレはアサトの演技にだまされていたのだ。彼はいつも長袖、長ズボンに身を包んでいたし、オレは興味半分でアサトの体の傷を見たがったりもしなかった。だから長い間、オレは勘違いしていた。

アサトは最初から、オレの親父に傷を移動させたりはしていなかったのだ。病院へ来て、傷を捨てていくふりをしていながら、みんなの傷や怪我を自分の体に閉じ込めていたのだ。痛みも、苦痛も、何もかもすべて……。

4

病院の正面玄関、ラッパを吹く少年のブロンズ像の前にアサトはいた。彼は、ギプスを腕に巻いた同い年くらいの少女に手を触れている最中だった。少女の傷をひきうけると、ぽきん、という軽い音が鳴るとともに、彼の腕が奇妙にねじれる。澄んだ目は骨折の激痛を少しも気にせず、静かな水面のようだった。

少女は気味悪そうにアサトを振り返りながら、去っていった。自分の身に奇跡が起こったことを、彼女はいつごろ知るだろうか。

頬に一滴、冷たいものを感じた。乾いた石畳に、さっと雨粒の点が広がっていく。まわりにはだれもいなかった。オレと、アサトだけ。

彼は疲れたように、少年の像に寄り掛かった。呼吸が荒い。マスクを外し、深く息を吸った。彼の顔には、あいかわらずシホから受け継いだ火傷があり、醜くひきつれていた。しかし今は、それだけではなかった。他にも無数の傷と腫《は》れが、アサトの顔を覆っていた。目を逸《そ》らしたくなるのを、オレは我慢した。

親父の病室からここへ来るまでの間、異様な光景が展開されていた。怪我を治療するために病院へ来ていた幾人もの患者が、突然、痛がるのを止め、いつのまにかふさがっている傷口を不思議そうに見ていた。もう消えないと思われていたひどい傷跡が消滅し、喜んでいる女の子がいた。小さな子供の青痣《あざ》が消えているのを知り、ほっとした顔の母親に出会った。みんなうれしそうな表情を浮かべ、そのそばを通った傷だらけの少年には気付いていなかった。アサトは、病院の中にいたあらゆる怪我人に手を触れ、傷を無差別に引き受けていたのだ。

ブロンズ像に寄り掛かりながら、彼は目を閉じた。ひどい腫れのため、まぶたは完全には閉じられなかった。

「なぜ、こんなことするんだよ」

オレは、アサトの体に傷が増えてほしくなかった。

「だれかが痛がって苦しむくらいなら、この方がいいよ」少し躊躇《ちゅうちょ》して、彼は続けた。

「きっとぼくは、いらない子なんだ……」

「なに言ってるんだよ」

「……これを見て」

雨の降る中で、アサトは上着を脱いだ。彼の体は、壮絶だった。無数の傷跡と痣、縫合の跡と変色した皮膚のため、人間のもののように見えなかった。黒ずんだところと赤や青の部分がまだらになっていた。世界中の苦しみが凝縮された塊のように見える。耳をすますと、彼の全身から無数の悲鳴が聞こえる。禍々《まがまが》しい、と感じた。

彼の腹にはひときわ目立つ、恐ろしく長い傷跡があった。他の、びっしりと表面を覆う傷に比べて、ひときわ大きな傷だ。アサトはそれを指差した。

「お母さんが、お父さんを殺した夜……」眉《まゆ》を寄せて、苦しそうに話した。雨が彼の柔らかい髪の毛を濡《ぬ》らす。「布団で眠っているぼくを、お母さんはやさしく揺り起こしたんだ。

お母さん、手に包丁を持っていて、それで……」

オレはおばさんの話を思い出す。アサトは母親に刺され、殺されかけたのだ。大きな傷はそのときにつけられたものだったのだ。それを隠そうとする意識のためか、いつも長袖《そで》の服を着て、肌を見せたがらなかったのだろう。

遠くから、救急車がサイレンを鳴らす音。それが不安をかきたてた。

彼の左手は神経が切れたかのように、ぶらぶらと揺れている。右手はその肘《ひじ》に当てられ、自分で自分を抱き締めるようにしていた。頭を横にふり、押し殺すように泣いた。

「もうこれ以上、生きていたくないよ……」

その時、オレはアサトが自殺するつもりであることを悟った。だから死ぬ前に、少しでも多くの傷を自分の体に移動させたのだ。他人の傷を癒し、その上、大勢の苦痛を肩代わりしたまま死ぬつもりなのだ。

オレは必死に言葉をふりしぼった。

「アサト、おまえの母さんが、なぜおまえを殺そうとしたのかオレにはわからない。でも、母さんにも、事情があったんだよ。シホが戻ってこなかったように、オレの母さんが帰らなかったように、理由があったんだ。オレらはたまたまその日、運が悪かったのさ。おまえがいらない子なはず、ないだろう……？」

雨が次第に強くなりはじめる。アサトは悲しそうな目でオレを見た。

救急車の音が次第に大きくなり、耳を劈《つんざ》くほどになる。視界の端に赤い明滅が見え、救急車が病院に到着したのを知る。オレらの目の前を通りすぎ、急患を乗せた救急車が坂道を上がったところで停車する。

オレらは同時に、そちらを見た。緩やかなカーブを描いたスロープ、その先に白衣を着た大人たちが待ち受けていた。回転灯の赤い光が、濡れた石畳に反射する。

アサトがよろよろと動きだした。オレに背中を向けて救急車の方へ歩く。きっと何人もの足の怪我を引き受けたのだろう。ほとんど普通に歩けないようだった。立っているのが限界のように見える。

はだかの背中にある痣が目に入った。オレの親父が、アイロンを投げつけて作ったものだ。

一定の間隔で回転灯の光が視界を覆い、アサトの小さな体が影になる。

「アサト！」

名前を呼んだ。アサトは救急車への歩みをやめなかった。オレは普通に歩けたから、追いかけるのは簡単だった。力任せに引き止めようと思い、彼の肩をつかんだ。

「ごめんね」

すまなそうにアサトが謝る。その瞬間、オレの両足に激痛が宿り、転んだ。立っていられない痛み。たった今まで、彼の足に取り付いていた恐ろしい濃度の苦痛。

アサトはもう、普通に歩けた。普段なら絶対、だれかに傷を負わせることはしなかった。彼の決意を知り、それが足の痛みよりもオレをぞっとさせた。

雨粒の跳ねる石畳に倒れたまま、スロープの先を見上げた。救急車から担架が運びだされる。そこには、交通事故にあったらしい少年が乗せられていた。大量の血にまみれた少年は、もう死んでいるんじゃないかと思えた。

アサトがその子に近付いていく。何をするつもりかはわかった。ぼろぼろの体の今、その少年の傷を引き受ければ、間違いなく死ねる気がした。

「……やめろ！」

オレは腕で這《は》い進みながら叫んだ。担架を運ぼうとしていた大人たちが、何事かと振り返る。その時はすでに、アサトは彼らのそばまで近寄っていた。

彼が血だらけの少年に、そっと触れた。優しげなまなざしだった。

瞬間、体がつぶされたようにゆがむ。無数の小枝が踏みつぶされるような骨折の音が、雨音に混じってオレの耳に聞こえた。

絶叫に近い声をオレはあげた。アサトがボロ布のように倒れた。

両足の痛みを無視して、動かないアサトのもとへ歩いた。頭の奥が麻痺《まひ》したように、痛みは感じなかった。

まわりの大人たちは何が起きたのか理解できていなかった。上半身がはだかで傷だらけの倒れた少年を、遠巻きに見ていた。

そばに膝《ひざ》をつき、彼を抱き上げると、恐ろしく細い肩だった。こんなに小さな体で、いったい何人分の苦痛に耐えてきたのだろうかと泣きたくなった。

「アサト……？」

オレが名前を呼ぶと、かろうじて彼は目を開けた。それは今にも消えそうな、弱々しい仕草だった。

その小さな手を握り締めた。

「二で割ってはんぶんこ、覚えているか。おまえの背負っている傷を、半分、オレに移動させろ。そうすれば、傷の深さは半分。痛みも半分だ……」

アサトの頭を抱きしめ、オレは懇願するように言った。

アサトの傷ついた目は、オレを見ていた。体から大量の血液が流れている。降り続く雨に地面は濡れており、その赤色がすじになって流れていく。

オレらはひどいめにあった。不幸なことを避ける力は、オレらになかった。でも、それはきっとアサトの母さんも同じだった。なぜ殺そうとしたのかわからない。でも、きっとみんな、同じように、悲しいことに耐えられなくて、そうしてしまった。そんなこと、あってはいけないはずだけど、どうしても耐えられなかったのだ。

だれも傷つかない世界が、早くやってくるといい。オレは祈るように目を閉じた……。

5

「わけを話してはくれないの？」

見舞いにきた特殊学級の先生が言った。

「言っても信じないよ。それに、あいつとの秘密なんだ……」

オレは答えた。

病院のベッドで目覚めた時、五日が経過していた。体中に包帯がまかれており、いたるところギプスで固定されていた。立ち上がろうとしても筋肉が動かず、看護師が慌ててオレをベッドに押しつけた。

「伯父《おじ》さんや伯母《おば》さんはお見舞いにきてくれた？」

「あ、うん。一応、きてくれたよ。本当にびっくりした。先生の方こそ、授業参観はどうだったの？ うまくいった？」

彼女は頷《うなず》いた。

当初、医者が興味深げに傷を調べ、看護師たちが好奇心といたわりの混じった目をしてオレを見た。一度、警察が事情をたずねに来た。しかし、事件らしいことは何もないと判断して帰っていった。

「クラスのみんなが、寂しがっていたわ。はやく戻ってきてね」

「ウソつかないでよ。オレのせいで寂しがっていたなんて、あるわけないよ」

先生は驚いた顔をした。

「あら、本当よ。あなたはみんなの世話をよくしてくれているじゃない。みんながあなたを慕っているわ」

先生は立ち上がり、帰り支度をはじめた。

「それじゃあ、アサトくんによろしくね」

オレは隣のベッドを見る。そこでは、洗濯された真っ白な布団に包まれてアサトが眠っていた。

幸いに右手は動いた。左腕はギプスをされていたが、指先は出ている。それでなんとか木の塊を持つことができた。ナイフで木を削り、まだ途中だった犬の置物を彫る。長い間ほったらかしにしていたが、ふと思い出し、完成させることにした。木の屑《くず》がベッドの上に散らかる。窓から入る風に舞い上がり、看護師が散らかりようを見て溜《た》め息《いき》をつく。手に力が入らず、仕事は遅々として進まない。それでもゆっくりと、長い時間をかけて木を削る。

犬の彫刻が完成した日、気になることを思い出した。医者からはまだじっとしているように言われていたが、その頃はなんとか動けるまでに回復していた。

「オレ、ちょっと出かけてくる」

隣のベッドにいるアサトへ声をかけた。

「え、ぼくも行く!」

「バカ言え、おまえは寝てろ」

廊下に看護師がいないことを確認する。オレは一人で病院を抜け出した。なんとか動けると言っても、松葉杖《まつばづえ》が必要だった。歩くたびに痛みが走り、汗が額を伝う。

ゴミ捨て場に到着した時、すでに空は赤かった。親父の荷物を捨てた辺り、穴の途中に、それはまだ引っ掛かっていた。腹ばいになり、手術の跡が痛むのを我慢して手をのばす。なんとかつかむことができた。それがいったい何だったのか、ゴミを捨てた時ちらりと見て、気になっていた。犬の彫刻を見て、ふと予感がした。

苦労してつかんだ犬用の首輪を握り締め、夜の気配が濃厚になるのをぼんやり眺めていた。親父の荷物の中にあった、ぼろぼろになった犬の首輪だ。

いったい、どんな犬を飼っていたのか、やはり思い出せない。しかし、まだちゃんとしていた頃の親父が、オレと犬のために犬小屋を作ってくれたのは、現実だったのだ。こうだったらいいのに、と想像しているうち、自分で勝手に作ってしまった過去ではなかったのだ。

病院へ戻ると、ひどくしかられた。

次の日、よく晴れていた。

アサトがどうしても病院の屋上へ行きたいと言い出したので、前日に引き続き病室を抜け出した。これで間違いなく、悪ガキのレッテルを貼られるだろうな、と看護師の怒った顔を想像した。

屋上への階段は薄暗く、湿っていた。オレらは松葉杖をつきながら、時間をかけてのぼった。それはひどくきつい作業になった。のぼりきった時には、オレらは二人とも汗だらけで、包帯もほとんどほどけかけていた。

明かり取りの窓は小さく、かろうじて目の前に、錆《さ》びた重い鉄の扉が確認できる。オレは取っ手に手をかけた。

屋上への扉を開けると、ふいのまぶしさに目を細めた。そこは広々とした空間で、自分が走れる状態でないことを厭《いと》わしく思った。空は青く澄み渡り、呼吸すると胸の中が純粋な喜びで膨れる。洗濯されたシーツが大量に並んで干され、風にゆれながら白く輝いている。

はるか遠くまで見渡せた。小学校や、シホのいたアイスクリーム屋。三人でよく遊んだ公園。何もかも小さくて、自分がそこで生活しているのが嘘みたいだった。

「わぁ！」

アサトが楽しげに周りを見回す。風が、彼のやわらかい前髪をゆらしていく。病院の玄関、ブロンズ製の少年が見えた。

ゆるくなっていた包帯をほどいて、風にそよがせて遊んだ。気持ちがよくて、オレは上着を脱いだ。腹に、無数の傷跡にまじって、ひときわ大きな傷がある。かつて、アサトが母親からつけられた傷、今は半分の薄さになっていた。オレらは同じ箇所に、同じ手術を受け、同じ傷跡を分かち合った。

傷が移動した瞬間の激痛は、相当なものだった。しかしそれは、小さな体に凝集されていた痛みの、たった半分でしかなかった。

「これをやるよ」

完成した犬の彫刻を差し出す。彼は一瞬、目を丸くして驚き、それを受け取った。鼻先に近付けて眺め、細い指で木の感触を確かめ、うれしそうな顔を見せた後で、急に泣き出した。

なぜ、泣くのかをたずねた。

「わからないよ」目を赤くして、首を横に振る。「でも、悲しくないのに涙が出るなんて」と、アサトは答えた。

なぜ、アサトにだけ、他人の傷を移動させる能力がそなわったのだろう。穢《けが》れのない魂にだけ備わる、自己犠牲の力なのだろうか。その能力は、彼を生かしもするし、殺しもする。でも、神様が彼を選んで能力を授けたというのは、納得できるものがあった。

「ありがとう」

オレがそう言うと、アサトは首をかしげた。

あの時、オレに傷を分けてくれてありがとう。礼を言うのは、オレの方だよ。以前おまえ、自分のことをいらない子だって言ったけど、本当にそれは違うんだ。

母さんが家を出て行った時、オレは真っ暗な家で一人、世界はこういうふうにできているものだと思ったんだよ。人生はどこまで歩いてもそこは汚い路地裏で、曲がり角を曲がるたび、野良犬の死体とドブ川の悪臭で気が狂いそうになる。だから、シホがいなくなった時も、ああまたか、と思ったんだ。

おまえを見ているうちに、世界がそんなにひどいもんじゃないってわかった。この町は見渡すかぎり錆《さび》とガラクタに覆われていると思っていた。でも、そうじゃなかったんだ。おまえは唯一、無垢《むく》だったよ。悪い人間だと思っていたやつの中に、少しでもいい部分があるように、神様はこの世界に、心の澄み切ったおまえのようなやつを作ったんだ。

あまりに無垢だから、何度も人に裏切られ、傷ついて絶望するかもしれない。だけどこれだけは知っておいてほしい。おまえは、大勢の人間の救いなんだ。たんに、怪我を治してあげられるって意味じゃないんだぜ。おまえがいつも優しくて、他人のことばかり考えているということが、はるかに多くの人間を暗闇のような場所から救い上げるんだ。だからおまえが、いらない子なはずがないよ。おまえが死んだら、オレはきっと泣く。

半分になったとはいえ、オレらにはひどい傷跡が残っている。でも、それを誇りに思う。いつかこの傷跡を移動させて、消すことがあるかもしれない。だけど、この世界に痛みを分かち合うやつがいたのだということを、覚えていてほしい。

オレはポケットの中で、親父の残した犬の首輪を握り締めた。遠く広がる町並みを眺め、どこかにいる母さんやシホに思いを馳《は》せる。この青空の下、幸せな日々を送っているといい。裏切られた怒りや悲しみなど微塵《みじん》もなく、そこにはただ懐かしい人を偲《しの》ぶ穏やかな気持ちが広がる。

つらいことは過ぎ去った、これから、だんだん良くなっていく、そう思えた。

手を握る泥棒の物語

1

古い温泉宿の、伯母《おば》とその娘が宿泊している部屋でのことだった。何も、見たくてそれを見てしまったのではない。伯母は席をたって手洗いに行くし、それまで一度も会ったことはない伯母の娘というのも外出していた。部屋に一人で残されていた俺があぐらを組んでぼんやりしていると、触りもしないのに目の前で、テーブルの上から伯母のバッグが落下したのである。

畳に落ちたバッグの中から、宝石のついたネックレスと分厚い封筒が転がり出た。伯母の旦那《だんな》はとある会社の社長で、財産を相当にためこんでいるという。伯母は安物のアクセサリーを身につけないのだと、俺は親から聞いて知っていた。だからそのネックレスの値段も大方、想像がついた。それに封筒の方は、ちょうど口のあたりが俺の方を向いて落ちたからわかったが、今回の旅行資金である一万円札の束が入っているらしかった。

俺はふらふらと、宝を吐き出して畳に転がっているバッグへ近づいた。両手にネックレスと封筒をつかみ、ポケットに入れてそのまま帰ってしまおうかと考えた。

そこでわれに返る。伯母はやがて手洗いから戻ってくるだろう。そしてバッグの中身がなくなっていることに気づいたら、部屋で一人残っていた俺が犯人だとすぐにばれる。

宝を中に戻してバッグをテーブル上のもとあった場所へ置いた。まさにそうしている瞬間に部屋の扉が開いて、伯母が戻ってきた。俺は中腰の状態でバッグから手を放した直後だったため慌てた。ごまかすために立ち上がり、なかなかこの部屋はいい眺めですねえ、とか言いながら窓に近寄った。

伯母に会うのはひさしぶりだった。日本の、ここからもっと離れた場所にある豪邸に彼女は住んでいる。その伯母が突然、娘を連れて俺の住むこの町へ旅行に来るという。数日前にそのような連絡を受け、俺は今日、こうやって旅館を訪ねて会いにきているというわけだった。俺の両親は一年前に死んでしまった。だから、もっとも近い血縁は伯母なのだ。近くにきているのに、会わないわけにはいかない。

この部屋の外に面した壁は、畳から四十センチほどの高さに出窓があった。黒ずんで木目もわからない古びた木の窓枠に障子がはまっており、その外側にガラス製の窓がついていた。窓の下は壁が手前に出っ張って花瓶などが置けるようになっていた。その出っ張っている部分は中が小さな押し入れになっているらしく、引き違いの戸がついていた。

「いい眺め？　あんた、本当にそう思うの？」

伯母はテーブルのそばに正座しながら、眉《まゆ》をひそめて言った。あらためてよく窓の外を見ると、それほどいい眺めではないことに気づく。

この辺りには温泉宿がひしめいており、窓から五メートルほど離れたところに、また別の建物が壁のように立ちはだかっている。ちなみに俺と伯母のいるこの部屋は一階で、正面にある壁のような建物は三階建ての大きさである。見晴らしはすこぶる悪い。それにくわえて、窓のすぐそばに巨大な石がある。これが広大な和風庭園にでも置かれているのならずいぶん様になるに違いない。しかしこのように窓のすぐそばに置かれては邪魔なだけである。

それだけじゃない。少し身を乗り出して外を見ると、建物と建物の隙間にワゴン車が停めてあるのが見える。宿泊客を興ざめさせるため、わざとそこに停めているとしか考えられない。

窓の近くに立ってみて、あらためて壁が薄いことを知る。これでは、わずかな地震でどこよりも早く崩れ去ることが可能だろう。いや、地震などなくても自然に瓦礫《がれき》となるかもしれない。

「うちのアパートよりは、いい眺めに違いないですよ。ところで、どうして突然、旅行を思い立ったんですか？」

「映画の撮影を見に来たの」

「撮影？」

伯母は楽しそうにうなずく。どうやらこの温泉町で、ある有名な監督の映画の撮影が行なわれるらしい。どんな人が出るんですか、と聞いてみると、伯母はその映画に出演する俳優の名前をずらずらと並べ始めた。俺は芸能人には詳しくなかったが、どこかで聞いたことのある名前ばかりだった。ヒロイン役として、若手のアイドル俳優が出演するのも話題だという。その名前を聞いてみるが、伯母はなぜか苗字《みょうじ》を言わずに名前しか説明しなかった。苗字を教えてくださいよと頼んだが、苗字のない二文字の漢字からなる芸名だと説明される。なおかつ、そのくだらないアイドルの名前を知らなかったことについて伯母は鼻で笑った。

「あんた、この名前も知らないようじゃだめだわよ」

「だめですか」

「そうよ。そんなだから女の子にもてないし、仕事も失敗するし、服装もださいのよ」

伯母は、窓際に立ったままの俺の足元を見た。その視線を追うと、俺の靴下の先に辿《たど》り着く。靴下に穴が開いており、俺は落ちこんだ。だめ人間の証明というものがその靴下の穴に集約されたように思う。

「いつまであんな仕事をしているの。お友達とはじめたデザイン会社、うまくいってないんでしょう？　あなたのデザインした腕時計も、売れ残って在庫があまっているって話を聞いたわ」

会社は非常に順調だと、俺は伯母にささやかな嘘をついて意地をはった。それから、左腕を伯母の目の前に差し出して見せる。

「これを見てください」

何よ、という顔つきで伯母は俺の腕を見た。俺は腕時計を手首に巻いていた。俺がデザインしたもので、数ヶ月後には大量に生産されて市場に出回る予定だと説明する。

「これは試作品で、今のところ世界にひとつしかありません」

言葉では言い表せない画期的なデザインの腕時計である。

「また在庫の山ができるだけよ」

伯母はそう言うと、テーブルに置いていたバッグを持って立ち上がる。窓のそばに膝《ひざ》をつき、押し入れの引き戸を開けた。

膝の高さまでしかないそなえつけの押し入れは、ちょうど窓とおなじだけの横幅である。引き戸が開けられると、奥行きが三十センチほどしかない空間であることがわかった。伯母はその空間の、右下の隅にバッグを置くと、また戸をしめた。

俺はそれを見ながら、不思議な感じがした。この旅館の壁は相当に薄い。窓下にあるそなえつけの押し入れは、少し手前に出っ張って中の空間を確保しているとはいえ、奥の壁はやはり薄いに違いない。もしも地震などで穴が開いてしまえば、バッグは外から取り放題ではないか。

伯母はテーブルに戻ってお茶をすすった。そういえば俺にお茶は出されていないが、気にしないことにする。

「今晩、娘と映画の撮影を見に行こうと思うの」

「俺が車で撮影場所まで運びましょうか？」

「いらないわ。シートが汚そうだもの」

ため息をつきながら、彼女の娘に同情した。このような母親を持つと苦労しそうである。

伯母の娘ということは、つまり俺の従妹《いとこ》にあたるわけだ。しかしまだその人物を見たことがなかった。話によるとどうも従妹は十八歳らしいので、俺とは五歳も違うことになる。

一年前に死んだ母から、従妹についてよく噂を聞いていた。従妹はどうやら、母親の言うことをよく聞く子供なのだそうだ。

「娘を無理やり引っ張ってわざわざこんなところまで来たんですか」

「失敬ね。あの子だって喜んでいるわよ」

「ちょうど今、進路のことで大変でしょう。大学に行くんですか？」

伯母は自慢げな顔をした。

「いいとこに進ませるつもりよ。もうすぐ帰ってくるはずだから、あの子に会っていきなさい」

「いいです。もう俺は帰ります」

左腕に巻いた腕時計を見て時間を確認し、立ち上がった。伯母は引きとめず、あら残念ね、と特に残念な様子でもなく明るく言った。

扉を開けて廊下に出る。古い旅館には似合わず、重々しい鍵《かぎ》がついていた。これなら泥棒に入られることはないという安心の重量感がその鍵にはあった。

伯母に軽く頭を下げて別れた。廊下を歩き出すと、床板がきしんでみしみしと音を出す。照明が弱く、薄暗い。その中に部屋の戸がつらなっている。

人影が目の前にあった。照明の暗さで最初のうち顔はわからなかったが、輪郭で若い女の子だと判別できた。俺が部屋から出てきたところを、見られていたらしい。

すれ違う瞬間、彼女の顔が照明の明かりの中でふっと浮かび上がる。彼女は俺の顔をまじまじと見た。その不自然に注がれる視線から、彼女こそはじめて目にする従妹なのだということがわかった。飾りけのない服装で、清潔な印象を受けた。しかし俺は知らないふりをして旅館から出た。

夏が過ぎていくらかすずしくなった風が、温泉町の道を通りすぎる。立ち並んでいる旅館や土産物屋のかわら屋根を、飛ばされた枯れ葉が越えて遠く夕焼けの空に消えた。土産物の饅頭《まんじゅう》を売る店から、独特の匂いが漂ってくる。

車を停めた駐車場へ歩いている途中、大きな荷物を抱えた人々の一群に出会った。十人ほどで、服装や性別もばらばらだった。

「どうもすいませんね、町を騒がせちゃって」

中の一人が土産物屋のおばあさんにそう声をかけていた。直感的に映画の撮影隊の人間だと気づいた。

出さなければならない手紙が上着のポケットに入っていた。ぐうぜんにポストがあったので手紙をその中に入れようとした。ひと昔前の古い形をしたポストだった。しかし手紙を入れようとして、口の穴がひらいていないことに気づいた。

「それ、本物じゃないですよ」

撮影隊の一人がそう言いながら近づいてくると、目の前で軽々とポストを抱え上げ、立ち去っていった。映画のセットの一部だったらしい。

本物のポストを探しながら周囲を見ると、カメラを持っている観光客が多いことに気づく。伯母と同様に、芸能人が目当てなのだろう。もちろん俺には何も関係がなかった。

生まれてはじめて腕時計を巻いたのは、五歳の誕生日だった。当時、まだ生きていた俺の親父が、俺にくれたのだ。息子の誕生日のことをすっかり忘れて酒を飲んで遅く帰ってきた親父は、誕生ケーキを半分残した元気のない俺に対して申し訳ないと思ったのだろう。それまで肌身離さず身につけていた腕時計を、俺の腕に巻いてくれたのだ。

親父が普段、俺に何かを買ってくれるというようなことはなかった。子供に厳しかったというよりは、金がもったいないという程度のことだったのだろう。俺が母に携帯用ゲーム機を買ってもらって喜んでいると、うれしがっている俺の顔が気に入らなかったのか、親父は怒り出してゲーム機を風呂《ふろ》に投げこんだ。

そんな親父が、ほとんど唯一くれたのがその腕時計だった。金色で、ずっしり重かった。ベルトは金属製で、普段は触ると冷たいのだが、そのときは親父の体温がまだ残っていて温かかった。まだ小さかった俺にとってその腕時計は、手首にするにはあまりにも大きくて重かった。それでもその腕時計が気に入って、いつもはめていた。

それ以来、小遣いは腕時計集めに注ぎこまれ、俺の頭の中はいつもそのことでいっぱいだった。どれくらいいっぱいだったかというと、気を緩めると、耳や鼻の穴から腕時計のベルトが飛び出してしまいそうなほどだった。

規則的に時間を刻むという、世界の法則を内側に宿した機械。俺はいつからか、理想の腕時計のデザインをノートにためていった。

旅館のある温泉町から三十分ほど車を運転して、友人である内山君の家へ向かった。高校を卒業したとき、大学へ行けという親父の反対を押しきって、俺はデザインを学ぶための専門学校へ入学した。内山君は専門学校時代の友人で、卒業と同時に二人でデザイン会社をはじめた仲である。ポスターや雑誌の表紙を制作する仕事を続け、なんとかまだ社会の中で生き残っている。

半年ほど前、俺たちの会社は腕時計を発売した。デザインを俺が担当し、基盤はメーカーから購入して製作したものだった。今度、その第二弾を生産し、発売する予定である。

内山君の家でもあり会社の住所でもある二階建てのみすぼらしい建物の駐車場に車を停め、事務所の入り口を開ける。

社長である内山君は背が低く、鼠に似ている。俺が出社してきたのを見ると、彼はコーヒーを用意しながら視線をそむけた。そのタイミングが絶妙だったため、不審なものを感じた。

「伯母《おば》さんはどうだったんだい？」

内山君はコーヒーの入ったカップを俺の机に置いた。

「元気だったよ」

そう答えて、しばらく俺たちは、それぞれ無言で机のまわりを片付けていた。やがて片付けるものもなくなると、彼は口を開いた。

「ところで……。今度発売を予定していたきみのデザインした腕時計、作らないことにした」

ほう。俺はうなずいた。

「すぐれたジョークだ」

「ジョークじゃないよ」

彼は懇切丁寧に、俺のデザインした最初の腕時計の売れ行きがあまりに不調で、その第二弾を生産して売り出す余裕はもうないのだということを説明した。第二弾の腕時計というのはつまり、現在、俺が左腕にはめている試作品のことである。

「僕もなんとかお金を集めようとしたんだよ。でも無理だ。そもそも売れない時計なんか作る方がどうかしてる」

内山君は、俺のデザインに理解を示すただ一人の友人だった。しかしその才能を腕時計へ費やすことには懐疑的なのである。

腕時計の生産ラインを確保するためには、それ相応のまとまった金が必要だ。俺が作ろうとしているのは、百円ショップで売られているような安い腕時計ではないのだ。生産することはひとつの賭《か》けになる。賭け事には資金が必要だが、俺たちの会社にはそれがないという。

「……いいよ、会社の存続自体が危ないんだろ。俺の腕時計くらいなんでもないさ」

正直なことを言うと、かなりこたえた。これから売り出すつもりだった腕時計は、試作品をすでに多くの知人たちに見せて自慢していたし、時計を生産する工場の人とも何度か打ち合わせをしていた。これで俺は社会に認められて、デザイン会社など成功するはずもないと決め付けてあざ笑っていた親父の墓にざまみろと言いに行くつもりだったのだ。

「いいって。わかってるよ。残念だけど、しかたない。だから内山君、そんなに気にする必要はないよ」

「気にしてないって」

「わかってる、社長であるおまえの手腕がたりなくて経営が危なくなったのがすべての原因だけど、しょうがないことさ。だから気にするな」

彼は呆《あき》れた顔をした。

「……でも、なんとかなんないかな。少量でもいいんだけど、どれくらいのお金があれば生産できるんだ？」

「あと二百万あればなんとか」

「そうか……」

そんな金はどこにもない。俺は中小企業の難しさを考えながら、机に肘《ひじ》をつく。頭が重かった。このままでは俺のデザインした腕時計どころか、この事務所さえ危ういらしい。いや、そもそもこんな事務所なんてどうでもいいから自分のデザインした腕時計を生産したい。最初に売り出したやつも悪いものではなかったのだ。少し運が悪かっただけである。俺は今度の腕時計に賭けていた。実際、試作品を見た者はすべてデザインを誉めてくれる。もちろん、それらがすべてお世辞だった可能性はある。しかし、正式な評価は市場に出回って腕に巻いてくれた人々から聞きたい。俺はそのための完成品が欲しい。せめて少量でも作れる金さえあれば、少しは世間に流通させることができるだろう。

ぼんやりといろいろなことを考えているうちに、いつのまにか俺の頭の中で、内山君の言った二百万という金額が別の形に変化していた。別の形というのを具体的に説明するならば、つまり伯母のバッグに入っていたネックレスと封筒のことである。

俺は、腕組みして、考えたことを検討しはじめた。

2

空にかかった雲が月を朧《おぼろ》にかすませている。温泉町の真ん中を突き抜ける道には、一定の距離を置いて街灯が並んでいた。ひしめいている旅館や土産物屋の看板は電灯で照らされ、少し見上げた空中で道の遠くまで連なっているように見えた。

伯母とその娘が宿泊している旅館は、宿の立ち並ぶ通りの、もっとも建物が密集した場所にあった。どれほどの昔から建っているのか、まわりが背の高いコンクリートの建物に建てかえられているというのに、その旅館だけこぢんまりと古ぼけたまま生き残っている。

周囲に視線をやり、だれも俺に注意を向けていないのを確認し、旅館の壁に沿って道からはずれた。伯母たちが部屋をとった旅館と、その隣の旅館との間のスペースに、あいかわらずワゴン車が停まっている。壁と車との間は狭い。俺は体を横にしてそこを通り抜けた。

昼間に伯母の部屋の窓から見たあの巨大な石が、暗闇の中でさらに黒い影となって見えた。そのおかげで、石のそばにある窓が、伯母とその娘が宿泊している部屋のものだとわかった。

部屋の電気は消えていた。伯母とその娘は部屋にいないのだろう。夜は二人で映画の撮影を見学しにいくのだと、昼間、俺に話していた。

俺は目的の窓の前に立ち、持っていた工具箱を地面に置いた。それは内山君の家で借りてきたものだった。

昼間のことを思い出す。伯母のいた部屋には、窓の下にそなえつけの小さな押し入れがあった。その中に伯母は、ネックレスや金の入った封筒がつまっているバッグを置いているはずだ。もしもそれらを手に入れることができれば、俺は、自分のデザインした腕時計を工場で生産することができる。

俺は膝《ひざ》をついて工具箱を開けた。ドライバーのセットやペンチをどけて、電動式のドリルに手を伸ばす。ドリルは拳銃《けんじゅう》のような形をしており、引きがねにあたる部分に、刃を回転させるスイッチがついている。

右手でドリルを構え、壁越しに、押し入れのある位置を探した。

昼間に見た部屋の光景を頭に描く。押し入れは窓の下に設置してあった。外側から見ると、窓枠の左下の角から、下の方へ四十センチほどのところにバッグがあるはずだ。そこに穴を開ければ良い。

窓を見上げ、開くかどうか確かめた。伯母はしっかりと戸締りをして出ていったらしい。

窓には鍵《かぎ》がかかっており、その向こう側の障子も閉められている。窓は外から見ると、建物の土台の高さがあるぶん、高い位置にある。窓下がちょうど、胸の辺りにあった。そこから四十センチほど下を確認する。地面に膝をついた状態でちょうど鼻先にくる部分が目的の位置だった。

ドリルの刃の先端を壁に押し当て、スイッチを入れた。壁はよほど寿命なのか、やすやすと刃先のスクリューがもぐりこんだ。豆腐にネジを突き刺しているような手応《てごた》えだった。一個穴を開けると、そのすぐ隣にまた同じように開ける。その作業を十分ほど繰り返しているうちに、やがて小さな穴が円形に並んだ。

最後に、ドリルで開けた穴同士の隙間を、ポケットに携帯していたナイフで拡げた。刃はざくざくと突き刺さる。

やがてその作業も終わると、壁には直径十五センチほどの丸い切りこみができた。少し押すと、丸く切り取られた壁が、奥へずれるのがわかった。

ずるずると五センチほど奥へ動いた後、指の先に感じていた壁の感触がふいになくなった。小さな硬い塊の落ちる音が壁の向こう側から聞こえる。

穴が開いた。俺はその瞬間を奇妙な気持ちで迎えた。壁に開いている暗い穴の向こう側に、おそらく伯母とその娘が鍵をしめて出ていったであろう密室があるのだ。これまでわけ隔てられていた空間が、穴のためにつながり、空気の移動ができるようになった。つまり壁の向こう側は、もう部屋の「中」とは言えず、「外」の一部になってしまったのである。

周囲を見る。道に並んでいる街灯や看板の明かりがぼんやりと空を明るくしていた。しかしワゴン車がうまいこと壁になって道の方から俺の姿は見えない。だれかに見られる心配はなさそうだった。

左手を壁の穴に入れる。穴はちょうど、中にある宝をつかんだ拳《こぶし》が出入りできるほどの大きさにしてあった。左手が丸い穴の縁にあたりながら、通り抜けた。手だけが、部屋の中の小さな押し入れに裏側から入りこんだ形となる。

バッグはすぐそばになかった。左手を壁の向こう側で動かす。両膝を地面につき、右手のひらを壁につけて体を支えた。ずれはあるだろうが、バッグは近くにあるはずだった。

押し入れの中には、ひやりとした空気がたちこめている。左手の指先に何かが当たった。目的のバッグらしいとわかる。ネックレスと金の入った封筒だけを取り出さなければならない。穴を通り抜けるには、バッグは大きすぎる。

俺の左手首が、何かに引っかかった。手首に何かがぶら下がったように感じる。

あの試作品の腕時計を巻いたままだということを思い出した。時計のベルトに、バッグの金具か何かが引っかかったのだろう。俺はそれをはずそうと、左手を壁の向こう側でふってみた。

手首にかかっていた引っかかりが消える。俺は一瞬だけ安堵《あんど》したが、すぐにそれが間違いであることに気づいた。

はずれたのは、俺の手首に巻かれていた腕時計の方だった。壁の向こう側から、小さな硬い音が聞こえた。俺の腕時計が落下し、押し入れ内に張られた板と衝突して転がる音だった。

叫びそうになるのを思いとどまり、深呼吸する。大丈夫、焦ることはない。腕時計を手探りで探し出し、落ちついて回収すればいいのである。

俺は左手をほとんど肩まで穴の中に差しこんだ。目を閉じて集中し、腕時計を探す。肩まで入れると、壁に片方の頬を押しつける恰好《かっこう》となった。古い壁土の匂いが肺に吸いこまれる。

左手を壁の向こう側で動かし、下側に張られている板の表面をなぞっていく。ざらざらとした木の感触が、指の腹や手のひらに残る。やがて俺の左手は、何か不思議なものに触れた。

最初はそれが何かわからなかった。ただ、やわらかくて、温かかった。次の瞬間、壁の向こう側で、いるはずのないだれかの息を飲む気配がした。

俺は咄嗟《とっさ》にそれをつかんだまま、穴から左手を抜いた。

月にかかっていた雲が一瞬だけ晴れて、建物同士の隙間をぼんやりと白く月光で照らし出した。壁の穴から、俺の手につかまれて引きずり出された、女のものとしか思えない白く細い腕が垂れ下がっていた。

「わっ！　なに？　なんなの？」

女の悲鳴じみた声が壁の向こうから聞こえてくる。混乱しているのは、俺も同じだった。俺は女の手首をつかんだままだった。穴から出てきた手が、空中で暴れ出す。俺はほとんど無意識に、手首をつかんでいる手に力をこめてそれを制止した。女の腕は、それでももがき暴れる。

「う、動くな……！」

壁の向こう側に声をかける。不思議とそうすることで、水が地面に染みこむように、ある解釈が頭の中に行き渡った。これは、不測の事態である。

伯母《おば》と従妹《いとこ》は映画の撮影を見学するために部屋を出たと思っていた。しかし、実際は違っていたのではないか。きっと、伯母か娘のどちらかが部屋の中に残っていたのだ。そして俺は愚かにも、その人物の手首をつかんでしまったのだ。

「だれ!!」

壁の向こう側で、恐怖するような女の声。さきほど月光で一瞬照らされた白い女の手を思い出す。若い人間の肌だったように感じた。今、俺は左手でその手首を握り締めているが、たぶん伯母の手ではないだろう。聞こえてくる女の声も、伯母のものではない。

昼間に廊下ですれ違った従妹の顔を思い出した。

「静かにしろ！　でないと……」

でないと、どうするつもりなのだろう俺は……。途方にくれる。壁から突き出てもがいていた腕が静かになる。俺の言葉を待っている間、辺りは無音になった。二人してぴたりと動くのをやめて、俺が何か言うのを待っていた。この俺自身もだ。

「……でないと、おまえの指を切り落とすからな！」

「本当に？」

「本当だ」

女の腕が慌てたように部屋へ引き戻されようとする。俺は両手でそれに対抗した。力の差で、壁の穴に女の手が消えるのを防ぐことができた。俺が手首をつかんでいるかぎり、彼女は壁から腕を出したまま動けないわけである。

「痛いわ、手を放して！」

「だめだ、我慢しろ」

そこまで言って、部屋には従妹の他に、伯母もいる可能性だってあるのだと思い至った。

「……そこに、おまえ以外の人間はいるのか？」

「いるわ。大勢いる」

「じゃあ、なぜおまえの声で起きてこない？」

彼女が口籠《くちごも》る。彼女の言葉が嘘で、伯母はいないのだと推測した。おそらく伯母は、一人で外出したのだろう。

俺は予想外の展開に動揺していた。このまま走って逃げ出したくなった。しかし、すぐにそうするわけにはいかないのだ。俺にはしなくてはならないことがあった。

「あなたはだれ？」

壁の向こうから、震える声が聞こえた。

「とにかく大きな声を出すな！」

「今のは大きな声じゃなかった……」

彼女の弱々しい抗議を黙殺した。あらためて、壁の穴から出ている腕を見る。暗くてよくわからないが、肩の近くまで外へ露出している。どうやら彼女の右腕だった。俺は、中で従妹がどのような恰好なのかを想像してみた。おそらく押し入れの奥の壁に上半身を押し付け、さきほどまで俺がそうしていたように、顔の片側を壁にくっつけているのだろう。彼女に対して申し訳ないことを現在進行形で行なっているなと思う。しかし俺は無慈悲な泥棒として接しなければいけない。厳しい態度を保っていないと、助けを呼ばれてしまう。

「いいか、大きな声を出したら、おまえの指を切るからな！」

俺は手の生えている壁に向かって言った。すると、壁が「……わかった」と返事をする。

手首を握り締めて話をしているのに、相手の顔は見えない。俺の目の前には古い壁があるだけだ。

「……でも、本当にわけがわからないの。あなたはだれ？」

「俺は泥棒だ」

「嘘よ……。自分のことを泥棒だって宣言する間抜けな人はいないわ……」

それは俺へのあてつけか。

「目的はなんなの……？」

「金だ。そのへんにある金目のものをよこせ」

「金目のもの？」

「そうだ……」

そこまで言ったとき、どうやって伯母のバッグのことを説明しようかと困った。まさか、バッグの中にあるネックレスや金の入った封筒を渡せとそのものずばり説明するわけにもいかない。そうしてしまえば、後日、なぜあの泥棒はバッグの中身を知っていたのかという話になる。俺が中身を知ったのは偶然で、そのことは伯母も気づいていないはずだ。しかし、身内の人間であると疑われる危険はあった。

「ええと、つまりその、とにかく荷物の中に入っているものを……」

「荷物？　私の荷物には、歯ブラシと着替えくらいしか入ってないわ……」

「いや、おまえのじゃなくて……」

そう言いかけて、呼吸が止まるほどの事実にようやく俺は思い至った。

外出する伯母が、バッグを部屋に残していくだろうか。いや、高い確率で、持って出かけるだろう。部屋に残して外出はしない。つまり俺はそのような簡単なことにも気づかず、何もない部屋の壁に穴を開けていたわけである。その結果、俺が今、何をつかんでいるのかというと、女の手首なのだ。

沈黙した俺の隙をついて、彼女は腕を部屋に引き入れようとした。俺は力をこめてそれを止める。

「とにかくもうなんでもいい、おまえの財布を渡せ！」

泣きそうな気持ちになった。この時点で計画の失敗は明らかだった。

「財布？　財布は……、布団の脇に置いてあるの。このままじゃ取れないわ。手を放してくれないと」

彼女の言葉が真実なのかどうか、俺に判断することはできなかった。彼女の手を押さえつけたまま首をのばして窓を覗《のぞ》くことは困難だった。部屋の電気は消えたままで、障子が閉まっており、窓の鍵《かぎ》もかかっている。それに、本当は財布などどうでも良かった。

「ねえ、たとえ財布があったとして、どうやってあなたに渡したらいいの？　あなたはこうやって壁に穴を開けたらしいけど、その穴は私の腕で塞《ふさ》がっているじゃない」

「片方の手で、窓を開けることはできないのか？　窓越しに財布を投げてくれればいい」

「だめよ、鍵まで指が届かないわ。だから、あきらめて私の手を放して。何もしないで帰って」

「だめだ、何も取らないで帰れるかよ」

そう言いながら、俺は悩んでいた。

今、壁の向こうに俺の腕時計が落ちているはずである。彼女は電気をつけていないため、まだそのことには気づいていないが、おそらく彼女の鼻先に転がっているはずだ。俺はそれを回収しなくてはならない。

なぜなら、昼間のうち、伯母にその腕時計を見せていたからだ。世界にひとつしかない試作品だということも話してしまった。

このままそれを残して逃げ帰ったとする。すると明日の朝、黒っぽい制服を着た警官が、アパートの俺の部屋を訪ねてくるだろう。警官はビニールに入った証拠品である腕時計を俺に見せて、これはあなたのですね、と恐ろしい顔をする。しらをきることなどできない。しかし彼女の言うことも正しい。今、穴は腕によって塞がっている。このままでは腕時計を探すこともできない。かといって手を放してしまえば、彼女は自由になり、助けを求めに部屋を出ていくだろう。だれかが来る前に腕時計を回収する時間はあるだろうか。

しかし、もしかしたら手が解放された瞬間、彼女は電気をつけ、窓を開けて俺の顔を確認するかもしれない。そうしたらもう、逃げ切れるチャンスはない。昼間に廊下ですれ違った母親の知り合いだ、と彼女は警察に言うだろう。

彼女の手を強く握ったまま、事態は膠着《こうちゃく》した。

3

周囲を見まわして、まだしばらくはだれも来る気配がないことを確認する。月はまた流れる雲の中に隠れた。俺のいる建物と建物の間は、夜の闇が濃い。右手側の道に面した方向はワゴン車が壁となり、左手側には都合良く巨大な石がある。

昼間、部屋の中から窓の外を眺めたとき、この石は邪魔なだけに思えた。しかし今こうしてみると、伯母のいた部屋の窓を外側から特定する目印にもなったし、壁によりそっている自分の姿を左手側から覆い隠す障害物として働いてくれる。俺はこの巨大な石にだきついて感謝したかったが、触っても冷たいだけだろうし、残念ながら壁から突き出た手首を握り締めているので忙しく、それはできない。

それにしてもこの不可解な状況が、そもそもなぜ起こってしまったのかがわからない。もちろん、壁に穴を開けた俺に原因が多くある。しかし彼女も彼女だ。俺はてっきり母親と映画の撮影に出かけたものだと思っていたのに、なぜ居残っている。そしてなぜ泥棒に手首をつかまれるのだ。

「おまえが悪いんだぞ。おまえが部屋にいたからこうなったんだ」

壁の向こう側にいる彼女へ言った。

「本当は出かけなくちゃいけなかったの。そうしていればこんなことにはならなかった。ついてない……」

彼女が壁の向こう側でため息をつく。肺から息を吐き出す音が、かすかに聞こえた。出かけるというのはつまり、伯母との撮影見学のことだろう。彼女の話しぶりから、半ばそれが義務だったとでもいうように聞こえた。

「なんで部屋の電気もつけずに押し入れの中へ手を入れていたんだよ」

「眠ってたの。でも、押し入れの中で物音がしたから、目が覚めて……」

もはや観念したように、壁から突き出した手を動かさず彼女は説明をした。彼女が言うには、押し入れに置いているバッグの中で、携帯電話が鳴ったのだと勘違いしたらしい。そこで、半ば眠った状態のまま、電気もつけずに押し入れを開けて携帯電話を探そうとしていたそうである。

俺はそのバッグが、伯母のものであると思いこんでいた。そして運悪く、俺と彼女の手が暗闇の中で衝突したのだろう。

「ん？」

俺と彼女は、壁をはさんで同時に声を出した。俺に話をするまで、彼女は自分で気づかなかったらしい。

壁の向こう側、しかもおそらくは彼女が自由に動かせる左手の届く範囲に、バッグがある。その中には携帯電話があるのだ。

「お、おい、電話はするなよ」

俺は焦って声をかけた。メールでひそかに助けを呼ばれたらかなわない。壁の向こう側から返事はない。かわりに、片手でバッグをひっくり返し、中身を外に出すような騒々しい音が聞こえてくる。

「おまえ、電話を探しているだろう!」

「わたし、そんなことしていません!」

彼女は堂々と嘘をつく。

「電話は、こっちによこせ!」

「ふーん、どうやってですか?」

彼女は勝ち誇ったような声になった。穴は、彼女の片腕が通り抜けているだけでいっぱいである。他に何かが行き来できるような隙間はない。窓も無理だと彼女は言う。

「い、いいか、それ以上、電話を探す気配がしたら、壁のこっち側でおまえの右手の指を切り落とすからな」

俺は再度、指を切り落とす宣言をした。こうやって脅迫するたび、自分にはとてもそんなひどいことはできそうもないと思えてくる。自分が他人の指を切り落とす様を想像すると、血の気がひいていく。俺はホラー映画というものをほとんど憎悪しているのだ。

彼女はしばらく沈黙した。手首をつかんだ手に、汗がにじむ。それが、俺の手のひらから出た汗なのか、彼女の手首から出た汗なのかわからない。俺たちは黙りこみ、お互いの呼吸する音が壁越しに伝わっているだけである。

やがて、彼女は口を開いた。

「……あなたにそんなことができるはずないわ」

「なぜそうだとわかる？」

「いい人そうだもの」

俺は左手で手首を放さないまま、工具箱の中からニッパーを右手だけで取り出す。その刃先を、つかんで引っ張っている彼女の手の指に押し付けた。鋭く冷たい刃の感触を受けて、彼女は戸惑ったように言った。

「わ、わかった。電話なんかしない」

「携帯電話を部屋の隅に投げろ」

衣擦《きぬず》れの音がする。そして何かが遠くの畳に落下する音。

「投げたわ」

「投げたのはヘアスプレーか何かかもしれない」

「わたしにそんな小細工をする勇気があると思う？」

そのとき、壁のすぐ向こう側で電子音が鳴った。ほとんど間違いなく携帯電話の着信音だと思えた。俺の予想した通り、さきほど彼女が投げたのは携帯電話ではなかったようだ。

「電話には出るな！」

辺りに電子音が響き続ける。鳴っている電話を前にどうするか、彼女は迷っている。握り締めている手首から、そのことが伝わってきた。

「……わかった」

しょげた声で彼女は言った。直後に、鳴り響いている電子音が壁の向こう側のずっと奥へ遠ざかった。部屋の隅で電話はしばらく鳴り続いた。俺たちは息を飲んで沈黙したまま、その音を聞きつづけた。やがて電話の相手があきらめたのか、ぷっつりと静寂に戻る。

「……ねえ、なぜあなたは、私の手を放して逃げないの？　もう、泥棒が失敗しているのはあきらかでしょう？」

彼女は痛いところをつく。

「……手を放した瞬間に、おまえはわめいて助けを呼ぶだろう？　こうやって指を人質にとっているあいだは、きっとそれができないはずだ」

「でも、とっとと逃げたほうがあなたにとっていいに決まってるじゃない」

腕時計を落としていなければおそらくそうしていただろう。彼女の自由を奪った状態で、壁の向こう側に落とした腕時計を回収する方法はないだろうか。俺はそのことを考えた。

泥棒などするべきではなかった。金を盗もうなどと、愚かなことだったのかもしれない。もしも逃げ切れたら、素直に内山君の言うことを聞いて真面目に仕事をしよう。

反省した俺は声を出せないまま、ただ彼女の手首を握り締めた。彼女の手首の血管が脈打っている。それが皮膚を伝わって感じられた。

俺はうなだれたまま無意識に、地面に放り出していた電動式のドリルを右手で触っていた。それを拾い上げ、顔を上げる。

彼女に覚られないまま腕時計を回収する単純な方法を思いついた。

すでに開いている穴から四十センチほど右側の壁にドリルの先端を押し当て、モーターを回転させた。古い土壁にやすやすと刃がもぐりこみ、小さな穴が開いていく。

ばかばかしい。もうひとつ穴を開けてしまえば済むことだったのだ。左手は彼女の右手を握り締めてずっと固定しておく。俺は、右手だけで穴を開ける。腕をさしこみ、落ちている時計を回収し、後は逃げるだけだ。

何か作業しはじめた俺を、彼女は不審に思ったらしい。壁越しにたずねる。

「この音はなに?」

「騒ぐんじゃないぞ」

まずひとつ、小さな穴が開いた。いくつもそれをつなげて、大きな穴にしなければならない。

「穴を開けてるの？」

「ドリルの刃には触るなよ、怪我をするから」

「やっぱりあなたは悪い人じゃなさそう」

向こう側で彼女は、少し微笑んだように感じた。俺は無視した。

二つ目の穴が開く。ドリルの位置をずらし、三つ目の穴を開けはじめる。

話をさせることで彼女の意識をこの作業からそらせようと思った。

「……なんでおまえは、行かなかったんだ？」

「え？」

「さっき、言っただろう。おまえ、本当は出かけるはずだったって」

彼女は本来なら、母親に引っ張られて映画の撮影を見学しに行くはずだったのだ。伯母からそう聞いている。

「あなたには関係ないでしょう」

「あるね。おまえがいなければ金が手に入った」

しばらくの間、暗闇の中でドリルの音だけが辺りに聞こえる。温泉町には似つかわしくないモーター音が、建物と建物の間にできたせまい空間に響いている。ドリルを支えている右手は振動で震えた。またひとつ穴を開け終えて、ドリルの位置をずらし、新たな穴開けに取りかかる。

「……あなたのご両親は健在？」

「一年前に死んだよ」

「そう……。わたしの親は、わたしに、いろいろなことを要求するの。それにつかれてしまって……」

「自分の都合で振りまわすのか？」

昼間に見た伯母を思い出す。伯母は自分の娘の進学先について、「いいとこに進ませるつもりよ」と言っていた。伯母は娘の人生をコントロールしているのだろうか。

「だから今日、ちょっと反抗してみたのよ。本当は行くことになってたの」

「映画の撮影に？」

「そう……、なんでわかったの？」

それから彼女は、俺が彼女の行動を事前に調べ上げ、部屋に狙いをすませて壁に穴を開けたのかと訝《いぶか》しがった。

「撮影を見学しにきている観光客が多いじゃないか。だからあてずっぽうに言っただけさ。俺はおまえのことも、なにも知らない」

そうよね、と彼女は一応、納得してくれた。

結局、彼女は母親の強引な誘いに抗《あらが》って部屋にいることを選んだというわけなのだろう。

「私はお母さんが好きだから、いつも期待に添いたいと思っていたの。そうして喜んでくれるのが嬉《うれ》しかったから。でも最近は、うまくいえないけど、そうじゃないというか……」

その声は弱々しく、小さな子供のようだった。そのためか、彼女の真面目な生き方を思わないわけにはいかなかった。母親への思いやりと反抗心の狭間《はざま》に彼女は立っている。親への反抗とは、彼女にとってどんなに重要な事件だったのだろう。

俺は十五個目の穴を開けながら、自分が彼女くらいの年齢だったときのことを思い出した。

大学へ進むことを強要する親父と、デザインの勉強をするために専門学校へ行きたがった俺は、ほとんどの時間をにらみ合って過ごした。結局、俺は親父の意見を無視して、現在、友人とデザイン会社をやっているわけである。

両親は一年前にそろって二人とも死んでしまった。乗っていた車が信号無視のトラックと衝突し、即死だった。

当時は家族三人で暮らしており、食事もいっしょにしていた。死ぬ前日まで親父は、ことあるごとに大学へ行かなかった俺の人生について小言を並べていた。俺が腕時計のデザインについて話をすると、ばかばかしそうに笑っていた。俺はそれでかっとなって言った。

「おまえがそんなに偉そうなことを言えるのかよ」

親父は、小さな工場で働いている、普通の人間だった。高い学歴を持っているわけでもなく、職場での地位もそれほどいいわけではない。はたから見ると、みすぼらしい人生だった。そんなおまえが俺に何か言えるのか。そう言ったとき、親父は黙りこんで、肩を落としていた。俺は悲しい気分のまま家を出ると、コンビニへ行った。

子供のころ、親父と喧嘩《けんか》をすることはあったが、溝はいつも知らないうちに修復されていた。俺が子供でばかだったのか、喧嘩したこともすぐに忘れて、いつのまにかまた話ができていた。それなのに、いつごろから俺は親父とまともに会話できなくなっていたのだろう。

両親の保険金で、俺と内山君はデザイン会社を作った。親父のことを思い出すと、今でも息苦しくなる。それが怒りなのか、それとも悲しみなのか、ときどきわからない。

気づかないうちに、俺は、穴を開ける手を止めていた。少し、考え事をしすぎたらしい。これまでにドリルで開けた小さな穴は、半円状につながっている。あと十個も穴を並べると、円形にそれらはつながって片手が入る程度の穴が開くだろう。

「俺は、親に反対されても従わなかった」

彼女に声をかける。

「それで、人生はうまくいってる？」

「うまくいっていれば、今ごろおまえの手を握っていない」

なるほど、と彼女は納得したようだった。

「後悔していないの？」

「本当はしてるけど、親父に負けた気がするから、していないことにする」

「お父さんと何かあったの？」

俺は父のことを彼女に説明した。もちろん、俺自身を特定するような部分は話さなかった。壁の向こう側で、静かに彼女が耳を傾けているのがわかった。

やがて俺は、穴を開け終えて、ドリルを地面に置いてナイフを取り上げた。

作業がすべて終わると、完全に円形の切りこみができた。丸く切り取られた壁を押すと奥へずれていき、向こう側に落下した。手の入る程度の、二つ目の穴のできた瞬間だった。

そのときには、彼女に話すことはもうなくなっていた。お互いに黙りこんで、奇妙な沈黙の中で、壁から突き出している彼女の手首を握り締めているだけだった。月に雲のかかった暗い夜の、とくに闇の吹きだまっているような建物同士の間で、俺は静かな気持ちになっていく。少し離れた道に温泉町の土産物屋が並んでいたり、通行人がいたりすることなど、想像できなかった。周囲の闇にすべて溶けてしまい、ただ握り締めた手だけが世界に存在しているように思えた。

「……もうひとつの穴が開いたというわけね？」

壁から出ている彼女の右手が動いた。手首をつかんでいる俺の左腕を、今度は逆に、そっと握り返した。ずっと外に出ているせいか、彼女の手は冷たかった。

「いろいろ悪かったな」

俺はそう言うと、できたばかりの穴に右手を入れた。押し入れの中を探ると、様々なものが散らばっていることに気づく。さきほど彼女は、携帯電話を探すためにバッグの中身を取り出した。それが散乱しているのだろう。俺はその中から、腕時計を探した。押し入れの中に張ってある板の上を手探りする。散乱しているものをつかんで、触った感じを確かめては、それが自分の腕時計かどうかを考える。

やがて俺の右手は、自分の腕時計らしい重さと感触のものを探し当てた。もしも両手が自由だったなら、胸をなでおろしていただろう。

そのときだった。腕時計をつかんだ俺の右手首が、壁の向こう側で強く握り締められる。おそらく彼女が自由な左手を使ってそうしたのだろう。

一方、俺の左手にも異変が起きた。さきほどそっと握り返された彼女の冷たい手に、突然、力がこめられる。それまで俺につかまれるままだったのが、今度は逆に強く握り締めている。

両腕を強くつかまれた俺は、右腕を壁の穴に深く差し込んだまま動けなくなった。それは、壁を挟んで彼女とそっくり同じ恰好《かっこう》だった。

「ほうら、これでおあいこだわ。これで指を切ることもできないでしょう？」

彼女が壁の向こう側で意地悪に微笑む。実際は見えるはずもないが、目に浮かぶようだった。

壁の向こう側で彼女に右手を固定されていると、指を切り落とすためのニッパーを拾い上げることもできない。人質を脅迫するためのナイフが奪われたようなものだった。

「これは……」

まいった。俺は身動きできないまま心の中でつぶやいた。

「残念でした」

彼女はそう言うと、いきなり大声を出した。

「だれか来て！　泥棒よ！」

その声はおそらく、周囲五十メートルに聞こえただろう。静かな夜の空、古びた旅館の壁は、彼女の劈《つんざ》くような声で震えた。

俺は焦って周囲を見た。背後にある建物の窓に、電気がついた。その明かりで俺のいた場所が薄く照らされる。今にも窓を開けてだれかが顔を出すかもしれない。

「手を放せ！」

俺は壁の向こう側に向かって叫んだ。しかしあいかわらず左手で彼女の右手首をつかんだままだったので、それは我ながら不公平な言葉だと思っていた。

「放さない」

彼女は言った。俺はそれでも、右腕を力任せに引きぬく。それをつかんでいた彼女の左腕までも、穴を通り抜けて外に出てきた。それでもあいかわらず彼女が俺の手首を放す気配はない。

壁から二本の白い腕が突き出ている。俺はそれらにつかまれたままである。彼女はそのうちに力尽きるだろう。しかしその前に、だれかが来て俺がつかまりそうだった。

壁の向こう側から、廊下をだれかが走ってくる騒がしい音。扉がどんどんと叩《たた》かれる。彼女は扉の鍵《かぎ》をしめていたらしい。それが俺には幸運だった。

俺は、大きく口を開けて、右腕をつかんでいる彼女の腕に嚙《か》みついた。

「痛い！」

血こそ出なかったものの、おそらく跡が残ったにちがいない。

彼女が叫んだのと同時に、俺の腕をつかんでいた力が緩む。彼女のひるんだ一瞬を、俺は逃さなかった。

思いきり両手を引くと、彼女の手が放れ、勢い余って後ろに転んだ。お互いの手の解放だった。

俺の手が放れると、壁から出ていた二本の腕がすぐさま中へ消える。穴の中へ吸いこまれていく白い腕を、背後の窓からもれる薄明かりの中で見た。あとはただ二つの黒い穴が壁に残っただけだった。

俺の右手には、しっかりと腕時計が握り締められている。実際に見て確かめている時間はないが、その感触があった。工具箱に放りこむと、地面に落ちていた工具をその上に重ねて入れる。

駐車していた自分の車まで、裏路地を走った。幸いにも、だれも追ってくる様子はない。車に乗りこんでエンジンをかけ、しばらく進む。国道に出て、コンビニの駐車場に入ったとき、ようやく警戒を解いた。

コンビニの店内の明かりが、フロントガラスを通り抜けて運転席の俺を照らしていた。俺は逃げ切れた安堵《あんど》感で、胸をなでおろす。時間を確認しようと思い、助手席に置いた工具箱を開けて腕時計を取り出そうとした。そのとき、ようやく気づいた。自分がミスを犯していたことに。

工具箱に入れるとき、腕時計をよく見なかった。だから、穴の奥で探し当てた腕時計が、俺のデザインしたものではなく、市販されている普通の腕時計だったことにそれまで気づかなかった。確かに触った感じや重さは似ていた。しかしあきらかに俺のものではない。

ということはつまり、彼女の腕時計を俺は持ってきてしまったということで、俺の腕時計はそれと入れ替わりにあそこに置いたままだということだった。

7

4

一年が過ぎた。

「きみのデザインした腕時計、なぜ売上が伸びているのかわかったよ」

内山君はそう言いながら、俺の机にコーヒーの入ったカップを置いた。

事務所で俺は、壁に飾られているカレンダーを見て、あの夜から一年も時間が流れた不思議さについて考えていたところだった。旅館の壁に穴を開けた夜のことを、今でも悪夢のように思い出す。しかし幸いにも、まだ俺は警察につかまっていなかった。

あの夜から一週間ほど、俺は静かに人の目を忍んで生活していた。その様子を見た内山君の目には、腕時計の生産が中止になって俺が落ちこんでいるものと映ったらしい。

半年ほどたって経営がわずかに回復すると、少量ながら俺のデザインした腕時計を発売する余裕ができた。あの夜につかまらなくて本当に良かったと思う。もしも逮捕されていれば、腕時計の計画が半年遅れで復活することもなかっただろう。

かくして俺の腕時計は売り出された。最初、以前に売り出したものと同様に売れ行きは芳しくなかったが、数ヶ月した今、急激に販売数が伸びている。

「おい、聞いているのか」

内山君が立ちはだかってカレンダーを遮った。

「売れ行きが上がっているのは、ようやく俺の才能が認められたからなのだよ内山君」

俺がそう言うと、彼は呆《あき》れていた。

「……ところできみ、あの映画を見たかい?」

「映画?」

俺が聞き返すと、彼はうなずいて説明する。彼が言ったのは、最近、世間でヒットしている映画のことだった。それはまぎれもなく、あの温泉地で撮影が行なわれていた映画だった。

「あれだろ、ヒロイン役に、漢字二文字だけの変な芸名の女優が出ているやつ」

伯母《おば》に聞いて知った知識を、俺は得意げに披露した。

「変な芸名って言うな」

憤慨するように言って、内山君はその女優の出演するテレビドラマはかかさずに見ていることを白状した。俺はあまりテレビを見るほうではないので、どのような番組に出演しているのかさえ知らない。

「今度、彼女の握手会があるから連れていってやるよ」

「別にいいよ。ばかばかしい」

「きみ、どうかしてるよ、彼女を知らないなんて。よしわかった、彼女の歌のCDがあるから、それを聞きたまえ」

引きとめるまもなく、彼はそう言うなり自分の机の引き出しからCDを取り出した。例のアイドル俳優は歌まで出しているのかと驚く。そして、そのCDを購入して会社に置いている内山君にも驚愕《きょうがく》した。ところで彼はなぜあの映画の話などはじめたのだろう。もともと腕時計の売上のことについて会話していたのではなかったのか。

CDをセットしたラジカセから、清々《すがすが》しい歌声が流れてくる。そこで俺は、思考を無理やりに停止させられた。

「どうだい？」

内山君は満面の笑みを浮かべて俺を見た。そして、顔を曇らせる。なぜなら、俺が椅子を倒して立ち上がり、その状態で身動きするのをやめたからだ。

俺はその歌声を聞きながら、一年前の夜を思い出していた……。


あの夜……。

俺はなんとか事故を起こさずに自分の部屋があるアパートまで運転して戻った。肝心の腕時計は穴の奥へ残したままだった。

身辺を片付け、テレビやビデオの電源を抜き、冷蔵庫に入れていた腐りそうなものを処分した。逮捕されてしばらく戻ってこれなくてもいいようにという準備だった。

一睡もせずに警察が来るのを待っていたが、そのうちに朝が訪れた。十時ごろ突然に電話が鳴り出したので、受話器をとった。伯母の声が聞こえた。

「ちょっと、旅館の方まで来なさい」

ついに呼び出しがあったと思った。

昨日の夜を過ごした旅館へ車を走らせた。部屋に入ると、伯母がテーブルについてすでに待ち構えていた。俺は従妹《いとこ》の姿を探したが、どこにもいない。昨日は悪いことをしてしまった。顔も見たくないのだろう。そう思いながら伯母の正面に正座する。

「よくきたわね」彼女はそう言った。「もうすぐ娘も戻ってくるわ。ちょっと待ってなさい」

「……用件はわかっています」

「あら、本当に？」

「俺はもう、抗《あらが》う気はないです。観念しました。だから、すっぱりと俺を罵《ののし》ってください」

「罵る……？　変な子だわ。観光をしたいから車を出して欲しいだけなのに、観念しているだなんてオーバーね。なんだか、ものすごく悪いことを注文しているみたいじゃない」

観光？　俺は拍子抜けする。相当、間抜けな顔をしたらしく、伯母が眉《まゆ》をひそめた。

「昨夜、撮影を見学しにいっても、たいしておもしろくなかったの。だから今日は、観光するつもり」

背後で扉が開き、従妹が部屋に入ってきた。昨日、廊下ですれ違った顔である。彼女は、俺が座っていることに気づくと、頭を下げた。

「こんにちは」

その声に、違和感を持った。

彼女はそのまま俺の前を通りすぎ、窓の下にある押し入れの前に膝《ひざ》をつく。彼女が引き戸を開けた。

俺は思わず叫びそうになる。押し入れの奥の壁には、当然、穴があると思っていた。昨夜、俺は確かに穴を開けたからだ。しかし、その穴は今、どこにもない。俺は立ち上がった。

「どうしたんですか？」

従妹が不思議そうに俺を見る。さきほど感じた違和感の正体がわかる。従妹の声は、昨夜聞いた声とは別のものだった。彼女は半袖《はんそで》の黄色いTシャツを着ていて、左腕が袖から出ている。従妹の腕は、綺麗《きれい》なものである。俺の歯型など、どこにもついていない。

よろめくような足取りで俺は窓に近寄る。外を見ると、記憶にある風景とどこかが違う。昨日は確かにあった大きな石が、今はなかった。

「ここに、石がありませんでしたか？」

「石？　ああ、あの作り物の……？」

「作り物？」

　伯母は、この旅館に映画の撮影隊が多く宿泊していることを教えてくれた。映画のセットの一部を、裏庭に置かせてもらっているらしい。巨大な石のはりぼても確かに窓のそばにあったという。しかし、子供が中に入って遊んで困るので、今朝、撮影隊の車に運びこんで立ち去ったらしい。

　俺はそこでようやく気づいた。外へ駆け出し、旅館の壁を外から確認する。昨日の場所には、やはり穴が開いていた。二つの穴だ。ただし、伯母たちの宿泊している部屋の壁ではなかった。その隣の部屋の壁である。

　あの巨大な石は作り物だった。軽くて、子供の力でも動かせるようなはりぼてだったのだ。俺はそれを、本物の石だと思いこんでいた。それを目印にして、外から伯母の部屋の窓を特定したつもりだった。

　しかし、俺が昨日の昼に伯母を訪ねた後、いつのまにかそのはりぼては動いていたのだろう。俺はそれに気づかず、隣の部屋を伯母たちのいる部屋だと思いこんで、壁に穴を開けてしまった。昨日の白い腕は、隣の部屋に宿泊していた女のものだったのだ。

　よく見ると、ワゴン車も消えていた。あれはもしかすると、撮影隊の車だったのだろうか。映画スタッフの人間が、車の中に巨大な石のセットを運びこむ、そのような場面は容易に想像できた。

「そういえば昨日、この旅館に泥棒が来たんだって」

部屋に戻ると、従妹が伯母に話をしている。伯母はそれが初耳だったらしく、驚いていた。

「……今日は車は出せません」

そう言うと、俺は旅館から離れた。まだ昨夜の女が滞在しているかもしれない。声を聞かれて、俺が昨夜の泥棒であることを覚《さと》られるかもしれない。

黙って迅速に旅館から逃げ出した。ちなみに後日、また伯母から電話があり、「娘が私の言う通りの大学へ行ってくれないの」と困惑したように相談をもちかけられた。しかしそれは、俺とは何の関係もないことだった。

握手会の会場は、駅から五分ほど歩いた場所にある巨大なレコードショップの一階だった。普段は並んでいる商品の棚が片付けられ、広々とした会場の中に、ステージが組まれていた。

「人が、多いな……」

俺のつぶやきに、内山君は嬉《うれ》しそうにうなずいた。

「彼女の人気がすごい証拠だよ」

まだ本人は登場していなかったが、握手会のはじまる三十分も前から会場は混雑していた。取材のためのテレビカメラが、会場内に密集した人々の頭を撮っている。

彼女はあいかわらず変な芸名で、名前を示す二つの漢字がいたるところに見られた。どこを見ても彼女の出したCDのポスターが貼られており、こういう場所に来たことのない俺は、なるほど人気のある芸能人はこのようにして歓迎されるのかと感心した。

いつも俺は、道を歩くとき人の少ない場所を選ぶようにしている。それなのに周囲は例の女優のファンで埋め尽くされており、逃げることもできない。どの方向を見ても人間の頭だけが見える。

何か真剣な顔で話をしている一群がそばにいたので、耳をすます。彼女の出演していたテレビドラマの最終回についてどう思うか、という議論がされていた。俺は場違いなところに来ている気がして、内山君に聞いた。

「外で煙草を吸ってきてもいいかな」

すると、周囲にいた人たちから同時に視線を向けられる。いずれも俺を非難するような眼差《まなざ》しだった。

「おまえ、煙草を吸った手で握手するつもりか」

内山君は怒ったように言った。彼女が煙草嫌いだという情報はあらかじめ予備知識として知らされていたが、周囲の反応を見ると、予想以上に嫌いらしい。おそらく煙草を吸ったら彼女は死ぬのだと思った。

そのとき、ステージの近くにいた人々が歓声をあげた。それまで眉をつりあげていた内山君が、一転してきらきらした表情でステージを振りかえる。

歓声と拍手が耳を劈《つんざ》く中、ステージ上に、二十歳ほどの若い女が登場した。ポスターやCDのジャケットに写っているのと同じ美しい顔だった。マイクを持った司会者と並んで立っている。

背丈は俺より少し低い程度だろうか。ほとんど轟音《ごうおん》にも似た騒々しさの中で、臆《おく》することもなく立っている。まっすぐな、姿勢の良いたたずまいが印象に残った。会場の中にあるすべての視線が彼女にそそがれているというのに、静かな微笑みを浮かべている。彼女の堂々とした姿に、目が吸い寄せられる。人気のある理由がわかった気がした。

彼女の声がマイクを通し、スピーカーから拡大される。すると、それまであった騒々しさがやみ、彼女の声を聞こうとみんなは耳をすませた。会場の中にあったあらゆる意識の中心に、彼女がいる。話の内容は、集まっている人間に対する挨拶《あいさつ》だった。その声が、俺にとって聞き覚えのあるものだと気づいたのは、事務所で内山君に彼女の歌を聞かされたときだった。

CDラジカセから流れた声が、以前に聞いたある声に似ている気がした。しかし人気のある芸能人だから、声に聞き覚えがあるのは考えてみれば当然のことである。いくらテレビをあまり見ないからといって、どこかで聞いた可能性があるだろう。最初はそう思い、気のせいだということにした。

そうでないことは、ラジカセの電源を切った後の内山君の話でわかった。

「きみがデザインした腕時計がなぜ最近、急に売上を伸ばしているかというとだね、例の映画のラストシーンで、そっくりの腕時計を彼女がはめているからなんだ」

そのために、映画を見た女の子たちが買っていってくれるのだという。デザインがいいと、買ってくれた人は満足しているらしい。しかし購入する動機は、あきらかに映画だった。

「僕はもう映画を見てきたけど、本当にそっくりの腕時計なんだ。でも、同じはずがないだろ。撮影が行なわれたのは、きみがみんなに試作品を見せびらかしていたころだよね」

その女優のファンである内山君は、彼女の様々な情報を当然のごとく教えてくれた。例えば、彼女は母親の言いなりで芸能界入りしたこと。芸名や仕事の選択、イメージ作りにまで母親が関与していたこと。

一年前、映画の撮影から逃げ出し、映画関係者に迷惑をかけたという噂……。

「もちろん噂だよ。でも、彼女のイメージが少し路線変更したのはそれからだったな。それ以降は、なんだか表情が明るくなったように思うんだ」

彼は彼女のことを嬉しそうに話した。

「何やってるんだよ、並ぼうゼ」

内山君が俺の肩を叩《たた》いて言った。いつのまにか周囲を見ると、ステージでの挨拶が終わり、彼女と握手をするために大勢の人間が並び始めている。店の制服を着た人が声をはりあげて人々を列に誘導していた。

列の前方は、ステージへの短い階段に続いている。ステージ上で彼女と握手をすると、前を通りすぎて、もうひとつの階段からステージを下りるようだ。そのまま店の外へ出される仕組みになっている。

俺は内山君に引っ張られて、列に並ばされた。抵抗はしなかった。記念に有名人と握手しておくのもいいだろうという気分になっていた。

人ごみの頭越しに、ステージ上に立つ彼女が見える。彼女の前を、人が一人ずつ通りすぎていく。みんな、しっかりと握手をして、感動した顔で会場から立ち去っていく。

遠くから彼女の顔を見つめた。やわらかいまなざしをしている。左手首に巻かれたものが目に入り、俺の中から周囲の混雑やざわめきが消え去った。

あれから一年が経過した。それでも彼女は、捨てずに俺の腕時計をはめている。警察に渡すわけでもなく、手首に巻いて映画にまで出演してくれた。俺のつくったものを、気に入ってくれたのだろうか。もしそうだとしたら、自分でも不覚になるほどどうしようもなくなる。感謝しようにも、俺が彼女に対してどのような形でありがとうと伝えればいいのだろうか。

列が進み、俺と内山君の並んでいる場所がステージに近くなる。俺は、落ちつかなくなってきた。

なぜかわからないが、唐突に親父のことを考えた。おそらく、彼女と会話をしたあの夜に、親父のことを思い出したのが原因だろう。

俺は以前、自分のデザインした時計が認められたら、そのことを墓に眠る親父に報告して俺が正しかったのだと言うつもりだった。そうしないと、俺の進路にいつまでも反対し、家族の恥であるように言い続けた親父への怒りがおさまらなかった。

今、俺はわずかながら仕事を人に認められている。両親に仕事の成果を話して聞かせても、恥ではなくなったのだ。しかし、なぜか今は、見返してやるといった気持ちにはならない。

俺の前に並んでいた内山君が、ステージへの階段を上がった。俺もそれに続くと、もう目の前に彼女がいた。

子供のころ親父からもらった金色の腕時計は、今でも事務所の机の中にある。調べてみるとそれも安物だったが、子供だった俺には本物の金であるように思えたし、重くて、恰《かっ》好《こう》良かった。

最近、事務所でひとりでいるときに、もう動かなくなったその腕時計をはめてみた。いったいつのまにそうなったのか、腕時計は大きくもなければ、重くもない。親父の墓に対して、単純な気持ちでざまみろと言うことができない。俺はそのことに気づかされた。なぜ腕時計が好きなのかと聞かれると、親父がくれたからだと、そう返事をしなくてはいけないからだ。

いつのまにか俺の目の前で、内山君が彼女と握手をしていた。ほとんど見ていられないほど彼は緊張している。

近づいて見る彼女は、特に美しかった。人間というよりも、映画やテレビを通してでないと存在しない想像上の生物であるように思える。彼女のそばだけ空間が違っていた。内山くんが名残惜しそうに手を放して、彼女の前を通りすぎた。彼が去るのに歩調をあわせて、俺は一歩進む。俺の背後にまだ続いている行列も、一歩前進した。

彼女と正面に向き合い、右手で握手をした。

あの夜、壁をはさんでまったく見えなかった顔が、すぐ目の前にある。両手に包めそうな小さな顔の中で、美しい形の目が細められている。

ファンであることを示す言葉をかけなければ不自然だろうかと思った。だれもがそのような言葉を口にしているようだったからだ。

そのとき、微笑みを浮かべていた彼女の表情が、突然、変わった。

笑みを消し、まるで眠っていた猫が起き出したように、目を大きく開ける。俺の手をじっと見下ろして、右手で握手したまま彼女は、左手を俺の右手首にまわした。

ぎゅっと、彼女の手が強く締まる。

俺は息を飲んだ。

その状態で二十秒間、何かを考えこむように彼女は沈黙した。テンポ良く進んでいた行列をストップさせておくには長すぎる時間だった。周囲の人々が、何が起きたのかとざわめき出す。行列に並んでいる人々や店の人、ステージ上の司会者が、彼女のおかしな様子に戸惑っていた。

やがて彼女は俺の手を放した。止まっていた列が、また動き出す。

手を解放されて、ステージを下りる階段へ向かう。背後を振りかえると、彼女は俺を見て、なぜか得意げな表情でふふんと笑みを浮かべていた。

周囲の人間も、先にステージを下りて待っていた内山君も、呆気《あっけ》に取られた顔をして彼女と俺を交互に見た。

俺はあわててその場を立ち去った。なぜなら彼女の笑みは、芸能人が俺のような赤の他人に向ける顔にしては、あまりにも特別なものだったからだ。

しあわせは子猫のかたち

1

　家を出て、一人暮らしをしたいと思ったのは、ただ一人きりになりたかったからだ。自分を知る者のだれもいない見知らぬ土地へ行き、孤独に死ぬことを切望した。大学をわざわざ実家から遠い場所に決めたのは、そういう理由からだ。生まれ故郷を捨てるような形になり、親には申し訳ない。でも、兄弟がたくさんいるので、できのよくない息子が一人くらいいなくなったところで、心を痛めたりはしないだろう。

　一人暮らしをはじめるにあたり、住居を決定しなくてはいけなかった。伯父《おじ》の所有する古い家があったので、そこを借りることにした。三月の最後の週、下見のために、その家へ伯父と二人で出かけた。

　それまで伯父とは一度も話をしたことがなかった。彼の運転する車の助手席に座り、目的の住所へ向かうが、話は弾まない。共通の話題がないという、かんたんな理由だけではない。自分には会話の才能が欠如しており、だれとでもかんたんに打ち解け合うという人間ではなかった。

「そこの池で、一ヶ月くらい前、大学生が溺《おぼ》れて死んだそうだよ。酔って、落ちたらしい」

伯父はそう言うと、運転しながら窓の外を顎《あご》で示した。

木々が後方へ飛ぶように過ぎ去り、鬱蒼《うっそう》と茂る葉の間に巨大な水溜《みずた》まりが見えた。池の水面は曇り空を映して灰色に染まり、人気はなく寂しげな印象を受ける。辺りは緑地公園になっていた。

「そうなんですか」

言ってから、もっと大袈裟《おおげさ》に驚くべきだったと後悔する。伯父はおそらく、ぼくが驚くのを期待していたのだ。

「きみは、あんまり、人が死んだというようなことではびっくりしないの？」

「ええ、まあ……」

ありふれた他人の死に関してそれほど心が動かない。

伯父は、ほっとしたような顔をしたが、その時はまだ、その表情の意味には気付かなかった。

その後も、まるで事務処理のようなぼくの答え方のおかげで、伯父との会話は長く続かなかった。退屈なやつだと思われたのだろう、伯父がつまらなそうに黙ると、車内に気まずい沈黙が立ち込める。何度経験しても慣れることができない状況だが、悪気はなかった。

ただ、昔からぼくは、相手とうまく調子をあわせることができないたちなのだ。

しかしすでに、人との接し方で悩むことにもつかれていた。もういい、たくさんだ。これからはできるだけ他人との付き合いは控えよう。家からもあまり出ないようにして、ひっそりと暮らしていこう。道もできるだけ、真ん中を歩くようなことは避けたい。人込みを離れて、一人でいることの安心さといったらない。これからの一人暮らし、毎日カーテンを閉めて生活しよう。

伯父の所有する家は、何の変哲もない普通の住宅街にある木造二階建てだった。まわりに並んだ民家に比べ、色あせた写真のように古く、押せば向こう側へ傾くかもしれない。家のまわりを一周してみるとあっというまにスタート地点へ戻り、これなら遭難する心配もない。こぢんまりとした庭があり、だれかがつい最近まで家庭菜園を行っていた跡がある。家の脇に水道の蛇口があり、緑色のホースがのびてとぐろをまいていた。

家の中を見ると、家具や生活に用いるほとんどすべてのものがそろっていて驚いた。空き家のようなものを想像していたが、他人の家へ足を踏み入れたような気分になる。

「最近まで、だれかがここに住んでいたのですか？」

「友人の知り合いに貸していたんだ。その人、もう死んでしまったんだけど、身よりのない人だったから、家具を引き取る人がいなくてね……」

伯父は、前の住人についてはあまり語りたくなさそうだった。

さっきまでここで普通の生活が行われており、人間だけが突然すっと消えてしまったような印象だった。古い映画のカレンダー、ピンで壁に貼ったポストカード。棚の中の食器、本、カセットテープ、猫の置物。前の住人の持ち物が、そのままにされている。

「残っている家具、自由に使っていいよ。持ち主はもう、いないんだから」と、伯父。

前の住人が寝室として使っていたと思われる部屋が二階にあった。南向きの明るい部屋で、開かれたカーテンから暖かい日光が入っていた。家具や置物の類《たぐ》いを一目見て、前の住人が女性だったことがわかった。しかも若い。

窓際に植木鉢。枯れておらず、ほこりも積もっていない。だれかが毎日、掃除をしているかのような清潔さに、妙な違和感を感じる。

陽の光は嫌いなので、カーテンを閉めて部屋を出た。

二階の一室が暗室になっており、現像液や定着液が置かれていた。入り口には黒く分厚い幕が垂らされ、光の入る隙間を閉ざす。酢酸の臭いが鼻の奥を刺激し、くしゃみが出そうになる。机の上に、ずっしりとした大きなカメラがあった。前の住人は写真が好きだったのだろうか。自分で現像をするとは、力が入っている。辺りを探すと、写真が大量に出てきた。風景の写真もあれば、記念写真のようなものもある。写っている人物もさまざまで、老人から子供までいた。後で眺めようと思い、手持ちのバッグに入れた。

棚に、現像されたフィルムが整理されている。ネガはそれぞれ紙のケースにまとめられ、マジックで日付が書かれていた。作業机の引き出しを開けようかと思ったが、やめておいた。取っ手の上に小さな文字で『印画紙』と書かれていたからだ。もしも光に当たった場合、感光して使えなくなる。

暗室を出たぼくは、さきほど入った南向きの部屋が明るいことに気付いた。閉めたはずのカーテンが、なぜか今は開いている。伯父がやったのだろうか。しかし彼はずっと一階にいた。きっと、カーテンレールが傾いているのだと、その時は結論づけた。

入学式の数日前、その家へ移り住んだ。荷物は鞄《かばん》ひとつだけ。家具は前の住人の物を使わせてもらう。

最初に子猫の鳴き声を聞いたのは、引っ越した当日、居間でくつろいでいた時のことだった。声は庭のどこかから聞こえてきた。気のせいだと思い放っておくと、いつのまにかそいつは家へ上がり込んでいて、人間のぼくよりも家主面してくつろいでいた。両手のひらに収まるような、白い子猫だった。下見の時は、どこかに隠れていたらしい。前の住人が飼っていたペットのようで、飼い主のいなくなった後も、そのまま家に住み着いているのだろう。当然のように家へ上がり込み、歩きまわった。首に鈴がつけられ、澄んだ音を響かせた。

ぼくは最初のうち、そいつの扱いに戸惑った。家にこんなおまけがあるとは、伯父から聞いていない。一人きりになりたかったのに、子猫と暮らさなければいけないなんて反則だ。どこかへ捨ててこようかとも思ったが、そのままそっとしておくことにした。居間に座っていて、子猫がトコトコ目の前を通ると、つい正座してしまった。

その日は隣に住んでいる木野という奥さんが挨拶《あいさつ》にやってきて、どっとつかれた。彼女は玄関先に立ち、品定めするような目でぼくを見ながら世間話をした。できるだけこのような近所との付き合いは排除したかった。

彼女は、音のすごい自転車に乗っていた。金属をこするようなブレーキの音が、何十メートル離れていても聞こえてくる。最初は不愉快だったが、そのうち、あれは斬新《ざんしん》な楽器なんだと思うことにした。

「私の自転車、ブレーキが壊れかけているのかしら？」と、彼女。

「たぶん、もうすでに壊れているんだと思いますよ」とは言えなかった。

だが、前にこの家で生活していた住人のことに話題が移ると、身を乗り出して聞いた。

以前、この家に住んでいたのは、雪村サキという若い女性だった。よく、カメラを持ってこのあたりを散歩し、町の住民を撮影していたという。町の人からは、ずいぶん慕われていたようだ。しかし三週間前の三月十五日、玄関先で何者かに刃物で刺され、命をなくした。犯人は見つかっていない。

ぼくの隣人は玄関の床板をじっと見つめた。自分の立っているところが犯行の現場であることに気付き、ぼくはあわてて一歩、後退した。詐欺だ。伯父からはそんな話、一度も聞いていない。事件のあった当時、といってもつい最近のことだが、多くの警察がこの家に来て、たいへんな騒ぎだったらしい。

「彼女の子猫、突然、雪村さんがいなくなって、きっと困っているでしょうねえ。餌をあげる人もいなくて」

彼女は帰り際、そう言った。

ぼくには子猫が困っているようには見えなかった。毎日だれかが餌をあげているかのように健康そうだった。家のゴミ箱に、中身の無いキャットフードの缶が捨てられていた。つい最近だれかが開けたらしい。知らない間にだれかが家へ上がり込んで、餌をあげたのだろうか。

子猫はまるで、雪村が死んでしまっていなくなったことに気付いていないようだった。白く短い毛をなめ、縁側に寝そべり、ずっと以前からそうしていたであろう平和そうな日常を続けていた。それは、子猫が鈍感であるのとは、少し違うように思えた。

眺めていると、しばしば子猫は、そばにだれか親しい人がいるかのように振る舞った。最初のうち、気のせいかと思っていたが、それにしては不自然な行動が多かった。

何もない空中に向かってあどけない顔をあげ、耳をそばだてる。見えない何かからなでられているように、目を細めて気持ち良さそうな声を出す。

よく猫は、立っている人間の足に体をこすり付けるが、その子猫は何もない空間に体を押しつけようとして、空振りして「あれ？」といった感じで転びそうになっていた。そして、何か見えないものを追いかけるように、小さな鈴を鳴らして家中を歩きまわった。まるで、歩く飼い主を追いかけているようだった。子猫は、今でも雪村が家にいることを信じて疑っていないようだった。むしろ、新しく入居したぼくの方を不思議そうに見た。最初、子猫はぼくの出す餌を食べなかったが、じきに、食するようになった。そこに至ってようやく、ぼくは家に住む許可を子猫からもらった気がした。

ある日、学校から家へ戻ると、子猫が居間で寝そべっていた。子猫は元飼い主の古着がお気に入りで、いつもそれをベッドにして眠っていた。そのぼろぼろになった服を手に取ろうとすると、くわえて逃げ出すくらい大事なものらしかった。

居間には、雪村サキが残していった小さな木のテーブルや、テレビがあった。彼女は小物を集めるのが趣味だったらしく、ぼくがこの家に来た時にはさまざまな形の猫の人形がテレビの上や棚に並んでいた。しかし、それらはすべて片付けた。

朝、テレビを消し忘れていたらしい。だれもいない部屋の中に時代劇が流れていた。しかも『大岡越前』の再放送である。テレビの電源を消して、いったん二階の自室へ向かった。

雪村が寝室としていた部屋はそのままにして、ぼくは別の部屋を自室としていた。殺された人の部屋というのは、使うことをためらわれるものがあった。玄関を通る度に、その場で死んだ雪村のことを考えた。彼女が刺された時、目撃者はいなかったが、言い争いをする彼女の声を、近所の人は聞いたという。事件が起こって以来、近所を警察が見回りするようになったそうだ。

暗室にあった大量の写真を眺めていると、憂鬱《ゆううつ》な気持ちになった。雪村は町の人間を撮影しながら、歩きまわっていたらしい。彼女の写真には、町の人の笑顔や、喜びの一瞬が切り取られていた。人々の幸福感があふれてくるような写真だった。そういったものを撮ることができたのは、彼女の感覚がその方向に向けられていたからに違いない。光を正視することのできる人だったのだろう。ぼくとは、大違いだ。

食事にしようと思った。一階へ下りて、台所でごはんをよそっている時、ようやく気付く。居間の方から、消したはずのテレビの音が聞こえてくる。いつのまにか電源が入っていた。不思議だった。テレビが壊れているのだろうか。子猫が寝そべっているだけの居間に、『大岡越前』が流れていた。

その現象は、その日だけにとどまらなかった。次の日も、その次の日も、『大岡越前』の時間になると、ぼくのいないうちに、いつのまにかテレビの電源が入っていた。チャンネルを変えていても、目を離したすきに、置いていたリモコンの位置がかわり、時代劇へ戻っている。テレビの故障かと思った。しかし、まるでだれかが家の中に潜んでいて、ぼくがいないのを見計らってはテレビをつけているような不自然さがあった。時間になると、常に子猫が居間で寝ていた。まるで母親にくっついた子供のような顔で寝転んでいた。毎日『大岡越前』をかかさずに見ている、子猫に慕われた何者かの存在を感じた。以来、本を読んだり、食事をしている時、だれかの視線を感じた。しかし後ろを振り返っても、子猫がうたたねをしているだけだった。

いつもカーテンや窓は閉めているよう心掛けていた。開け放した窓から、軽やかな小鳥のさえずりが間違って聞こえたりすると、耳をふさぎたくなる。ぼくに心の平穏を与えてくれるのは、薄暗闇の無関心さと、細菌の生きることを許容する湿った空気だけだ。しかしふと気付くと、いつのまにかカーテンや窓が開けられている。まるでだれかが、「窓を開けて風通しをよくしないと不健康！」と注意しているようだった。不健康な部屋の中に、殺菌作用のある暖かい太陽の光と、からからに乾いた新品のタオルのような風が入る。家中を見てまわったが、自分以外には、だれもいなかった。

ある時、ぼくはツメキリを探していた。家のどこかにあるはずだと思い、自分では購入していなかったのだ。雪村だって、爪を切らなかったわけではあるまい。

「ツメキリ、ツメキリ……」

声を出しながら探していて、ふと気がつくと、テーブル上にいつのまにか、ツメキリが置かれていた。さきほど見た時は、存在しなかったものだ。いつまでたっても探し出すことができないでいた新入り大学生を見かねて、ツメキリの場所を知っていた何者かが取り出して置いてくれたようだった。そんな物の場所を知っている人物など、ぼくにはただ一人しか思い浮かばなかった。

まさか、そんな馬鹿な、と思い、何時間も考え込んだ。そして、殺されたはずの人間が、実体の無い何かとしてこの世にとどまり続けることを考えた。また、その意志をくみ取り、前の住人の立《た》ち退《の》き拒否を黙認することにした。

2

大学の食堂、みんなから離れたところで一人、食事をしていた。いっしょに食事をするようなわずらわしい友人を作るつもりは、最初のうち、なかった。

そんな時、不意にぼくの前の席へ、男が座った。知らない顔だった。

「きみ、あの殺人のあった家に引っ越した人だよね？」

それが村井だった。ぼくよりも一年上の先輩にあたる。最初のうち、彼の質問に適当な答えを返していたが、悪い人間には見えなかった。人懐っこい性格で、交遊関係も広く、だれとでもすぐに打ち解ける人間のようだった。

その日から、ぼくらの付き合いがはじまった。といっても、友人というほどのものではない。ただ買い物へ行ったり、所用で駅の方へ行く時など、彼の愛車であるミニクーパーに乗せてもらうだけだった。水色の可愛らしい形をした車体は、道に停めていると人目を引いた。

村井は人望もあり、みんなに慕われていた。ぼくがお酒を飲まなくても、強要することもなかった。彼はよく、多くの人に囲まれて談笑をはじめた。そんな時、ぼくはそっと席を外した。気付く人はいない。みんなの会話に加わるような気分はわかなかった。少し離れたところから会話を聞いているよりは、ただ一人で大学構内のベンチに座り、植木の根元の腐った部分を眺めている方が落ち着いた。だれかと大勢でいる時よりも、一人でいる時の方が安らかになれる。

村井の友人たちはエネルギーにあふれていて、よく笑っていた。お金を持っていて、行動力があり、活動的だった。彼らはまるで、ぼくとは違う世界の住人のようだった。

自分は彼らに比べ、もっと下のレベルの生き物であるように感じていた。実際、アイロンがけされていないみすぼらしい服装と、すぐに言葉がつっかえる癖は彼らの笑いの対象となっていた。その上、ぼくは必要な時にしか発言しなかったから、無口で無感動な人間だと思われているようだった。

ある時、彼らは、ちょっとした実験を行った。それは大学構内にあるA棟ロビーでのことだった。

「すぐに戻ってくるから、きみはここで待っていてよ」

村井を含めた彼らは、そう言うとどこかへ去って行った。ぼくはロビーに据え付けられたベンチに座り、本を読みながら彼らが戻ってくるのを待った。まわりを学生たちが騒々しく歩きまわっていた。一時間待ったが、だれも帰ってこなかった。不安になったが、さらにもう一時間、読書を続けた。

そこに村井だけが戻ってきた。複雑そうな顔でぼくを見て言った。

「きみは、みんなにからかわれていたんだよ。いくら待っても、だれも戻ってこない。遠くからきみを観察するのにあきて、みんな、もうずっと前に車で行ってしまったよ」

ぼくは、ああそうですか、とだけ答え、本を閉じると帰るために立ち上がった。

「悔しくないの？　みんな、きみが不安そうにしているのを、楽しんで観察していたんだよ」と、村井。

しばしばあることなので、半ばどうでもよく感じていた。

「こういうことには、もう慣れましたよ」

彼を残して、ぼくは足早にその場から立ち去った。背中に村井の視線を感じた。

彼らのそばに自分がいてはいけないような気は、最初からしていた。みんな、ぼくがどんなに手を伸ばしても得られないさまざまなものを持っていた。そのため、彼らと言葉を交わした後、ひそかに絶望感を味わったし、憎悪に近い感情を抱いた。

いや、彼らに対してだけではない。何もかもを憎み、呪った。特に、太陽とか、青空とか、花とか、歌とか、そういったものへ重点的に呪詛《じゅそ》をつぶやいた。明るい顔をして歩くすべての人間は、すごく頭の悪い馬鹿な奴なのだと思いたかった。そうやって全世界を否定し、遠ざけておくことで、唯一、安らかになれた。

だからぼくは、雪村の撮影した写真を驚異に思う。彼女の撮った写真にはすべてを肯定して受け入れるような深さがあった。ぼくの通う大学や家を写した写真からも、池や緑地公園の写真からも、光があふれてきそうな力を感じた。子猫の写真や、子供たちがピースした写真から、彼女のやさしさが伝わってきた。雪村の顔をぼくは知らない。しかし、彼女がカメラを構えると、それを発見した子供たちが自分を撮ってと殺到する。そんな光景が想像できるようだった。

もしもぼくが、彼女と並んで同じ景色を見ても、瞳《ひとみ》の捉《とら》えるものはまったく別のものだろう。雪村の健全な魂は世界の明るい部分を選択し、綿菓子のように白くてやわらかい幸福なフィルターで視界を包み込んでしまう。ぼくの心では、そうはいかない。光に弾《はじ》き出された影の方ばかり見えてくる。世界が冷たく、グロテスクなものに感じられる。世の中、うまくいかない。ぼくのような奴ではなく、彼女のような人が死ぬ。

大学で味わったひどい気分も、家へ戻り、寝ている子猫を裏返したりして遊んでいるうちに消えた。やがて、村井のことを考え出した。ぼくを放置して、村井の友人たちはどこかへ行ってしまった。しかし、彼は戻ってきたじゃないか。

そのことがあってからも、なんとなく村井とは縁を切らないでおいた。以前と変わらず、いっしょに食堂で食事し、彼の車で出かけた。ただひとつ、変わったことがある。それは、彼がみんなに囲まれて談笑しはじめ、ぼくがそっとその場を離れた時のことだ。彼も静かにみんなから離れ、人込みから遠ざかるぼくを追いかけてくるようになった。

「今度、きみの家へ遊びに行ってもいいかい?」

村井のその提案を、ぼくは断った。あまり人を家へあげたくなかった。しばしば発生する不思議な現象を見られて、彼が驚いてぼくを避けるのではないかという不安もあった。

朝になるとかならず、カーテンが開いている。前の住人の仕業だった。部屋に日光が入らないように、北向きの部屋を選んで使っていた。それでも、ぼくを外界から守る布切れが開かれると、部屋はだいぶ明るくなる。残念ながら、カーテンを閉め、薄暗い家の中で生活する計画を放棄しなくてはいけないようだった。いくら部屋から光を追い出しても、しばらくすると、いつのまにかカーテンと窓は開けられている。何度も同じことが繰り返され、ぼくはあきらめた。どうやら前の住人は、部屋に光を入れて空気を入れ替えることに関して、ぼくとは相容《あいい》れないこだわりを持っているようだ。

夜、布団に入って目を閉じていると、廊下をだれかが歩く気配がした。しんとした暗闇の中、床板のきしむ音が近付く。向かいの部屋で扉の開く音がすると、気配はその中に消える。以前、雪村サキが寝室としていた部屋だった。

不思議と、それらの現象を恐れたりはしなかった。

雪村の姿は見えなかったが、自分の知らない間に食器が洗われていたり、本のしおりが進んでいたりする。長い間、掃除をしていないはずだったがちりひとつ見当たらないのに気付く。きっと、ぼくの見ていない間に、彼女が掃除をしているのだろう。はじめは気配を感じる度に戸惑っていたのも、やがてなれると、当たり前になった。

乾燥した畳に子猫が寝転び、目を細くする。お気に入りの古着に顔をうずめ、眠りこける。子猫はしばしば、見えない何かに向かってじゃれついていたが、きっと遊び相手は雪村にちがいなかった。子猫が見上げている方向を注意深く見たが、ぼくには何も見えなかった。

好みに関するちょっとした対立はしばしば起きた。引っ越しをした当初、テレビの上には雪村の飾っていた小さな猫の置物があった。テレビの上に物を飾る行為は、ぼくにとって断固として拒否したいことだった。よって、置物は片付けた。しかしそれも、いつのまにかテレビの上に舞い戻っている。何度、片付けても、次の日にはテレビの上にあった。

「テレビの上に物を置くと、振動で落ちたりするし、見ていて気が散るじゃないか！」

言っても無駄だった。

好きな音楽CDをかけていたところ、彼女はその曲が気に入らなかったらしい。ぼくがトイレへ行っていたすきに、彼女がコレクションしていた落語のCDに入れ替わっていた。

渋い趣味だ。

そのうち、朝、包丁の音で目が覚め、台所へ行くと朝食ができあがっているようになった。学校から帰宅し、二階の自室へ鞄《かばん》を置いた後、居間でくつろごうとすると、湯気のたつコーヒーが用意されている。少しずつ、雪村の気配は色彩を増していった。

しかし、ぼくの感じ取れる雪村の存在は、いつも結果のみだった。目の前でコーヒーが用意されることはなく、目を離したすきに変化は起きていた。台所の棚から居間のテーブルへ、どのようにマグカップが運ばれてきたのか疑問に思う。空中をただよってきたのか、転がってきたのかはわからない。重要なことは、ぼくのためにコーヒーをいれてくれるという意志だ。

また、彼女の動ける範囲は、どうやら家と庭だけらしい。ゴミの日になると、ビニールにまとめられた生ゴミの袋が玄関に出ていた。外にあるゴミ捨て場まで出て行くことができないようだ。

ある日、空っぽになったコーヒーのビンがテーブルに出ていた。「あ、買っておけってことか」と思い、ぼくはごく当たり前に彼女の意志をくみ取り、買い物をした。

雪村は幽霊なのだろうか。それにしては、それらしいことなど一度もない。だれかを怖がらせるわけでもなく、殺された恨みをつぶやくわけでもない。半透明の姿を見せるわけでもなく、ただ淡々と、以前からそうしていたであろう生活をひっそりと続けているようだ。幽霊というよりも、たんに成仏していないだけ、と言った方が正しいかもしれない。見えないけど確かにそばにいる雪村の存在は、暖かく、心にそっと触れるものがあった。しかし、彼女や子猫の存在は、だれにも言わずにいた。

ある時、村井の車で買い物へでかけた。水色の丸い車体は快調に走り、やがていつか伯父と見た池が窓の外に広がっていた。ぼくはよく、その池のほとりを歩いた。それは散歩のためではなく、たんに大学と家をつなぐ通路だったせいだ。自分の爪先以外のものを見て歩くことはめったにないので、それまで、注意深く池を眺めたことはなかった。

「この池で大学生が溺《おぼ》れたという話を聞きました」

「それ、おれの友達だよ」彼はハンドルを握り、前方に目を向けたまま、死んだ友人のことを話しだした。「そいつとは、小学生時代からの親友だった……」

車の速度が次第に落ちて、やがて道の脇に停車する。彼の意識ははるか遠く、生きていた頃の友人を見ているようだった。

「彼と過ごした最後の日、ぼくらは喧嘩《けんか》してしまったんだ。ちょっとした、酒を飲んだ時のいざこざだった。その夜、知り合いたちと盛り上がって、油断して飲みすぎたんだ。酔った勢いで、おれはあいつにひどいことを言って傷つけてしまった。次の日の昼、池に浮いているあいつが発見された。警察の話では、早朝に、酔って池に転落したそうだ。溺死《できし》だった。謝りたくても、彼はもういない。本当に、もしできることなら、もう一度会って話をしたい……」

村井の目は赤くなっていた。

「大丈夫ですか？」

彼は目を閉じ、両手でそっと顔を覆った。

「ちょっと、コンタクトがずれただけさ……」嘘をついて、彼は言葉を続ける。「死んだおれの友達、きみに似ていたよ。外見はまったく違うんだけど……。あいつも、人間関係でひどい目にあった時、『こんなことには慣れている』と、あきらめたような顔をして言ったんだ。このひどい世の中がこれ以上よくはならないと言いたげだった……」

彼がお酒を他人に強要しないのも、そのせいだろうか。雪村が捨てずにとっておいた古新聞、たしか家に残されていた。事故があったあたりの日の新聞を探してみようかと思った。何か載っているかもしれない。

後日、池のほとりを歩く時、注意深く彼の亡くなった友人を探した。雪村のように、今でもいたりして、と思っていた。

ある時、学校から戻ると、洗濯物が干してあった。ぼく自身には、洗濯をした記憶がない。雪村が洗濯をして、庭の物干し台に干してくれたのだ。ぼくは縁側に腰を下ろし、風にゆれる洗濯物をながめた。明るい日差しの中、白いシャツが光っていた。

庭に作られた小さな畑にいつのまにか芽が出ていて、大きく成長していた。雪村が人知れず家庭菜園を続けていたことに、長い間、ぼくは気付かなかった。庭の草木など、たった今はじめて見たような気がした。

よく観察すると庭の植物は水を滴らせ、地面にできた水溜《みずた》まりは青空を映していた。雪村がホースをつかって水をやったのだろう。ぼくは知らなかったが、それまでも頻繁に、そうしていたに違いない。

彼女は植物がすきだった。庭から摘んできた草花が、しばしば花瓶にいけられていた。気付くと、ぼくの部屋の机にも、名前のわからない花が飾られている。以前なら、よけいなことを、と思ったかもしれない。花など、ぼくには憎しみの対象でしかなかった。しかし不思議と、雪村が花瓶に飾るのを想像し、それを許容することができた。

すでに死んでいるというのに、いったい、何やってんだか。彼女はずいぶんと暇らしく、時々トラップを仕掛けてぼくをおちょくった。いつのまにか靴の紐《ひも》を固結びにして困らせたり、まだ六月が終わっていないのにカレンダーを七月にしていたり、学校へ持っていく鞄にそっとテレビのリモコンを入れたりした。意味不明だ。

家でカップラーメンを作ったところ、家中の箸《はし》およびフォークを彼女に隠されたことがある。三分たって箸がないことに気付き、ぼくはあせって家中を探した。「はやく箸を見つけないと、麺《めん》が伸びてしまう！」というせこい窮地に立たされた。結局、ラーメンは二本のボールペンを箸がわりにして食べた。

そんな時、子猫がそばに座って、濁りのない瞳《ひとみ》でぼくを見ていた。途端に、自分はいったい何をやっているのだろう、という気持ちになり、人間として落ち込んだ。そしてまた、きっとすぐ近くに雪村がいて、今、おかしそうに笑っているにちがいないという確信を抱いた。子猫と彼女はほとんどいつもセットのようだった。彼女の姿は見えないので、よくはわからなかったが、子猫はできるだけ飼い主の後を追いかけているようだ。だから、見えない雪村の位置は、子猫が知らせてくれた。雪村における子猫の存在は、猫の首についた鈴と同じようなものだった。

「きみのやることは、幽霊らしくない。たまには、おどろおどろしいことでも、やったらどう？」

子猫のいるあたりを向いて、幾分、意地悪く言った。

次の日、テーブルの上に、彼女のものらしい恐怖の書き置きがあった。紙に、『痛いよう、苦しいよう、さみしいよう……』という小さな文字をびっしり書こうとして、飽きて途中でやめたようだ。紙面が半分も埋まっていない上に、最後の言葉が『わたしもラーメン食べたかったよう』だった。ともあれ、それは、彼女がぼくにあてたはじめての手紙で、捨てずに残しておこうと思った。

その後も、見えない雪村に対して何か話しかけるわけではないのだが、不思議と通じ合ってしまった感があった。

毎週、月曜日の深夜になると、ぼくの知らない間に台所の電気がついて、ラジオの電源が入っていた。どうやらこの家では、台所がもっとも電波が入りやすいようだった。毎週その時間は、雪村の好きなラジオ番組をやっていた。

それはなかなか寝付けない夜のことだった。外は風があるらしく、耳をすますと木の枝のさわぐ音が聞こえる。夜の空気に、どこからか人の声。ラジオの音だと気付き、起き上がって階段を下りる。白い蛍光灯の明かりが目に入り、テーブル上に置かれた小さな携帯ラジオを見つけると、ぼくはわけのわからない安心感に包まれた。

雪村がラジオを聞いていた。子猫はいない。お気に入りの古着をベッドにして夢を見ているのだろう。しかし、子猫がいなくても、彼女が確かに、そこでラジオを聴いていることがわかった。スイッチが入っていることを示すラジオの赤いランプ。軽く引かれた椅子。

実際に、姿が見えたわけではない。しかし、椅子に腰掛けて頬杖《ほおづえ》をつき、足をぶらぶらさせながらお気に入りのラジオ番組に耳をかたむける彼女が、一瞬、見えたような気がした。

ぼくは隣に腰掛けた。しばらく目を閉じて、スピーカーから流れる音に聴き入る。外の風はいよいよ強くなり、まるで雪山に閉じ込められたかのような、しんとした気持ちになる。彼女がいるあたりにそっと手を伸ばしてみた。何もないただの空間。だが、温かい何かを感じた。雪村の体温かもしれない、と思った。

3

六月の最後の週のことだった。その日、午前中はよく晴れており、太陽を遮るようなものはなかった。雨が降り出したのは夕方のことで、ぼくはずぶ濡《ぬ》れになりながら大学から帰ることになった。当然、傘を持って家を出ていなかったが、途中で買うまでもないと思っていた。濡れて困るものなど、持っていなかった。

いつも通る池のほとりにはだれもいない。歩道の脇に、一定の間隔をあけて木のベンチが、寂しそうに池の方に向けて設置されている。雨にけぶる池の向こう岸はかすみ、水面と森との境に靄《もや》がかかっていた。生物の気配はなく、ただひそやかに雨音だけが池と森を支配していた。どこか現実を超えたその光景に目を奪われ、ぼくは雨の中、しばらくじっと水面を眺めていた。初夏だというのが嘘のように寒かった。

目の前に広がる静かな池が、村井の友人を連れ去った。灰色の空を映した大量の水。いつのまにか吸い込まれるように、ぼくは池に向かって歩いていた。低い柵《さく》に遮られるまで、そのことに気付かなかった。

村井の友人が今でもこの池のそばにいるんじゃないかという思いが、消えずに残っていた。遺体は回収されたという。でも、雪村のような存在になって、まだこの池で浮いたり沈んだりを繰り返しているのではないか。もっとよくこの辺りを探してみる価値があると考えていた。人間の目には見えなくても、ひょっとすると子猫なら探し出すことができるかもしれない。村井は、死んでしまった友人と話をする必要がある。ぼくはそう思った。いつか、ぼくらは子猫をつれて、ここへ来なくてはならない。

池を離れ、家へ向かって歩き始める。おそらく家へもどると、玄関にバスタオルが用意されているだろう。彼女は、ぼくが濡れて帰ってくることを予想し、乾いた服を出して待っているかもしれない。体が暖まるような熱いコーヒーをいれるかもしれない。

わけのわからないつらさを感じる。この生活がいつまで続くのかという問題を考える。いつか終わりがやってくる。彼女はそのうち、行ってしまうのだろう。やがてだれもが帰っていく場所へ。では、どうして今すぐにそうしないのか。絶命した瞬間にそうしなかったのか。後に残される子猫が心配だったのだろうか。

警察の話では、雪村を刺したのは強盗だということだ。犯人はまだ見つかっていない。時々、警察の人間が家へやって来て、話をして帰っていく。彼女は明るくだれにでも好かれていた反面、同世代の親しい人間はこの地方にはいなかったそうだ。知り合いの犯行というわけでもなく、ただ不幸にも、通り魔的に、家へやってきた強盗に襲われてしまったらしい。それは、雷の直撃を受けて死んだり、飛行機事故で死んだりするのと同じ、やるせない偶然だったのだろう。

世の中には、絶望したくなるようなことがたくさんある。ぼくも、村井も、それに対抗する力はなく、ただはいつくばって神様に祈ることしかできない。目を閉じて耳をふさぎ、体を丸めて悲しいことが自分の上を通り過ぎるのを待たなくてはいけない。

ぼくは雪村のために何かできるだろうか。

考え事をしながら家へたどり着き、玄関に置かれていたバスタオルを受け取る。乾いた服に着替え、湯気の立つコーヒーを口に含んだ時、はじめて頭痛がすることに気付いた。ぼくはすっかり風邪をひいていた。

二日間、布団の中ですごすはめになった。意識が朦朧《もうろう》とし、頭の中に鉄球が入っているような重い痛みに苦しんだ。体中の筋肉が水を吸った綿のようになり、その二日間、ぼくは世界で最も鈍重な生物と化した。

しばしば、子猫が寝込んでいるぼくの上に飛び乗った。布団の上から子猫の小さな四本足を感じ、鳴き声を聞くと、かすかすになりかけていた心がそっとやわらいだ。子猫はもう、「子猫」とは呼べないくらい大きく成長していた。

雪村が看病してくれた。眠りから覚めると、額には濡れたタオルが載っていた。枕のそばに水の入った洗面器があり、水差しと頭痛薬が置かれていた。

立ち上がる気力が出ず、ただ瞼《まぶた》を下げて眠りに落ちるしかない。まどろんでいると、雪村の歩く気配を感じた。階下でおかゆをつくる彼女、階段をあがってくるかすかな音。それについてまわる鈴の音。子猫の首についているやつだ。彼女がぼくのすぐそばに腰をおろし、じっとぼくの寝顔を見ていることもわかった。やさしげな視線を感じた。

三十九度の高熱の中で、夢を見た。

雪村と子猫とぼく、二人と一匹で池のほとりを歩いている。空は高く深い青色で、森の木々が背の低いぼくらを圧倒するように立っていた。二人と一匹は太陽の光を全身で受け止め、レンガの道にくっきりと三つの濃い影ができた。池は鏡のように澄み渡り、水面の裏側にもうひとつ、精密に複製された世界が見えた。一歩あるくごとに、空を飛べるんじゃないかと思えるほど、軽い体を感じた。

雪村は体に似合わない大きなカメラを首からぶらさげて、いろんなものを撮っていた。ぼくは彼女の顔も、身長も知らなかった。しかし夢の中の彼女は、以前からずっと知っていたような顔で、ぼくはそれが雪村に間違いないことを悟っていた。彼女は早足で歩き、ぼくをせかす。もっといろんな物が見たい、写真に収めたい、とでもいうような、純粋な好奇心と幼い冒険心。

人間たちから少し遅れて、子猫が小さな歩幅で一生懸命追いつこうとする。風が心地好く、ピンとした子猫のヒゲがゆれる。

太陽が池の水面に反射し、宝石をばらまいたように輝く。

目が覚めるとそこは真っ暗な自分の部屋で、車が排気ガスを吐きだす音が外から聞こえてきた。時計を見ると夜中、額を冷やしていたタオルがかたわらに落ちていた。

たった今、見た夢の、あまりの幸福さに、ぼくは泣き出してしまった。雪村が生きていたらいいのに、という意味で悲しいのではない。

絶対に見てはいけない夢だった。どんなに手をのばして望んでも、指先には触れることのできない世界。そこは光にあふれているが、残念ながらぼくはそこに受け入れられない。布団に上半身を起こし、頭を抱え、何度も嗚咽《おえつ》をもらした。涙がぼろぼろ落ちて、布団に吸い込まれた。雪村や子猫と暮らすうちに、いつのまにか変化してしまっていたらしい。普通の人と同様に、幸福な世界で生きていけるんじゃないかと、勘違いしていたようだ。だから幸福な夢を見てしまう。目が覚めて現実に気付かされ、耐えきれず胸をかきむしる。そうならないために、そんな世界を敵視し、憎み、自分を保っていたというのに。

いつのまにか部屋の扉が開いており、子猫がかたわらでぼくを見上げていた。おそらく雪村もそばにいて、弱気な病気の大学生を興味深げに眺めている。なぜそんなにへこんでいるの？　彼女が首をかしげているような気がした。

「だめなんだ。生きられない。がんばってみたんだけど、どうにもうまくいかなかったんだ……」

雪村が心配そうな顔をして、そばに座った。見えないが、そう感じた。

「子供のころ……、今でもほとんど変わらないけど、ぼくは人見知りの激しい子だった。親戚《しんせき》たちが集まるような時でも、ぼくはだれともしゃべらなかった。話すのが、そのころから下手だったんだよ。弟がいるんだけど、彼はそんなことなくて、親戚とも楽しくしゃべっていた。彼はみんなから好かれていて、可愛がられていた。うらやましかった。自分もそうなりたかったよ……」

でも、だめだった。無理だったのだ。どんなにがんばってみたところで、弟のようには振る舞えなかった。みんなに好かれたいと願うには、あまりにも不器用すぎた。

「綺麗《きれい》な叔母《おば》さんがいて、それは父の妹だったんだけど、ぼくはその人のことがすきだった。叔母は弟がお気に入りで、よくいっしょに遊んだり、笑いながら話をしていた。ぼくも交ぜてもらいたかったけど、できなかった。いや、一度、二人の会話に加わったことがある。胸がどきどきした。叔母がぼくに話しかけてくれたけど、大人が望むような子供らしい無邪気な答えは、何もできなかった。そして彼女は、失望したような顔をしたんだ」

胸の奥に重い苦しみが宿り、息がつまりそうになる。雪村がじっとぼくの顔を見つめている。

「自分では、一生懸命やったつもりなんだ。でも、だめなんだよ。受け入れられない。この世界は、ぼくのような、器用になんでもできない人間が生きていくにはつらすぎるよ。

それなら、何も見えない方がましだ。明るい世界を見せられると、逆に、あまりに薄暗い自分の姿を浮き彫りにされたようで、胸がつぶれそうになるんだ。そんな時、いっそのこと、目をえぐりだしたくなる」

頰にぬくもりを感じた。すぐそばにいる人の、手のひらの温かさだということはわかっていた。でも、ぼくはそれを忘れようと努力した。

ある日、子猫がいなくなった。夕食の時間になっても姿が見えず、子猫がいつもベッドとして愛用していた雪村の古着だけが、ぽつんと放り出されていた。ぼくはそれを折り畳み、部屋の片隅に片付けた。散歩に出かけたにしては、あまりにも帰るのが遅すぎる。雪村は家と庭から出られないため、外へ探しに出かけることができない。いろいろなものを散らかして、子猫のいなくなったことに対する不安と困惑を表現していた。

迷子になったのだろうか。ただそれだけなら、どんなにいいだろう。ぼくは心配でたまらず、近所を探して歩くことにした。頭の中では最悪の結末を想像し、つい地面に横たわる冷たくなった子猫を探してしまった。猫や犬といった動物は、しばしば自動車によって平たい形状にされるものなのだ。

恐怖が胸にこみあげてくる。ぼくの心の中で、思いのほか大きな部分を子猫が占めていたことに改めて気付かされる。角を曲がる度、綺麗な地面を見て、ほっと胸をなでおろす。

何度かそうしていると、後ろで車のクラクションが鳴った。振り返ると、村井の乗ったミニクーパーがあった。運転席に駆け寄る。

「前の住人の残していった猫、ぼくが引き継いで飼っているのですが、いつまでも帰ってこなくて、心配で探しているんですよ。白い色のやつなんですけど、村井さん、どこかで見かけませんでしたか？」

「きみがペットを飼っているなんて初耳だ。野良猫ならさっき見たけど茶色だった。白い色の子猫はまだ見てないよ」と村井。

ぼくが落胆したのを見かねたのだろう、彼も子猫の捜索を手伝うことになった。ひとまずミニクーパーはぼくの家に置き、歩いて近所を探しまわることにする。幸い、車を停めるスペースはあった。ぼくらは懐中電灯を使って、夜まで子猫を求めて歩いた。

しかし見つからない。しかたなく、ぼくらは家に戻った。家の中は散らかっていた。雪村も心配していたに違いない、つけたテレビを消さなかったり、出したものを放り出してそのままにしていた。片付けられないでそのままにされた跡を見ると、何も手につかないといった感じだった。

村井を家にあげるのははじめてだった。彼は時々、ぼくの家に来たがったが、いろいろな理由をつけて断っていた。

二人で家にもどり、汗にまみれた顔を洗っていると、お茶が二人分、居間のテーブルに用意されていた。村井はそれを不思議がった。

「さっき見た時は、このお茶、なかったよね？　きみはおれといっしょに洗面所にいた。だれがお茶を用意したの？」彼は首をひねった。「とにかく、今日はつかれた。ビールでも飲みたいな。景気づけにさ。きっと見つかるよ」

お酒の類《たぐ》いは置いていなかったので、歩いて八分の酒屋までぼくが買いに行くことになった。村井はつかれて一歩も動けないようだった。店で、買い慣れないお酒を選んでいる間、家で待っている彼のことを考えていた。雪村から不可解な現象を見せられたり、悪いいたずらをされたりしていなければいいが、と心配した。その夜は、ビールを飲んで解散した。

「子猫、見つかったら、いつか触らせてね」

村井は帰り際にそう言った。彼が帰ると、散らかり放題になっている家の片付けをした。

子猫がいなくなると、雪村がどこにいるのかわからない。鈴の音が聞こえないのはさびしかった。家の中のどこかに隠れているんじゃないかと、彼女は考えたのだろう。テレビや棚の位置が動いていたのは、おそらく裏側を探したためだ。

二階に上がると、暗室の黒い幕が半開きのままになっていた。雪村はまだ、時折この暗室を使って何かをしているようだった。暗室の中まで子猫を探したらしい。いろいろな物の位置が動いていた。引き出しが開き、印画紙が光に当たって、使えなくなっていた。それは、幸福な夢を見てしまい、だめになってしまった大学生のことを連想させた。

　子猫が帰ってきたのは次の日のことだった。

　ぼくは、雪村の散らかした古新聞を片付けていた。彼女が捨てずにためていた新聞で、黄色く変色しかけていた。なぜ古新聞なんか、と思った。その時、庭のどこかから、子猫の鳴き声が聞こえたような気がした。

　半ばあきらめかけていたので、たった今、聞こえた声が信じられなかった。もう一度、庭の方から確かに子猫の声。かすかに鈴の音。間違いないという確信を得るとともに、呼吸ができないほどの嬉《うれ》しさを感じた。泣きたくなるくらい安堵《あんど》した。

　サンダルをはくのも面倒で、縁側から直接、はだしで庭へ下りる。見回したが、背の高い雑草と、家庭菜園の熟しかけているトマト以外は何もない。その時、塀の向こう側をまだ探していないことに気付いた。庭は塀に遮られ、その向こうには木野という一家が住んでいた。うるさい自転車に乗る、あの木野さんだ。塀のどこかに穴があって、そこから向こうへ行ったきり、もどってこられなくなったのかもしれない。

　隣の木野家を訪ねるまでもなく、直後に奥さんの方からうちへやって来た。彼女は腕に、子猫を抱いていた。

　ぼくはその日の午後いっぱい、子猫のことや、雪村のこと、村井のことを考えた。子猫の鳴き声をかたわらで聞きながら、決心を固めた。

『謝りたくても、彼はもういない』

死んだ友人のことを思いながら、そう言った村井のことを思い出していた。

ぼくらは、あの池へ行かなければならない。そう強く感じていた。

4

次の日。大学の終わる夕方、陽は傾き空に赤みがさす。人通りが少なくなり、池のまわりにはぼく以外、だれもいなくなる。静かだった。風もなく、揺らぎもしない目の前の水面が、一切の物音を吸い込んでいるように思えた。まるで一枚の巨大な鏡が広がっているように、池は沈黙していた。

池の縁に一定の間隔で立っている街灯が、明かりをつける。池へ飛び込もうとするような勢いで、枝葉をつけた森の木々。並んでいるベンチのひとつに座っていると、ようやく村井が現れた。

「こんなところへ呼び出して、どうしたんだい?」

彼は車を緑地公園の駐車場へ停め、歩いてここへ来ていた。体をずらしてスペースを空けると、彼もベンチに腰掛けた。その時、ぼくの持ってきていた鞄《かばん》の中から、子猫の鳴き声が聞こえた。

「子猫、見つかったみたいだね」と彼。

うなずいて、鞄を膝《ひざ》の上に載せた。その鞄は、猫を入れるのに十分な大きさを持っていた。かすかに鈴の音がして、動物が鞄の内側をひっかくような、カリカリという音がする。

「今日、村井さんを呼び出したのは、話をしたかったからなんです。ひょっとすると、信じてもらえないかもしれない。でも、この池で親友を亡くしたあなたに、どうしても話しておきたいと思いました」

そしてぼくは、雪村や子猫の話をはじめた。大学へ入学し、伯父《おじ》の家に住みはじめたこと。殺されたはずの先住者が、まだ立《た》ち退《の》いていなかったこと。昼間、ぼくがカーテンを閉めても、彼女がそれを許さなかったこと。子猫が、見えない彼女を追いかけ、彼女の古着を愛したこと。

辺りが暗さを増し、ぼくらは街灯の明かりの中、ほとんど身動きしなかった。村井は口を挟まず、ただぼくの声を聞いているだけだった。

「そんなことがあったのか……」話し終えると、彼は長い息を吐いた。「それで、ただそれを報告するためだけにおれを呼び出したのか？」

村井が不機嫌そうな声を出す。話を信じていないことは明らかだった。

ぼくは彼の目を見るように努力した。本当は目をそらし、今の話は冗談だったと言いたかった。でも、何もかもを丸くおさめるということはできない。この問題を避けてはいけないと感じていた。

「お隣の木野さんが、子猫を抱いてうちに連れてきてくれた後、急に、いろいろなことがひっかかって思えてきたのです。例えば、なぜ雪村さんは、印画紙を感光させて、だめにしたのでしょうか」

「雪村って、きみの話に出てきた、死んだはずの人間だね」

「一昨日《おととい》、子猫のいなくなった日、家の中を雪村さんが散らかしていた。知らないうちに、いろいろな家具が動くってこと、よくあることでした。だから、すぐには気付かなかった。暗室のものを動かしたのは、いつも通り、彼女の仕業だと思っていました。でも、彼女がわざわざ印画紙をだめにするような不手際をおかすでしょうか。印画紙の引き出しを開けたまま、暗室の幕を閉めていなかったのですよ。こうは考えられないでしょうか。暗室の中で、勝手のわからないだれかが何か探し物をしているうちに、光に当ててはいけない印画紙を出してしまった。そのだれかは、写真の知識もなく、印画紙のことなどわからない。見た目は普通の、白い紙ですからね。そんな時、突然、家の住人が帰ってきて、ろくに片付けないまま、暗室を後にした。つまり、暗室のものを動かしたのは、雪村さんではなかったのではないか、そう思えてきたのです」

「待ってくれよ。さっきから、雪村がどうとか言っているけど、幽霊なんて、きみの作り話なんだろう？」

彼は、その場の真剣な雰囲気をなんとか崩そうと、笑いながら言った。しかし、池や森の静謐《せいひつ》な空気が、それを許さなかった。

「村井さん、なぜ一昨日の夜、ビールを飲もうと提案したのですか。それは、ぼくにお酒を買いに行かせて、家で一人になりたかったからではないですか。ぼくがお酒を飲まないということ、あなたは知っていましたよね。ぼくにお酒を買いに行かせて、家の中を探す時間が欲しかったのではないですか?」

「なぜおれが、そんなことを?」

「あなたにとって何か気になるものが、あの家の中にあったのでしょう。村井さんがあの夜、暗室で見つけ、持ち出したもの、それは、写真のフィルムですね。ぼくを外に出して、あなたは家の中で、探し物をしながら歩いていた。すると二階の一画に暗室がある。うまい具合に、日付を書かれて整理されたフィルムが、そこに保管されていた。あなたは目的の日のフィルムをすぐに見つけることができた」

「見ていた人でもいるのかい?」

「いたのですよ。ぼくがいない間、暗室で村井さんが目的のものを見つけた時、あなたの後ろには雪村さんが立っていたのです。あなたはその時、家の中に一人きりだと思っていたのでしょうが、本当はもう一人いたわけです。きっと彼女も、あなたの目的を測りかねたでしょう。でも、あなたが探したフィルムの日付を見て、彼女はぴんときた。そして、その写真を撮った翌日の新聞を探した。昨日、彼女が片付けず、引っ張りだしたままにしていた新聞が、これです」

ぼくは古い新聞を取り出した。目の前に広がる大きな池で、前日の昼ごろ、池に浮かんでいる大学生が発見されたという記事。村井の友人の死亡記事だ。

「酔っ払って、池に落ちたということで、この事件は収まりました。でも、本当は、村井さんがお酒を飲ませて、この人を池に突き落としたのですね。事件の前夜、あなたは彼と喧嘩《けんか》をした。そのいざこざが動機だったのではないですか」

彼の視線に、胸がつまるような息苦しさを感じる。唯一の友人でもある彼に、こんな話をしなければいけない運命を呪った。心を保護する粘膜がやぶけ、血が滲《にじ》み出す。

「証拠はあるのかい」

ぼくは写真を取り出した。雪村の撮影したものだ。暗室に残されていたフィルムと、家の下見の時に手に入れていた写真を突き合わせた。その結果、なくなったフィルムに写っていた写真を推測して持ってきていた。

それは池を撮影した写真で、朝の光があまりに美しく、胸を焦がすような気持ちにさせられた。池のほとりに、可愛らしい形をした車が駐車され、それを主人公に見立てて雪村がシャッターを切ったのは明らかだった。

「あなたが暗室から持ち出したフィルム、彼女はすでに現像して、焼いていました。しっかりと、村井さんの車が写っていましたよ。ナンバーまで読める。太陽の方角から、時間は早朝であることがわかる。酔った大学生が池に落ちた推定時刻の前後、そばに駐車していた車を、偶然、撮影してしまったのですね。あなたは、写真に撮られたことを知った。そして、彼女が写真の意味に気付いて公表するのを恐れた。友人との喧嘩は知り合いに見られていたし、友人が溺《おぼ》れているのを助けもせずにそばで見ていたのかと聞かれると答えられない。なんとかして、車の写っているフィルムをうばいたい」

彼は何も言わず、ぼくを見ていた。

「ここから先は、ぼくの思い過ごしかもしれませんが、聞いてください。村井さん、あなたはその日の朝、写真を撮った彼女の後をつけた。住所を知り、数日後、機を見て家をおとずれる。玄関先で、刃物を見せておどした。フィルムをうばうだけのつもりだったが、暴れて言うことを聞かなかったので、刺してしまった。サングラスかなにか、かけていたかもしれない。だから彼女は、あなたが暗室で不審な行動をとるまで、自分を殺した犯人の顔に気付かなかった」

ひどい気分だった。いつのまにか大量の汗をかいていた。

「彼女を刺した後、あなたは逃げた。目撃者はおらず、つかまることはなかった。あの家に残された問題のフィルムが気掛かりだったかもしれません。でも、警察がフィルムに気付かないまま、彼女の死を強盗の犯行であると断定した時、あなたはほっとした。もう、親友の死と自分をつなぐ写真について、気付く者は存在しないはずだった。無理をしてフィルムを手に入れる必要はなくなった。家のまわりは警察が時折見回りをしていたので、勝手に中へ入って取ってくるような目立つ行動もできなかった。そんな時、あの家にぼくが引っ越した。最初は、たんなる興味からぼくに近付いたのかもしれない。しかし、もしもぼくの家に入り込むことができて、中を自由に探しまわることができたら、その時はフィルムを探し出そう。そう考えていたのではないですか。フィルムの意味に気付かれる可能性は低いかもしれないが、やはりあなたは、自分の犯行の跡を完全に消すという誘惑を拒否できなかった」

口がからからに渇いていた。

「村井さんが、亡くなったお友達について、本当はどんな感情を持っていたのか、ぼくはわかりません。少なくとも、車の中であなたに話を聞いた時、本当に悲しんでいるように見えました。もし、あなたが後悔しているのであれば、ぼくは自首をすすめようと思い、今日こんな話をしたのです」

「やめてくれ。とにかく、きみは考えすぎだよ……」

彼はそう言うと立ち上がりかけた。

膝の上に載せた鞄《かばん》の中から、子猫の鳴き声が聞こえる。

「村井さん、いっしょに猫を探して歩いてくれた夜のこと、おぼえていますか。ぼくはあなたに、こう伝えましたね。『前の住人の残していった猫、白い色のやつなんですけど、どこかで見かけませんでしたか？』と。するとあなたは、こう答えた。『白い色の子猫はまだ見てないよ』」

「それがどうかしたの？」

「ぼくも、すぐには気付きませんでした。飼っている猫、ずいぶん成長したのに、まだ心の中では『子猫』と呼んでいたものですから。でも、その時はたんに、うちの『猫』と言いました。だれも『子猫』だなんて言ってない。それなのにあなたは、いなくなった猫のことを、『子猫』と表現した。これはなぜでしょう。もしも最近、実際にどこかでうちの猫を見たのであれば、『子猫』とは言えないはずです。でも、あなたは『子猫』と言った。なぜなら、あなたはまだ猫が小さな時、一度、見ていたからです。それは三月十五日のこと。あなたが雪村さんを刺した時、あの猫は彼女のそばにいたからです。あなたはその時の小さな子猫が目に焼き付いていたため、つい『子猫』と表現してしまった」

村井は、悲しそうな目でぼくを見た。まるで何かを嫌がるように、首を横に振った。

「写真の車がおれの車だとしても、それを写したのが友人の死んだ日だという証拠はない。その写真には、日付がない。フィルムの方に日付が書かれていたからといって、それが実際、その日に撮影されたものだとは限らない。記入された日付は嘘かもしれない。それともきみは、本当に幽霊とか魂といったものを信じているのか？」

鞄から、再度、猫の鳴き声が聞こえてきた。小さな鈴の音。

「よかったじゃないか、猫、見つかって」

ぼくは鞄を開けて、中がよく見えるように彼へ差し出した。鞄は空っぽで、一見、何も入っていないように見える。鞄に手を入れると、手のひらに、何か小さな熱の塊を感じる。感触があるわけではない。ただひたすらに、生きているという小さな温かい気配。

鞄の中の、何もない空間から、子猫の鳴き声と澄んだ鈴の音が聞こえてきた。音源になるものなど、何もないのに。

「さあ、出ておいで」

そう言うと、空気でできた見えない子猫は、鈴を鳴らして鞄を出る。ベンチの脇に下り立つと、動けなかった欲求を晴らすように歩きまわった。それが見えたわけではない。鳴き声と鈴の音が、見えない子猫の位置をぼくたちに伝えていた。

足下を子猫の鳴き声だけが駆けまわると、村井はベンチに座り直した。頭を深く垂れ、両手で顔を覆う。

昨日、隣の家の奥さんは、死んでしまった子猫を胸に抱いてうちへきた。ブレーキの壊れた自転車に乗っていて、急に飛び出してきた猫を、よけきれなかったのだ。

ぼくと雪村は悲しんだ。不思議なことが起きたのはその時だった。子猫が愛用していた雪村の古着は、折り畳んで部屋の隅に片付けていたはずだった。しかし、知らないうちに、子猫がくわえて遊んだ後のように、元気に広がっていた。すぐそばに、鳴き声と鈴の見えない音源が存在することに、ぼくは気付いた。子猫は家へ帰ってきていたのだ。雪村のように、姿は見えなくなっていたが……。

5

村井が大学にこなくなって一週間。

朝、なかなか目が覚めないと思ったら、カーテンが開いていなかった。それに気付いた時、悲しい予感がした。

布団を出て、家の中を見て歩く。素足に板の間が冷たい。しんと静まり返った家の中、冷蔵庫の低い振動音だけが聞こえる。

ふと、子猫の鳴き声がした。まるで親を見失った子供のように、戸惑いと不安の入り交じった声を出しながら、家の中を歩きまわっているようだった。悲しい子猫の声を聞きながら、ぼくは、彼女がもうここにはいないということを知った。

子猫は雪村を見つけることができず、探し求めているのだろう。子猫にとって、今日、本当の意味ではじめて飼い主と引き離されたのだ。

椅子に座る。雪村が夜中、ラジオを聴いていたテーブルだった。そこで長い間、彼女のことを静かに考え続けた。

いつかこういう日がくることは知っていた。そしてまた、そのとき激しい喪失感に襲われることも予想していた。

ぼくはわかっていた。ただ、最初に戻っただけなのだ。これで当初の予定通り、窓を閉めきって箱のような部屋に閉じこもることができる。

そうすればもう、このような悲しいことにならない。

何かと関わるからつらいのだ。だれにも会わなければ、うらやむことも、ねたむことも、憤ることもない。最初からだれとも親しくならなければ、別れの苦しみを味わうこともない。

彼女は殺された。その後で、はたして何を考えながら暮らしていたのだろう。自分の受けた仕打ちに絶望して、泣くことはあっただろうか。そのことを考えると、胸がつぶれそうになる。

いつも思っていた。自分の残り寿命を、彼女に分け与えることができればいいのに。それで彼女が生き返るのであれば、ぼくは死んでしまってもかまわない。彼女と子猫がしあわせにしているのを見られたら、他に何も願うことはない。

そもそも、ぼくが生きていることにどのような価値があるというのだろう。なぜぼくではなく、彼女が死ななくてはならなかったのだ。

テーブル上の見知らぬ封筒に気付くまで、かなり長い時間を要した。ぼくは弾《はじ》かれるようにそれをつかんだ。シンプルな柄の、緑色の封筒だった。あて先には彼女の字で、ぼくの名前が書いてある。差出人は、雪村サキ。

震える指先で封筒を開けた。中には、一枚の写真と、便箋《びんせん》が入っていた。

写真には、ぼくと子猫が写っている。ぼくは子猫といっしょに寝転がり、とても幸福そうな顔で眠っている。その顔は、およそぼくがこれまで生きてきた中で見た、どんな自分の顔よりも安らかな顔をしていた。鏡の中にもいない、これは彼女の瞳《ひとみ》に入った特別なフィルターを通したものだった。

便箋を読む。

『勝手に寝顔を写真に撮って、ごめん。きみがあんまりかわいい顔で眠っているものだから、つい撮ってしまったよ。

こんなふうに、きちんとした手紙を書くのは、はじめてだね。ちょっと不思議な気がするよ。わたしたちの間には、知らないうちにコミュニケーションが成り立っていた気がしていたから、手紙なんて必要ないと思っていた。ふと気付くと、二人と一匹で寄り添うように暮らしていたもの。

でも、わたしはそろそろ行かなくてはいけない。ずっと、きみとか、子猫のそばにいたいけど、それはできないんだ。ごめん。

わたしが、どれだけきみに感謝しているか、気付いてないだろ。わたしはすでに死んでいたけど、すごく楽しい毎日だった。きみに会えて、本当に良かった。神様は粋だね、こんな素敵なプレゼントをしてくれた。ありがとう。わたしたちはお互いに、何かを与えあったり、分けあったりしたわけではない。ただ、そっとそばにいただけ。それでじゅうぶんだった。身寄りがなく、しかも死人のわたしにとっては幸福だったんだ。それにきみは、勝手にわたしの部屋をのぞいたり、部屋を散らかしたりもしなかったし。

子猫、死んでしまったね。本当に残念。もしかすると、自分が死んでしまったということに、今は気付いていないかもしれない。わたしも最初のうち、自分が殺されたことに気付かず、普通に生活を続けているつもりだったから。

でも、子猫もやがて、自分が死んだことに気付くにちがいない。そしてきみのもとを去ると思う。でも、その時が来てもあまり悲しまないでほしい。

わたしも、子猫も、自分が不幸だとは思っていない。確かに、世の中、絶望したくなるようなことはたくさんある。自分に目や耳がくっついていなければ、どんなにいいだろうと思ったこともある。

でも、泣きたくなるくらい綺麗《きれい》なものだって、たくさん、この世にはあった。胸がしめつけられるくらい素晴らしいものを、わたしは見てきた。この世界が存在し、少しでもかかわりあいになれたことを感謝した。カメラを構え、シャッターを切る時、いつもそう感じていた。わたしは殺されたけど、この世界が好きだよ。どうしようもないくらい、愛している。だからきみに、この世界を嫌いになってほしくない。

今ここで、きみに言いたい。同封した写真を見て。きみはいい顔している。際限なく広がるこの美しい世界の、きみだってその一部なんだ。わたしが心から好きになったものの一つじゃないか。

雪村サキ』

家中を歩きまわっていた子猫が、ついに彼女を見つけられず、ぼくの足にまとわりついていた。ぼくはしばらくの間、子猫が喜びそうなことをして、元気の出るような声をかけた。

夏休みに入っていたので、学校へ行く必要はなかった。今日は掃除をし、洗濯をしよう。その前にカーテンを開き、窓をあけて風を入れよう。

縁側に立ち、庭を見ると、夏の陽光に草木は輝いている。はるかに高い空、雲が立ち上がり太陽に頭をかすめている。家庭菜園のトマトは赤く、水滴をつけてきらきらと光っていた。

半年前、この世界に彼女は生きていた。

大きなカメラを首からさげて、途方もなく長い小道を彼女が歩く。両側には草原が広がり、一面が緑色。風は暖かく、運ばれる匂いに心が浮き立つ。歩みはまるで空気のように軽く、口もとは自然にほころぶ。瞳に少年の無邪気さを宿し、高く顔をあげてこれから起こる冒険を待ち受ける。道ははるか遠く、青い空と緑の大地が接するところまで続いている。

ぼくは深く、心の底から彼女に感謝した。

短い間だったけど、ぼくのそばにいてくれてありがとう。

ボクの賢いパンツくん

先生が算数の時間にボクをゆびさしてしつもんしたけど、ボクはそれにこたえられなくて席を立ったままうつむいていたんだ。そしたらボクのズボンの中から、「先生、三角形の面積の求め方は【底辺×高さ÷2】です！」という声がしたんだ。先生はそれがボクの声だと思いこんで「よくできたじゃないか」と褒めてくれた。

ボクは算数の時間が終わってトイレに行くとズボンの中をのぞきこんでみたんだ。

「やあ！　さっきは危なかったね！」

白いブリーフパンツがしゃべった！

「きみは？」

「ボクはパンツくんだ！　ヨロシク！」

それがボクたちの出会いだった。

ボクには友達が少なくて学校から帰るときいつも一人だった。だから下校中、ズボンの中をのぞきこんでパンツくんとおしゃべりするのが日課だった。パンツくんは白ブリーフのくせになかなか物知りだ。「古代エジプトで織物技術が発明されて王が着ていたカラシリスという半透明な腰衣が下着の始まりだと言われているんだぜ！」。おかげでボクは下着博士になったんだ。

話す事以外に特別な能力はなかった。でも、パンツくんはいつもボクの体にぴったりフィットして落ち着かせてくれたんだ。夜におしっこに行くときも、パンツくんといっしょならこわくない。いつもボクをはげましてくれたんだ。

「あたりまえだろ！　おねしょされるのはごめんだぜ！」

もちろん、お母さんが洗濯して干しているときは離ればなれになっていたけどね。


ザーザーと雨が降っている日曜日の朝。タンスの中にパンツくんが見あたらないからボクはお母さんに聞いてみた。

「パンツくんどこ？」

「あのパンツなら捨てたわよ」

お母さんにはパンツくんの声が聞こえない。ボクにとって特別なパンツくんも、お母さんにはふつうの白いパンツに見えたんだ。

「どうして捨てたの！」

「だって、もうあなたには小さかったでしょう。所々やぶれていたし」

毎日、はいていたからパンツくんには穴が開いていた。でも、パンツくんを捨てるなんてひどい！　ボクの一番の友達なのに！　ゴミ箱をひっくり返してパンツくんを探したけどいなかった。お母さんはしょうがなさそうに言った。

「ゴミなら、袋にまとめて外に出したわよ」

外は雨がザーザー降っていたけどボクはカサをささずに走り出た。ちょうど収集車がゴミ袋を飲み込んでいるところだった。ボクは収集車に近づくと飲み込もうとしているゴミ袋をつかんだ。やぶって道路に中身をぶちまけると、ゴミ収集していたおじさんが「こら！」と怒った。ボクはそれどころじゃない。

パンツくん！　パンツくん！　呼びかけたら「なんだい！」と返事があった。生ゴミにまじってパンツくんが道路に落ちていた。あわててそれを拾い上げる。

「パンツくん！」

「やあ！　パンツくんだ！　でも今日でお別れにしよう！」

「なんで！」

「きみは成長した。もうボクの大きさでは入りきらないよ。それに穴も開いている」

「そんなこと言うなよ！」

雨の中、ボクはパンツくんを握りしめて叫んだ。

「きみは成長していく。でもボクはこのままだ。きみもいつか、トランクスを穿《は》いたりするんだろうね。ボクは他のゴミといっしょに消えるよ。きみのことを思い続けるからね」

パンツくん！　パンツくん！　ボクは呼びかけたけど、彼はもう何も話さなくなったんだ。雨に打たれるただの汚い白パンツだった。

ボクは一人に戻った。でも夜におしっこへ行くのも平気だ。こわがったりすれば、パンツくんに笑われてしまうから。

中学生になってボクのブリーフ時代は終焉《しゅうえん》を迎えた。ボクの人生はトランクス期に入った。でもパンツくんのことを忘れてはいけない。だからトランクスに彼のことを綴《つづ》っておこうと思う。

マリアの指

「恭介《きょうすけ》、私はどうしたらいい？」

「僕が帰ってくるまでここで待ってて。少し時間がかかると思うけど、大丈夫？」

「わかった」

会話を終えて僕は軽自動車の助手席を出た。

駐車場を横切り大学のキャンパスを歩いた。高校生の僕にとって、大学構内を歩くのは緊張する行為だった。研究室のある白い棟は構内の端に位置していた。エレベーターで三階に上がり研究室を目指した。扉の前に到着するとノックをした。

「どうぞ」

室内から聞こえた声は目的の人物のものだった。探す手間は省けたが、これから話さなければならない内容のことを思うと気が滅入った。

扉を開けて研究室内に入った。その人はノートパソコンをいじっていたが、僕を見ると弱々しい笑みを浮かべて「こんにちは」と言った。

僕は室内を眺めて、他の人がいないことを確認した。一対一で話ができるのは都合が良かった。空いている事務椅子を勧められたので、僕はそこに腰掛けた。

今日はなぜここに来たのかと、僕のためにコーヒーを入れながらその人が質問した。

「あなたに話したいことがあって」

僕がそう言うと、その人は怪訝《けげん》そうな目をした。僕の声が緊張で裏返っていたからだろう。それを不審に思われたようだ。

今でなければだめだろうかと、その人が聞いた。じきに教授のところへ行かなければならないそうだった。

「でも、大事な話なんです」

僕は息を整えて話をきりだした。

「聞いてください。鳴海《なるみ》マリアさんの死は自殺ではなかったんです。そして犯人もわかりましたよ……」

僕はそう言うと、目の前にいる人物の目を正面から見つめた。


九月十七日、夏が終わりかけたその夜のことを僕はよく覚えている。その日の夕方、野球部の部室で泣いている佐藤を発見した。彼は一歳下の後輩で、同じ中学の出身だった。気まずい状況の中でユニフォームを脱いでいると、彼がおもむろに立ち上がり「鈴木先輩、今晩、花火をしましょう」と言ってきた。僕は彼に同意して、一度、帰宅した後、夜八時を待って大原陸橋へ出かけた。

水田と土手しか見当たらない辺鄙《へんぴ》な場所に大原陸橋はあった。JRの線路が市を貫いており、その上をまたぐようにして丘と丘を陸橋はつないでいた。大原陸橋のそばに空き地があり、そこで花火を行うと都合が良かった。

陸橋の上で佐藤と合流した後、僕は携帯電話で姉を呼び出そうとした。仕事を終えた姉がちょうど軽自動車を運転して家に帰ってくる時間のはずだった。

「姉さんも花火をいっしょにやろうよ」

しかし場所を伝えた途端、姉は強く拒否して電話を切った。大原陸橋へ夜に集合することは、姉にとって非常識なことらしかった。おそらく、数年前にそこから線路に飛び込んで自殺した青年が原因だろう。

自殺した青年の体は高速で通過する電車の車輪によって細切れにされ飛び散ったという。大原陸橋は周囲に民家もなく、車の通りも少なかった。だから自殺を止めてくれる人間はおらず、確実に死ねる場所だった。以来、幽霊が出るという噂から、夜にそこへ近づく人間はいなくなった。

しかし後から考えて花火をしにこなかった姉の判断は正しかった。佐藤の持ってきた花火はことごとくしけっており火がつかなかったためだ。僕と佐藤は花火を諦《あきら》めると、大原陸橋の上に並んで足を投げ出して空を見上げた。曇っており星も月も見えず、辺りは完全な暗闇だった。車が滅多《めった》に通らないため陸橋の上に座っていても問題はなかった。

「ここから飛び降りた男の人、どんな気持ちだったんでしょうね……」

一時間ほど星の観察をした後で佐藤が呟《つぶや》いた。周囲に街灯などなかったため彼の表情は見えなかった。

「先輩、やったのは俺じゃないんです。でも、あいつには将来があるから、俺がやったことにしろって先生が……」

「みんなも知ってる」

「そうだったんですか……」

なおさら嫌になった、と言わんばかりの声だった。

煙草が原因と見られる野球部部室のぼや騒ぎは佐藤がやったことになっていた。他のだれかが犯人となるよりも、その昔、不良だったという佐藤が犯人となったほうが真実味もあったし野球部全体のためにもなった。先生は佐藤を犯人とすることで将来有望な二年生のエースを守ることにしたのだ。

「先輩、俺は先生のことが好きだったのに……」

彼が苦しげな声でうめいた。僕はその言葉に返事をせず、腕組みをしたまま彼に背中を向けて横になった。もう彼の話を聞きたくなかった。目を閉じると十年前の自分の姿が頭の中によみがえった。佐藤のうめき声は、母が消えたとき姉に訴えた自分の言葉と酷似していた。

「先輩、俺はもう、だれも信じないようにして生きていこうと思います」

「それが最善策だと思うよ」

陸橋の冷たい地面に頬を押し付けたまま僕は答えた。人間を信じない。それは僕の得意技だった。彼がその政策に気づくずっと前から、僕の中に住む外交官は人間不信を推奨していた。

佐藤の立ち上がる気配が暗闇の中で伝わってきた。

「そろそろ帰るか?」

起きあがって彼に質問した。線路を近づいてくる光が遠くに見えた。大原陸橋の周囲はだだっ広い水田だったため、電車まで距離があってもよくわかった。佐藤は手すりのそばに立って光を見つめていた。

窓の明かりが連なっており、電車は暗闇の中を移動する光の数珠《じゅず》のように見えた。それが轟音《ごうおん》をたてながら僕と彼のいる足の下を通りぬけていった。電車の窓の明かりが陸橋の下を出たり入ったりするたびに佐藤の顔が闇の中から浮かび上がった。

佐藤という後輩と鳴海マリアの間には何の関係もなかった。しいて言うなら、そのとき通過した電車が、約一分後、鳴海マリアの体を小さな無数の塊にしてしまったということくらいだった。

1

「マリアは特別な子だった」

姉は携帯電話とおたまを握りしめたままそう呟いた。

「あの子が椅子を立ったり、くしゃみをしたりするだけで、周囲の人の視線がかならずそちらに向いたっけ。男の子だけじゃなくて、女の子や先生まで振り返るのよ」

「それは、中学生のときのことだよね」

「うん。高校は別になったから」

色の失せた唇《う》を震わせて姉は話した。

僕が帰ってきたとき、姉はちょうど友人から鳴海マリアの死を聞かされた直後だった。そして次に僕が、気が動転している姉の口から彼女の死を知らされた。

「落ち着くのよ、恭介」

姉は夕飯を作ろうとしていた矢先に電話を受けたのだろう。おたまと携帯電話を握りしめたままそう言うと、鳴海マリアの死んだ等々力《とどろき》陸橋へ行こうとした。

「姉さん、今は行かないほうがいいよ！」

玄関で靴を履こうとしている姉に僕は言った。

「さっき、帰ってくる途中に見たんだ……。そのときは、あれが鳴海さんだなんてわからなかったけど……」

自分の見たものを思い出して、その場所に姉を近づけてはならないと思った。行ったところでどうにもならないよ。その忠告を聞き入れて、姉は台所に戻った。椅子に座った姉の手からおたまを抜き取ろうとしたが、まるですがりつくようにそれを放さなかった。

僕が鳴海マリアの死を知って一時間が経過したとき、いくらか落ち着いた姉は彼女の思い出を語りはじめた。

「教室にいるとき、仲の良い人たちとグループを作るよね。派閥みたいなものが、教室にいくつも発生するじゃない。でも、あの子はそのどこにも属さなかった。無視されてたわけじゃなくてね、あの子はまるで浮き石を飛ぶようにグループを移動していたわけ。まるでパーティの主賓が一個ずつテーブルを眺めていくようにね、あの子は同級生のつくる輪っかを渡り歩いてた。興味のある話題があればそこにとどまるし、興味がかき立てられなければ次に移動する。つまりすべてのグループに属していたと言えるし、どこにも属していなかったとも言える。私はそんなことできなかったから、友達と一ヵ所に固まっている自分が重い塊に思えた。それに比べてあの子は、塊の隙間を移動する流体みたいな存在だった」

姉の話によると、どのグループも鳴海マリアが話に加わってくれるのを望んでいたという。そのくせに彼女がグループに入るとみんな緊張してうまく話ができなくなったそうだ。

「すごい人だったんだね」

「あの子が声を発すると、みんなおしゃべりをやめて、彼女の方に耳を傾けてた。幼なじみってことで、あの子はよく私に話しかけてきてくれたんだ。おかげで私、よくみんなに羨《うらや》ましがられたよ」

僕は鳴海マリアについての記憶を掘り返した。最も古い彼女についての記憶は小学生のときのものだった。彼女とは家が近かったため、集団下校をする際はかならず一緒だった。鳴海マリアが先頭を歩き、僕や姉はその後ろをついて歩いた。

集団下校中に一度、鳴海マリアが川を指差したことがある。そちらに進めという合図だった。彼女にとっては冗談だったのだろう。しかし一年生の少年が、本当に川の中へ入っていった。彼の顔を僕は今でも覚えているが、恐怖や不安といったものは一切見られなかった。鳴海マリアの言葉に従い川の中心へ歩いていった少年は、やがて頭まで沈んでしまった。

姉が咄嗟《とっさ》に走り出して助けたから良かったものの、もしもぼんやりしていたら彼は死んでいただろう。全身を濡《ぬ》らして川から出てきた少年と姉を、鳴海マリアは特別な表情を浮かべるわけでもなくただ眺めていた。僕が一年生、姉と鳴海マリアが六年生のときだった。

僕は台所の椅子から立ち上がって冷蔵庫に近づいた。

「あ、恭介」

鳴海マリアの死を告げた携帯電話が、一時間ぶりに姉の手から解放されてテーブル上に置かれた。

「なに？」

冷蔵庫の扉を開けて麦茶を取り出しながら聞き返した。

「なんでもない。牛乳が古くなってるから気をつけたほうがいいって忠告しようとしただけ。麦茶ならいいの」

姉はおたまを口に当てて小さく呟いた。悲しみの色は姉の顔に色濃く残っていたが、もう家から飛び出していくようなことはないだろうと思った。僕は台所を出て二階奥にある自室へこもった。倒れるようにベッドへ横になると、枕を口に押し当てて、姉の前で我慢していた悲鳴を上げた。


九月二十日の夕刻、部活を終えて僕は校門を出た。駅に向かっていると、途中で佐藤に会った。彼は部活を強制的に辞めさせられたので学校でも会わなくなっていた。そのため話をするのは鳴海マリアの死んだ十七日の夜以来だった。

「……じゃあ、あそこで死んだ人は鈴木先輩のお知り合いだったわけですか」

電車の吊《つ》り革につかまって揺れながら佐藤が呟いた。座席は空《す》いていたが僕たちは立ったまま窓から外を眺めた。緑色の絨毯《じゅうたん》のような水田が広がっていた。

「話をしたことはあんまりないよ。姉の友達だったたんだ」

「でも、面識はあったんですよね」

「まあね、でも小学生のときだけだよ」

電車の車輪が規則正しくレールの継ぎ目で音をたてていた。その音を聞いていると僕はよく眠気を催した。母親が揺りかごを揺らしているような安らかな響きがその音にはあった。車輪の奴、鳴海マリアの命を奪ったにしてはやさしい音色を奏でるじゃないかと思った。

一瞬だけ窓の外が暗くなり、また明るくなった。どうやら大原陸橋を通りぬけたようだった。

「もうすぐですね……」

佐藤が緊張したように呟いた。僕は電車の先頭に目を向けた。連結部分に面した窓から電車内を見ると、連なっている車体がそれぞれ別個に揺れ動き、まるで自分が蠕動《ぜんどう》する腸の中に立っているような気がした。

花火をしようとした大原陸橋から十数キロ離れた住宅地の中に等々力陸橋はあった。水田を大海原にたとえるなら、大原陸橋は海の中にあり、等々力陸橋は島の上に存在した。どちらも車が通行できるほどの広さと頑丈さをそなえた陸橋だった。

細長い針が穴を通りぬけるようにして電車が等々力陸橋の下を通過する。窓の外が暗くなり、再び明るくなった。僕はその瞬間、鳴海マリアの死んだその場所に立った。靴底の下に電車の床があり、その下に車輪があり、さらにその下にレールの敷かれた地面があった。彼女はそこで見事なほど綺麗《きれい》にすり潰《つぶ》されたのだ。

等々力陸橋の手すりは腰までしかなかった。それを乗り越えて飛び降りるのは簡単だったにちがいない。等々力陸橋の上には彼女の靴と遺書が残されていたという。市に二つしかない陸橋が、鳴海マリアの死によってどちらも人の死んだ場所になってしまった。僕は吊り革につかまったまま彼女の死んだ夜のことを思い出した。

夜中から翌朝にかけて彼女の体を拾い集める作業が行われた。作業服を着た男たちが線路内を歩きまわった。等々力陸橋付近は線路に人が入らないよう高い金網が両側に張られていた。金網越しに作業を見つめていると、近くにいた警官が僕に家へ帰るよう忠告した。

「あれがまさか知り合いだったなんて……」

「うん……」

窓の外を高速で民家や雑居ビルがよぎっていった。等々力陸橋付近は割合に栄えており、コンビニやパチンコ店が多かった。線路沿いの金網に背中を接する恰好《かっこう》でそれらは建ち並んでいた。

今朝まで真っ白だったビデオショップの壁が、二階部分だけ中途半端に青色へ塗り替えられていた。残りは明日にでも塗るのだろう。線路沿いに並ぶそれらの建物の上にも鳴海マリアの血が飛び散っていたと聞いた。今でも壁や屋根を仔細《しさい》に調べれば彼女の血の染みを見つけられるかもしれなかった。

線路沿いにある我が家が、窓の外を通りすぎた。それから一分もたたないうちに電車は速度を落としはじめた。完全に停車すると、佐藤に別れの挨拶《あいさつ》を言って僕だけ電車を降りた。

改札を出て線路沿いの道を家の方角に歩いた。錆《さび》付いた道路標識が途中に何本か立っており、自転車が鎖でつながれたまま何ヵ月も放置されていた。線路と道を隔てている金網の影が夕日によって道の上に印刷されていた。その影はまるで蛇の鱗《うろこ》のような模様だったため、長い直線の道が横たわる蛇そのものに見えた。

帰宅途中、よくその道で鳴海マリアとすれ違った。僕の家から歩いていける距離に理工学系の大学があり、彼女は実家からそこまで徒歩で通学していた。駅から家まで歩く僕と、大学から家まで歩く彼女と、道のどこかで顔を合わせる可能性は毎日あった。

鳴海マリアはおそらく、いつもすれ違う僕が友人鈴木響《きょう》の弟であることに気づいていなかった。小学校のとき集団下校をしたり一緒に遊んだりしたけれど、それから何年も経過して僕の顔かたちは変わっているはずだ。

一年前、僕が高校一年生だった夏、最初に道ですれ違ったときすぐに鳴海マリアだとわかった。彼女は金網のそばに屈《かが》んで白い野良猫を撫《な》でていた。その白猫は滅多《めった》になつかないことで有名だったのだが、鳴海マリアの細い指先がごしごしと首を掻《か》くと気持ちよさそうに目を細くしていた。僕は声をかけずに彼女の背後を通りすぎた。しばらく歩いてから振り返ると、彼女はすでに行ってしまったらしく、空気中へかき消えたようにいなくなっていた。白猫だけが道端に座って、彼女の消滅した空気を見上げていた。

彼女は大学からの帰宅途中、その猫を見るとかならず話し掛けていたのだろう。ここ一年のうちに何度かその場面を目撃した。家のそばで白猫を見るたびに、僕は鳴海マリアのことを思い出して餌を与えるようになった。

我が家に到着してポケットから鍵《かぎ》を取り出そうとしたとき、玄関が開いていることに気づいた。中に入ると土間に姉の靴があり、すでに仕事から帰ってきているらしいとわかった。

「恭介、着替えないでね。制服のままでいいから」

台所で水を飲んでいると、喪服姿の姉が近づいてきて言った。

「今日は帰りが早いね」

「うん」

姉はゆっくりとした動作で椅子に腰掛けた。

「あの子のお通夜があるから……」

病でも患っているかのような顔色と声だった。姉の細い体が椅子の上でぐったりとしていた。

「あんたも一緒に行くのよ、恭介」

「わかった」

僕は返事をしながら、コップの水を流しに捨てた。

制服姿のまま、姉とともに鳴海マリアの実家へと歩いた。すでに日は落ちて辺りは暗かった。

彼女の家に入るのは小学生のとき姉と訪れて以来だった。そのころ、姉はどこへ行くにも僕をお供させた。父が会社にいる間、僕一人を家に残しておけなかったからだ。母が出て行った後も、父は再婚しようとしなかった。僕と姉は父のことを愛していたが、交通事故で二年前に他界してしまった。横断歩道を渡っている途中、信号無視をした車に轢《ひ》かれてしまったのだ。だれかの死を悼むのは、それ以来だった。

鳴海マリアの家は大きな一軒家だったが、ひさしぶりに入ってみると記憶よりも少し天井が低かった。喪服を着た大勢の人とすれ違い、鳴海マリアの両親に挨拶をした。彼女の入っている棺《ひつぎ》は和室に置かれていた。

棺の前で正座していると、妙な居心地の悪さを感じた。

この箱の中に鳴海マリアが収まっているのか？

胸中でそのような問いかけがなされた。僕はその問いかけをした自分に賛成の票を投じた。棺は中が見えないようになっており、どのような状態の彼女が入っているのか確認はできなかった。

三日前の夜、金網越しに線路を見たとき、彼女は原形をとどめていなかった。広範囲に飛び散っていた彼女自身を、目の前の小さな箱の中に閉じ込めているというのは想像しにくかった。はたしてあれを完全に拾い集められるものなのだろうか。もしかしたらどこかに拾い忘れた部品があるのではないだろうか。そう考えたが、悲しんでいる彼女の両親にその疑問をぶつけることなどできなかった。

「鈴木さん？」

鳴海家を出たところで女性の声が聞こえた。僕と姉が同時に振り返ると、喪服に身を包んだ三人の人間が暗い夜道の奥から現れた。三人の内訳は男が二人と女が一人だった。僕にとっては見知らぬ人々だったが、姉の鈴木響には面識があるようだった。

三人はそれぞれ蒼白《そうはく》だったが、特に男のうちの片方が今にも死にそうな顔だった。姉が沈痛な面持ちで彼に近づくと何かを話しはじめた。姉を含めた彼ら四人は、鳴海マリアとよく行動をともにしていた人々なのだろうと直感的に覚《さと》った。

「先に帰ってるから」

僕はそう言うと姉たちから離れた。姉は僕を引き止めて彼らに紹介しようとしたが、強引に押し切って家に戻った。居間に座りテレビを眺めた。そのうちに姉は帰ってきたが、自分の部屋に入ったかと思うと、着替えて再び外に出て行った。通夜で会った友人たちと何かを食べてくるそうだった。

家に一人で残された僕は読書をはじめた。本を読み終えたころ、終電の近づく時間だったが姉は帰ってこなかった。僕は窓から裏庭を眺めた。数本の木々と雑草があるだけの小さな空間だった。その向こう側に金網が見えた。線路を挟むようにして張られている銀色の金網だった。

彼女が死んだ等々力陸橋は、我が家のある地点から一キロ近く離れていた。陸橋そばのレールは赤く染まり、熱によって血液が湯気をたてていたという。しかし我が家近くまでくるとさすがに彼女の血は飛んできていなかった。鳴海マリアの体を拾い集めていた作業服の人々もここまでは来なかった。

裏庭の木々が葉を揺らし、涼しい風が居間に吹きこんでくる。漣《さざなみ》にも似た木の葉のこすれあう音に耳をそばだてていると、猫の鳴き声が不意に聞こえてきた。

鳴海マリアと親しかった白猫が庭に来ていた。会うたびに餌をやっていたので、時々、我が家の裏庭へ顔を出した。白猫は細い体を蛇のようにくねらせながら茂みをかきわけてきた。僕はいつからかその白猫を鳴海マリアの子供のように感じていた。白猫のほうも彼女にかわいがられているとき、まるで母親と接しているような安らかな顔をしていたものだ。彼女が死んで悲しんでいるのかと思っていたが、そうでもなさそうな顔つきで白猫は生きていた。

暗闇に浮かんだ猫の白い顔を見つめるうちに、姉の話していた鳴海マリアの記憶を思い出した。ある夏の朝、姉が眠りから覚めて外を見ると、居間の窓辺に巨大なスイカが放置されていたという。スイカの表面に封筒がぽんと貼り付けられており、手にとって調べてみるとそれは鳴海マリアからの手紙だったそうだ。それは姉が中学生のときで、鳴海マリアと喧嘩《けんか》をしてしまった翌日のことだったという。手紙の内容は、仲直りを求める文章だったらしい。

僕がその話を姉から聞いたのはそれからずいぶんたってからだった。そのような事件があったことなど知らなかったが、そういえば以前、いつもスイカなど食べないのにある日いきなり食卓へ登場して妙に感じた覚えがあった。

居間の窓から裏庭に降りることができた。ぞうりを履いて僕は白猫のそばに近づこうとした。茂みを踏みしめて歩いても白猫は逃げようとせず、目を大きく見開いて僕の顔を見上げていた。人になつかないことで有名な白猫は、僕の知る限り、彼女と僕だけに親しい顔を見せてくれた。

窓に明かりを点《とも》した電車が視界を横切ろうとしていた。駅が近いため速度はゆるやかだった。連なっている窓の明かりが金網の向こう側から伸びてきて猫の目を光らせた。猫の眼球は濡《ぬ》れていてよく輝いた。

中学生の鳴海マリアが夜中にスイカを抱えてうちの前に来る様を僕はよく想像した。彼女はその巨大なものを放置してすぐに逃げていったのだろうか。見ていたわけでもないのに、彼女のその姿が頭から離れなかった。まるで何かの呪いのように、ずっと、胸の中を彼女が占めていた。

大事な人はいつも目の前から消えていく。僕は白猫を見下ろしながらそう考えた。佐藤の言葉に背中を向けて大原陸橋に横たわっていたときの冷たい感触が頬によみがえった。鳴海マリアはなぜ自殺したのだろう。彼女が死んだ動機さえ僕は知らなかった。

電車の明かりの中で白猫が目を伏せた。血のように真っ赤な舌を出して、前足のそばに落ちているものをなめはじめた。その白猫はどこかで拾った大事なものを裏庭に持ってきてよく僕に見せてくれた。今日は何を持ってきたのかと思い僕は屈んで猫の足下を見つめた。ゆっくりとした光の明滅とともに、がたん、ごとん、という電車の音が聞こえた。真っ赤な舌で猫が丁寧になめていたのは白く細い棒状のものだった。それが人間の指であることに気づいた瞬間、電車が通り過ぎてしまい、裏庭は急に暗くなった。

一夜明けた九月二十一日。授業を受けている間、先生の声は耳に入ってこなかった。夕方になり一日の授業が終わると、部活を休んで理科室に向かった。

周囲にだれの視線も見当たらないことを確認して室内に入った。片隅に古い棚があり大小様々なガラス瓶が飾られていた。僕はその中から最も小さなガラス瓶を選んで手に取った。缶ジュース程度の大きさを持つ円柱状の瓶だった。

瓶の中は透明な液体で満たされており蛙が沈んでいた。蛙は内臓を剝《む》き出しにされた状態で、地上のどのような動物にも似ておらず、ただの奇怪な塊としか見えなかった。蛙の内臓は鮮やかな色を保っており、腐らずにその状態でいられるのは周囲を埋め尽くしている透明な液体のおかげだった。ホルマリンと呼ばれるその液体は、ホルムアルデヒド約四十パーセントの水溶液にメタノールを添加したものだった。僕は勉強のできるほうではなかったが、図書室で調べるとその程度の知識は身についた。

ホルマリン漬けにされた蛙の標本を鞄《かばん》に押し込んだ。幸いにだれからも見咎《みとが》められることなく校門を出ることができた。電車に乗りこんで家に向かう途中、眠気であくびを繰り返した。昨晩、拾った指のことを考えていて眠れなかった。

白猫の目の前から指を拾い上げた当初は、警察にすぐ通報するべきだと考えた。それが鳴海マリアの指であることに間違いはなかった。猫の首をごしごしと掻《か》いている彼女の指を僕は目に焼き付けていたが、形の良い爪は確かに彼女のものだった。

しかし、警察に電話する決心がつかなかった。そのうちに姉が戻ってきて、とっさに僕は指を机の引き出しにしまいこんだ。

夜中に、鳴海マリアの指をアルミホイルに包んで冷凍室に入れた。その後も自室へ戻ることができず、台所にたたずんで冷蔵庫のたてる低い音を聞いた。

機械の調子が悪いのか、冷凍室の内部から、こん、こん、という音が聞こえてきた。以前からその音はしていたが、そのときの僕にはまるで、彼女の指が冷凍室の内側からノックしている音に聞こえてならなかった。

結局、警察には通報しなかった。電話をしたところで、他の部分と一緒に火葬されて灰になってしまうだけなのだ。そうなるくらいなら、彼女の白く美しい指を、もう少しの間、眺めていたいと思った。

家に帰りついたとき、姉はまだ仕事から戻ってきていなかった。台所に移動すると、学校から盗み出してきた蛙入りのガラス瓶を鞄から取り出した。姉が帰宅する前に作業を終えたかった。焦ったせいか手が滑ってガラス瓶を床に落とした。瓶の縁に少しだけ白いひびが入ったものの、幸いに割れてはいなかった。

流しの前で瓶の蓋《ふた》を取り外した。その途端、接着剤のような臭いが鼻についた。ホルマリンは揮発性の液体であるため、作業はすばやく行わなければならなかった。直接に液体に触れないようスプーンをつかって蛙をつまみ出した。

流し台の上に捨てた蛙の体は崩れてばらばらになった。ホルマリンにはたんぱく質を固める性質があるそうだった。蛙の体は硬化してもろくなっていたのだろう。蛙が消えて瓶の中には透明な液体だけが残った。中のものが蒸発しないようひとまず瓶に蓋を閉めてから、冷凍室から鳴海マリアの指を取り出した。

アルミホイルの梱包《こんぽう》を解くと白い指が現れた。手のひらに載せてもほとんど重さを感じず、氷のように冷たかった。手の上に載っている彼女の白い指を僕は見つめた。事故以来、四つの夜を越えたわりに目立つ腐敗もしておらず、表面は滑らかだった。

右手の指なのか左手の指なのかは定かではなかった。親指や小指でないことは確かだったが、残り三本の指のうちどれなのか判然としなかった。小枝のように細長く、関節の部分で軽く曲がっていた。先端にはアーモンド状の爪がそっと載っており、付け根の切断面には筋肉組織と骨が見えた。

指の側面に濃い青色の汚れがあった。よく見るとどうやらペンキが付着しているらしいとわかった。どこでついたものなのかわからなかったが、爪でこするとすぐに剝《は》げて綺麗《きれい》になった。

鳴海マリアの指を見ていると母のことが思い出された。それはなぜだろうかと思ったが、明確な理由は思い浮かばなかった。二人の顔が似ていたわけでもなかった。鳴海マリアには、おそらく万人に母親のことを思い出させる何かがあるのだろう。

こういう話を姉から聞いた。中学生時代、姉が鳴海マリアと道を歩いていると、路上で泣いている迷子の子供を発見したという。まだ幼稚園にも入っていないほど小さな子供だったそうだが、その子は鳴海マリアを見ると「おかあさん？」と問いかけながら近づいてきたそうだ。その後、姉と鳴海マリアはその子の母親を探して歩いたが、子供はその間も、鳴海マリアの手を握りしめたまま放そうとしなかった。その子の母親は見つかったが、鳴海マリアに似ていた点はどこにもなかったという。

裏庭の方から電車の通り過ぎる音が聞こえてきた。鳴海マリアの指をそっと握りしめてみると、まるで彼女の全身を手の中につかんでいるような気がした。

僕の母は十年前に浮気相手と一緒になって僕たちの前から消えた。しかし二年前に父が亡くなったとき、再び家へ現れた。

母は僕たちとの縁を復活させたがっているようだった。十年前のことを反省していると、涙を見せながら僕たちに謝罪していた。しかし、ひさしぶりの母に対して僕は儀礼的な挨《あい》拶《さつ》しかできなかった。抱きついて手を握り合うのは難しいことだった。十年前の悲しかった気持ちがまだ残っており母の涙が信じられなかった。

その涙は本物なのか？

泣いている母を前にして、僕の中にある人間不信回路がそのような問いかけを発した。幸いにも実際の音声には変換されず、その言葉は胸中で響いただけだった。

僕が鳴海マリアの指を警察に届けられなかったのはそのせいだろう。僕もまた母親とはぐれてしまった子供なのだ。迷子の子供が彼女の手を握りしめたのと同じなのだ。自分のことが正しくそう理解できているのに、僕はどうしても彼女の指を手放せなかった。もう一度ガラス瓶の蓋を開けた。ホルマリンには強い殺菌効果がある。それに浸すことで彼女は腐敗と無縁になり、いつまでも白く滑らかな状態でいられるはずだった。彼女の爪に浮かんでいる白色の染みを発見したのは、彼女を瓶中に落としこむ直前だった。

不思議な形状の染みだった。爪の表面を左右にまっすぐ横切っており、ボールペンで線を引かれているようにも見えた。顔を近づけてみると、どうやら染みではなく、半透明の爪の向こう側に何かが入り込んでいるらしいとわかった。

瓶に蓋を閉めて作業を中断した。裁縫箱の中から針を持ってきて彼女の爪の裏側に刺した。針の先端をうまく使って染みに見えたものを取り出した。出てきたのは白色の糸くずだった。

なぜ糸くずが爪の裏側にあるのかと不思議に思った。生前にそのような場所へ糸が入り込めば痛みがひどかったはずだ。等々力陸橋から飛び降りて死ぬ瞬間に入り込んだのかもしれないと思った。

ひとまず鳴海マリアの指をテーブルに横たえて糸くずのことを考えた。陸橋から飛び降りる直前、恐怖から鳴海マリアは布製品を強く握りしめたのかもしれない。ハンカチでも、服でも、なんでもいい。強く握りしめたとき、爪がその製品の繊維を引っ掛けてしまったのかもしれない。糸くずはちょうど爪に食い込むような形で入り込んでいた。その可能性はありえるように思えた。

　本当にそうか？

　人間不信回路が問いかけを発した。疑うことの好きなその回路は、他人だけでなく自分自身のことさえ信じようとはしなかった。

　自殺しようと決めた人間が恐怖して何かにしがみつく？　違和感がないか？　死に対して解放感や安堵《あんど》感があるから、自殺者は死を選ぶのだという勝手なイメージを僕は抱いていた。違和感があるのは確かだった。

　では、爪に糸くずが入り込む場合とは、どんなときが考えられる？

　ガラス瓶の蓋を開けて、軽い小枝のような彼女の指を液中へ落としこんだ。彼女は静かに沈んでいき瓶の丸い底へ着地した。最も小さなサイズのガラス瓶を選んできたが、それでも指の大きさに比べて大きすぎた。蛍光灯の白い光が透明な液体を通過して瓶底に横たわっている鳴海マリアの肉体を照らした。腐り果てることなく彼女はずっとそのままの姿であらぬ方向を指差しつづけるはずだった。

　瓶中の彼女を見ながら、ある可能性を考えた。

　たとえば、彼女がだれかに突き落とされたのだとしたらどうだろう。落ちまいとして咄《とっ》嗟《さ》に何かを握りしめて、そのときに爪の中へ糸くずが入り込むのではないだろうか……。

7

2

鈴木、今日も部活を休むのか。昨日も来なかっただろ、何してたんだ？

校門を出ようとしたとき、野球部の友人に見つかってそう話しかけられた。昨日、部活を休んで理科室からホルマリンを盗み出していたなどと言えるはずがなかった。僕は曖昧《あいまい》に笑って彼に別れを告げた。

野球部に入ったのは、野球好きの姉の影響だった。練習は苦にならなかったし、体を動かしていると嫌なことを忘れることができた。ただし野球というスポーツに対する愛情はかけらもなかった。僕に必要だったのは、暇つぶしができて姉と会話の通じる部活だった。そういえば鳴海マリアの指を拾って以来、姉とまともに会話をしていなかった。悪いことをしているという意識があるからだろうか。もっと自然に振る舞わなければいけないと自分に言い聞かせた。

改札を抜けて電車に乗りこんだとき、すでに太陽が傾き始めていた。電車の窓から外を見ていると、稲の大海原が夕日に照らされて一斉に輝き出した。水の張られた水田がところどころにあり、その水面に映り込んでいる赤い太陽が電車の横をずっと並んでついてきた。やがて電車は大原陸橋を通りぬけて、鳴海マリアの亡くなった等々力陸橋に近づいた。

鳴海マリアは線路上で倒れていたらしい。運転手が事故直後にそう警察へ話していたのを、野次馬のだれかが聞いていたそうだ。陸橋から飛び降りた際に地面で頭を打ち気絶したのだろう。警察はそう判断していた。その彼女を、ブレーキの間に合わなかった特急電車が高速で破壊してしまった。

警察が判断した通り自殺なのだろうか。それとも昨日、僕が考えた通り他殺なのだろうか。一日中、その問題が僕の頭を支配していた。

改めて考えてみると、爪の中に糸くずが入っていたからといって他殺にしてしまうのは性急すぎる気がした。一晩が明けてみると、すべて僕の妄想のように思えた。

そもそもなぜ警察は彼女を自殺だと断定したのだ？

胸中で僕は自分自身に問いかけた。

決まっている。自筆の遺書が存在するからだ。

胸中で僕はそう返事をした。

しかしまだその遺書に何が書かれてあったのかを知らない。

それがだれかの創作だという可能性はないのか？

犯人を探す前に、まず遺書のことを調べなければならないと思った。その遺書の向こう側に彼女以外の人間の意志が見えたとき、ようやく他殺だと断定できるはずだった。

乗っている電車の窓から見覚えのある男性を発見したのは、等々力陸橋をすぎた直後のことだった。鞄《かばん》をぶら下げて吊《つ》り革につかまっていると、高速で過ぎ去る外の風景の中に彼がいた。彼は金網のそばに立って鳴海マリアの死んだ場所を見つめていた。一昨日の晩、鳴海マリアの通夜で姉と話をしていた三人の人間のうちの一人だった。特にその男性は他の者よりもひどい顔色だったため記憶に残っていた。

都合が良いと僕は考えた。鳴海マリアの友人ならば、彼女の遺書や自殺の動機などについて何かを知っているかもしれない。僕は彼女の死についてはっきりとした答えを導きたかった。

十年前と同じ気分だった。家を出て行く母に対して、「なぜ僕たちを置いて行くの？」と問いかけた。母はそれに答えず無言のままいなくなってしまった。今度はその答えを聞かなければならないと思っていた。

電車が駅に到着すると僕は下車して改札を抜けた。線路沿いの道を歩き、我が家の前を通りすぎて等々力陸橋に向かった。陸橋は線路や道と垂直に交わる形で金網の上を飛び越えていた。電車から見かけた男性はどこにも行かず金網に手を添えて立っていた。

本当に話しかけるのか？　不審がられないか？

人間不信回路は、基本的に僕が見知らぬ人間と接するのを嫌っていた。

うるさいな。だまっていてくれ。

僕は自分の内側に向かって毒づくと彼の方に歩いた。

背の高い痩《や》せた男だった。シャツにジーンズという服装で古ぼけたスニーカーを履いていた。どれも皺《しわ》が寄っていたり汚れていたりして、彼の第一印象は、みすぼらしい男、というものだった。無精髭《ひげ》が伸びており、若者らしい活力が外見から感じられず、ちゃんとした食事をとっていないのだろうかと思った。

見ているると彼は金網を上り始めた。金網の高さは五メートルほどあったが、彼の体はすぐに上端へ達した。乗り越えて彼が線路側に飛び降りる際、銀色の金網が揺れて音をたてた。

彼の行動に驚いて、話しかけるタイミングを失った。彼はうつむいたまま鳴海マリアの死んだ線路の上を歩き始めた。線路の両脇を挟んでいる金網の幅はそれほど広くなかった。電車が来たら彼は危ないはずだった。

僕は決心すると金網に近づいて彼に話しかけた。

「あなたも自殺志願者なんですか」

彼は動揺したように顔をあげた。彼の顔は血色が悪く痩せており、治療不可能な病気の末期患者のようだった。数秒間、僕を見つめた後で彼は気づいたように言葉を漏らした。

「きみは、恭介君……？」

「僕を知ってるんですか？」

「一昨日《おととい》、マリアの家へ来てましたね」

彼の声は深い穴の奥から聞こえてくるように虚《うつ》ろだった。

「あなたは？」

「マリアの同級生です。同じ研究室でした。ヨシカズという人間です」

「ヨシカズさん？」

「名前じゃありませんよ。苗字《みようじ》なんです」

芳和、と書くそうだった。漢字を頭の中で思い浮かべながら彼に忠告した。

「そこにいたら危ないですよ」

線路上の彼は目を細めて弱々しく微笑んだ。

「電車が来たら逃げます。死ぬつもりは、まだありませんよ」

彼は再び視線を地面に向けて線路を歩き始めた。僕もまた彼の歩みに合わせて道を進んだ。金網を挟み彼と並んで歩く形となった。

「陸橋の上に置いてある花束は、芳和さんが置いたものですか？」

「マリアの好きだった花をそろえました」

彼はそう言うと顔をあげた。近づいてくる電車の姿が遠くにあった。しかしまだ距離がありごく小さな点のようにしか見えなかった。

「告別式に来ていた他の二人も、鳴海さんと同じ研究室だったんですか？」

「そうです。私たち四人は同じクラスで同じ研究室の仲間でした。きみのお姉さんに、また研究室へ遊びに来てくれるよう伝えておいてください。たとえマリアがいなくても……」

　ふと芳和さんは線路の間に屈《かが》んだ。電車の近づく音が次第に大きくなってきた。しかし彼は気にとめず枕木やレールの間にある隙間へ目を向けて何かを調べていた。

「何をしているんですか？」

「ちょっと、探し物をしています」

「……何を探しているんですか？」

「マリアの指です」

　芳和さんは屈んだまま僕を見つめた。毒に冒されたような青白い頬だった。

「指？」

　彼は返事をせずに立ち上がって金網によじ登りはじめた。彼が線路から出た直後、電車が轟音《ごうおん》をたてて通りすぎた。

「やっぱり線路を歩くのは危ないですね」

　子供でも知っていることを呟《つぶや》いて彼は歩き始めた。陸橋の下に軽自動車が路上駐車されており、彼はそれに向かっていた。

「指って、いったい何のことですか……？」

「拾い集められたマリアの指が、一本足りないそうです。車輪につぶされて跡形もなくなったんじゃないかって、彼女の母親は警察に言われたそうです。でも、まだどこかに落ちてるんじゃないかと私は思っています」

芳和さんは車のそばに立つと視線を線路に向けた。

「探すなら夜ですね……」

「指を？」

「電車が走ってないときの方が、探すのに都合が良さそうです。そうだ、恭介君、この辺で白色の猫を見ませんでしたか？」

「いいえ……」

「マリアがこの辺で猫をかわいがっていたらしいんですけど。キャットフードを持ってきたんです。いたらあげようと思っていました」

彼は鍵《かぎ》を取り出して運転席のドアを開けた。車内を覗《のぞ》くと、キャットフードが入っているらしい買い物袋が後部座席に見えた。

「鳴海さんと親しかったんですか？」

少し躊躇《ため》らってから芳和さんは答えた。

「ええ、まあ……」

「あの人と親しいと、羨《うらや》ましがられませんでしたか？　姉の話によると、彼女はとても目立っていたそうですね」

「大学を歩いてると、みんなが立ち止まって彼女を見ていました。……本当に、なんで私と言葉を交わしてくれていたのか不思議です」

「鳴海さんって、大学ではどんな感じだったんですか?」

芳和さんはその質問に対して無言だった。

「どうかしたんですか?」

質問すると、彼は首を横に振った。

「私は行きます」

彼は運転席に座って扉を閉めた。結局、遺書のことを質問する前に彼の車は走り去った。彼がいなくなった後も僕はその場でしばらく考え込んだ。指を探しているという人間の登場が僕を落ち着かない気持ちにさせていた。道路の先からパトカーが近づいてくるのを見て、家に向かって道を戻り始めた。

芳和という男性に会ったことを夕飯のとき姉に話した。姉は僕の作った簡単な手料理を食べながら「あら、そう」と呟いた。三日に一度、僕が料理を作ることになっていた。

「告別式のときに来てた人たちは、研究室の仲間だったんだってね」

「みんな、ショックを受けてたよ」

理工学系の大学では学部の四年生になると、クラスメイト数人ずつに分かれてそれぞれ研究室という場所に配属されるそうだった。姉は鳴海マリアがいる研究室によく足を運んでいたという。そこで芳和さんらとも顔なじみになり話をするようになったらしい。理工学系の大学は寝るひまもないくらい忙しいのだと姉からよく聞かされていた。

その研究室には姉の高校時代の同級生も偶然に所属していたそうで、部外者ながら居心地が良かったのだろう。だから高校を出てすぐに就職した身でありながら、うちの近所にある大学の内情に詳しかった。

「芳和さん、どんな様子だった?」

姉がごはんを口に運びながら聞いた。相当にやつれていたことを僕は説明した。

「あれはやつれてるんじゃなくてね、元からだと思うよ。あの人に似てなかった?」

「え、だれ?」

「『キテレツ大百科』に出てくる浪人生。名前、なんだっけ。みよちゃんじゃなくて、トンガリじゃなくて……」

「勉三さん?」

「そう、それ。冴えない感じがそっくりだと思ってたの。地方から出てきてしばらく浪人してたところも同じだし」

姉の話によると芳和さんは姉や鳴海マリアよりも二歳ほど年齢が上なのだそうだ。彼が鳴海マリアの指を探していたなどと話していいものかどうか迷った。結局、そのことを僕は黙っていた。

「ごちそうさま」

姉はそう言うと食器を流しに運んだ。つい二十四時間前、蛙の体の破片が散らばっていた流しだった。姉はそこに茶碗《ちゃわん》を置くと、そういえば、と言って僕を振り返った。

「そういえばね、芳和さんは鳴海の恋人だったのよ。意外でしょう？」


その夜、僕は大学の研究室の電話番号を調べた。誰もいないかと思ったが、彼らはいた。僕は遺書の内容や鳴海マリアの人物像を調べるため、彼女と親しかった人々に話を聞かなければならなかった。聞き込みは、鳴海マリアが自殺だったのか他殺だったのかを判断するための妥当な手段に思えたからだ。


「天罰が下ったのよ」

三石《みついし》さんは金網越しに線路を見つめながら呟いた。深夜だったが月明かりのおかげで鳴海マリアの死んだ場所はよく見えた。

「天罰？」

「まあ、その言いかたはちょっと違うかな。鳴海は罪に耐え切れなくて自ら命を断ったんだから」

軽く首を横に振ると彼女はそう言いなおした。彼女は僕と同じくらいの背丈で、細い体つきのため針金が直立しているようにも見えた。腕組みして線路を見つめる彼女の目つきは、まるで数学を教える教師のように冷ややかだった。彼女は鳴海マリアや芳和さんと同じ研究室に所属していた。

時間はもうすぐ朝の四時だった。

「三石さんから見て、鳴海さんはどんな人だったんですか？」

彼女は慎重な表情で言葉を選んだ。

「歪《ゆが》んだ神様……そんな感じの人だった。姉さんから鳴海の写真、見せてもらった？　あの子、恐ろしく綺麗《きれい》だったでしょう。見ているのが怖くなるくらい。女の私でさえ、研究室ですれ違うたびにそう思ってたもの。ただ美しいだけの人ならそこらじゅうにいるけど、鳴海は違ってた」

三石さんは自らの腕を抱きしめた。夏が過ぎたばかりで冷たい風は吹いていなかったが彼女は寒そうにしていた。

「美人に会うと、普通は見とれるでしょう。でも鳴海の姿を目にした多くの人は視線を伏せてた。見てはいけないものを見てしまったかのように。そしてじっとりとした汗をかく。その後の反応は人それぞれ。崇拝する人がいれば、怖さを感じて逃げる人もいる。この違いって、何なのかしらね。なんで鳴海を怖がるんだろう。これは勝手な想像なんだけど、たぶん、いたずらした子供がまともに親の顔を見られないのと一緒なんだろうね。私は

「そういえば、芳和さんとつきあってたって、本当ですか？」

姉の情報は意外性がありすぎて真実味を帯びていなかった。しかし三石さんは頷《うなず》いた。

「そうみたいよ。すごいカップルでしょう。だってあの芳和さんよ？　対極にいる二人だから、うちのクラスに与えた衝撃は核攻撃に匹敵したわね。だって、四年になって鳴海と話してるところを見るまで、だれも芳和さんの声を聞いたことがなかったくらいだもの」

芳和さんは大学に入学して以来、ほとんどだれとも交流していなかったという。彼は勉強をするためだけに大学を訪れて、講義が終わるとだれかと話もせずにすぐ帰っていくような人間だったそうだ。

「私個人の判断によると、芳和さんはうちのクラスのもてない男ナンバー1だった。そんな人に話しかけようとするクラスメイトはいないわよ。昨年度の終わりごろ、なんの気まぐれか鳴海が話しかけるようになって、ようやくはじめてクラスの仲間入りしたって感じ。でもね、鳴海が彼に本気だったとは思えない。私に言わせれば、あの子が人間のだれかを愛するとは考えられないのよね。芳和さんにはかわいそうだけど」

彼女は線路上で動いている懐中電灯の光を金網越しに見つめた。二つある電灯の光のうち片方が芳和さんのものだった。終電車が通りすぎ、始発電車が来るまでの時間、線路上は安全な場所だった。

「……すごく怖かった……」

「鳴海は存在しちゃいけない女性だった。間違って人間の母親から産まれたものだから、偶然に今まで人間の形を保っていたのよ。あの子にとって、この人間界はどんな場所だったんだろう。きっと退屈だったでしょうね。だからあんなことをしてたんだ……」

「あんなこと？」

「あれは大学二年のときだった。暇つぶしに、あの子、人類の男を駒にして、ゲームをするのに凝ったのよ。彼女は何も言ったりする必要がなかった。あんな美人が意味ありげに傍によりそったら、男はだれだって舞い上がるわ。彼女に目的はなかった。男の子のことが好きだったわけでもないの。アクセサリーを買ってもらってもすぐに他の友達へあげてたっけ。もらったものを一日だって自分のそばに置いておこうとしなかった。あの子は楽しそうな表情さえ浮かべずに人間でチェスをしてたのよ。その結果、とうとうある男の子が首を吊《つ》ったの。信じられる？　遺書はなかったから、勉強疲れが原因だってことになった。でも、鳴海の持っている毒がその子の体を冒してついに殺したんだって、知っている人は知ってる。思わせぶりな態度を見せられて何もかも貢いだのに、彼がもらったのは鳴海マリアの拒絶だったわけ」

　話をする口調から、三石さんがそれほど鳴海マリアと親しくしていたようには思えなかった。露骨に敵愾心《てきがいしん》が見えるわけではなかったが、友情を育《はぐく》んでいた関係ではなさそうだった。そもそも僕が知っている小学六年生の鳴海マリアは、友達と仲良く手をつないで笑うということをしなかった。

「さすがにあの子はそれ以来、人間でチェスをしなくなったっけ。でも罪は拭《ぬぐ》われなかった。さっき私は天罰って言葉を使ったけど、それはこのことよ。自分のやったことが時間をかけて熟成され、彼女の中で巨大な罪悪感になったんじゃないかしら。そしてついに彼女を自ら陸橋から飛び降りさせたのよ」

「鳴海さんが自殺した理由は、首を吊らせてしまった男の人が原因だったんですか？」

「そうよ。遺書に書かれていた短い言葉は、彼にあてたメッセージだったから」

遺書の内容を教えてください。

ついにその質問をしようとしたとき、金網の向こう側から懐中電灯で照らされた。

三石さんと僕は目を細めて光の発信源を振り返った。光に馴《な》れると、懐中電灯を握りしめて金網の向こう側に立っている土屋《つちや》さんの姿が見えるようになった。

「だめだ、あるわけねえよ」

土屋さんがくたびれた様子で言った。

「まぶしいじゃない、照らさないで」

三石さんが怒った表情をすると、土屋さんは電灯を地面へ向けた。彼はがっしりとした体格の持ち主で、僕や三石さんよりも頭ふたつ分ほど背が高かった。

「何を話してたんだ？」

「鳴海のことよ」

「あいつの？」

「いかに怖い子だったかって説明をしてたの」

土屋さんは無言で金網を上り始めた。彼の体を支えて壊れてしまうのではないかと思うほど金網がたわんだ。

「本当に鳴海さんは怖い人だったんですか？」

地面に降り立った土屋さんにそう質問した。三石さんの語る鳴海マリアに関する情報は、姉がこれまで話してくれなかったものばかりだった。おそらく姉は、友人のことを悪く言いたくなかったのだろう。

「確かに鳴海には変な雰囲気があった。でもよお、いいところもあったんだぜ。実験してると、よくコーヒー持ってきてくれたし。あいつ、こうやって大事そうに両手でカップを持ってたんだ」

土屋さんは低く深みのある声をしていた。両手で卵を包むような恰好《かっこう》をしながら、「こんなふうに大事そうにコーヒーカップを扱う人間を俺は他に知らないな」と言った。それから金網を振り返ると、まだ線路上にいる芳和さんを懐中電灯で照らした。

「俺、もう大学に戻るわ」

「わかりました。電灯はその辺に置いといてください」

芳和さんはまぶしそうな顔で返事をすると、また地面に視線を落として歩き始めた。彼は始発電車の来るぎりぎりまで鳴海マリアの指探しを続けるつもりのようだった。

「もう帰るんですか？」

土屋さんは角張った顔を頷かせた。

「明日の研究発表会は俺の番なんだ。戻って準備を調えないとな」

懐中電灯を地面に置いて彼は三石さんを振り返った。

「おまえはどうする。歩いて大学まで戻るか。ここから三十分くらいだぜ」

どうやら三石さんは彼の車に乗って大学から等々力陸橋まで連れてきてもらったらしい。

「免許、持ってないんですか？」

僕は彼女に質問した。

「持ってる。ただ、車を持ってないだけ。お金がなくて売っちゃった。今月、カードを使いすぎちゃって。ねえ、私も帰るから乗せてって。でも少し待って。そこで煙草を買ってくる」

彼女はそう言うと上を指差した。等々力陸橋が線路や金網を越えて夜空にかかっていた。その付け根の辺りに深夜でも明かりのついているコンビニがあった。線路沿いの道から階段を使って陸橋に上がることができたので、コンビニまではすぐに行けるはずだった。三石さんはそこに向かって駆け出した。

「三石さんは、鳴海さんが人間じゃないみたいなことを言ってましたけど、本当ですか？」

金網へ寄りかかって立っている土屋さんに質問した。

「あんまりあいつの言うことを真に受けるなよ。鳴海マリアだって人間だったさ……半分くらいはね」

「半分……」

「あいつ、かなり特殊だったよ。予測不可能なことを次々と起こしてた。例えば黴《かび》の繁殖を止めたり」

「黴？」

「そういう実験をやるんだよ。丸くて平たい容器に薄い寒天のシートを作って、そこに黴の畑を作るわけだ。でも、鳴海の寒天にだけは黴が生えなかった。他の学生と条件は同じだったんだぜ？　ただ、あいつは手の上に容器を載せて、じっと寒天の表面を見つめていただけだったんだ」

彼は怖いものを思い出すように彼女のことを話してくれた。土屋さんは高校時代の姉の同級生だった。大学の研究室という辺鄙《へんぴ》な場所で、偶然にも鳴海マリアという姉の中学時代の同級生と、土屋さんという高校時代の同級生とが出会っていたことになる。

「姉ちゃんは元気か？」

「今ごろ熟睡してるはずです」

「きみのことは響からよく聞いてる。野球部の補欠なんだって？」

「余計なことを……」

姉の顔を思い出しながら僕が呟《つぶや》くと、彼は少し微笑んだ。それから弱々しい顔になり、金網越しに芳和さんを見つめた。

「鳴海の指、本当に落ちてると思うかい」

土屋さんの声は、まるで指など見つかってほしくなさそうな響きを持っていた。

「落ちているとしたら、どこの指なんですか？　右手ですか？　左手ですか？」

「さあね。損傷が激しくてよくわからなかったらしい。でも、指が一本足りなかったらしい。壊れたレゴブロックがばらまかれているみたいだったらしいからな。でも、指が一本足りなかったってのは本当らしいぜ。芳和さんが鳴海の家族から聞いたそうだ。俺は怪しいと思うがね。だって、電車の車輪なら、指の一本くらい原形もなく押しつぶしてしまえるだろう。そんなもん、拾うも何もあったもんじゃない。……だが、芳和さんは彼女の指がどこかに落ちていると思い込んでいる」

「……変なことを聞いていいですか？」

「なんだ？」

「遺書には、なんて書かれてあったんですか？」

土屋さんは沈黙を挟んだ後、低い地響きのような声で告げた。

「短い文章だった。『私は自分の罪を認める。鳴海マリア』。たったそれだけさ。メモ用紙にボールペンで簡潔に記されていてね、まったくあいつらしいと俺は思ったよ」

「首を吊《つ》った男の人への手紙なんですね？」

「たぶんね……」

土屋さんは複雑そうな顔をした。

「どうかしたんですか？」

彼は何かを話そうとしたが、途中で気が変わったらしく口をつぐんだ。

「おまたせ」

三石さんが戻ってきた。

土屋さんは彼女とともに車を停めている場所へ歩き出した。線路沿いに通っている道は車がすれ違える程度に広かった。土屋さんの車は等々力陸橋から少し離れた金網のそばに路上駐車されていた。姉の軽自動車より一回り大きな乗用車だった。

二人を見送る間、遺書の内容を反芻《はんすう》した。短かったので内容は簡単に覚えることができた。この内容なら、自分が遺書を書いているなどと思わせずに、鳴海マリアへ執筆させられたかもしれないと考えた。土屋さんと三石さんを見送った後、僕は再び等々力陸橋へ戻った。

芳和さんの持つ懐中電灯の明かりが暗闇の中で揺らめいていた。僕は土屋さんの使っていた電灯を拾い上げると、金網を越えて線路内に入った。いつも目にしていた金網だったが、内側に入るのは初めてだった。視界の両側を壁が圧迫する無限の回廊に立っている気がした。

「眠らなくていいんですか。数時間後には学校でしょう」

芳和さんに近づくと、彼は地面に目を向けたまま言った。昼間と同じで憔悴《しょうすい》しきった声だった。

「僕も手伝います」

電灯の光を地面に向けて僕は指探しの演技をはじめた。芳和さんは動きを止めて僕を見つめた。どうやら変なやつだと思っているらしかった。

通夜のときは、生前の鳴海マリアと付き合いのあった人々に関わりたくないと思っていた。しかし彼女の指を求めて線路を歩き回る彼の姿が心に引っかかって取れなかった。

「鳴海さんとつきあっていたそうですね」

僕は演技をしながら彼に聞いた。

「たぶん……。そう言っても、マリアは許してくれるでしょう」

芳和さんは立ち止まって虚空を見上げた。月のない夜の暗闇に彼の視線は向けられていた。

「スポイトで試験管に薬品を入れながら、いろいろな話をしました。私たちは二人とも引きこもりのけがあって、遊び方を知らなかったんです。月に一度、映画を見に行くだけで充分だったし、私の財政ではそれ以上のことは無理でした。私はそのことがすごく恥ずかしかったんですけど」

「鳴海さんと話をするのは、緊張しませんでしたか？」

「緊張したのは、話をしたことがなかったときです。同じ教室にいるだけで汗をかきました。でも、ある日を境にして不思議と緊張しなくなったんです」

「緊張しなくなった？」

「おそらく、彼女がガードを解いたのでしょう。あれはまだ、どこの研究室に配属希望をするか迷っているときでした。つまり昨年度の終わりです。田舎から父親が出てきて町を案内していたら、ばったりとマリアに会ったんです。それまで彼女と話をしたこともありませんでした。でも、彼女も私の顔は知っていたようです。クラスの飲み会にも出席したことがない私のことが、よく記憶にあったなと思いました。それにしても恥ずかしかったですよ。なんとなく、自分の親って人に見られたくないたちなんです」

「お父さんはどんな方なんですか？」

「農業一筋で、ほとんど九州の田舎を離れたことがない人種でした。だから方言がすごいんです。それをマリアから馬鹿にされそうで、咄嗟《とっさ》に焦りました。彼女は私と親父に軽く挨拶《あいさつ》した後、なぜか私の後をついてきました。本当にわけのわからない人だなと思いました。父を連れて城の跡や文豪の宿泊していた宿を見て回りました。私が説明しているのを、彼女は横で聞いていました。そして、あれは私たち三人が食事する店を探していたときでした……」

信号が青になったので横断歩道を渡っていたら、車が信号無視をして三人に突っ込んできたそうだ。

「私の目の前に、父の背中と、マリアの背中がありました。私は咄嗟に父の背中を押して地面に倒れ伏せました。車から守ろうとしたのです。マリアは身動きできずに立ちすくんだままでしたよ」

「鳴海さんを助けなかった？」

「そうです。一瞬のことだったから、考えるひまもなく、私は父の方を選んでしまいました。彼女を見殺しにしてしまったのです。彼女が事故に遭わなかったのは、車がかろうじて避けきったからです。後に聞いた話だと、車はマリアの服の袖《そで》をかすめて行ったそうです。何事もなく車が行ってしまった後、父を押し倒した状態で私は後ろを振り返りました。自分を見捨てた私のことを、彼女はさぞかし軽蔑《けいべつ》しているだろうなと予測していました。

でも、彼女は私を見て、なぜか満足そうな笑みを浮かべていたのです。死に神がすぐそばを通り過ぎていったというのに、なぜそのような表情ができるのかわかりませんでした。とにかくそれ以来、なぜか緊張することもなく話ができるようになったのです」

その後、研究室の配属が行われる際、まるで芳和さんの後をついて行くように、彼女も同じ研究室を選択したそうだ。

「私と彼女の話は、それでおしまいです」

彼はそう言うと再び地面を見つめながら歩き始めた。僕も彼に倣って指探しの演技を行った。懐中電灯の光を地面に向けて歩くと、金属製のレールや枕木が光の中をよぎっていった。

「どうして彼女の指が落ちてるって信じているんですか?」

頃合いを見て僕は聞いた。

「指輪ですよ」

「指輪?」

「そうです。回収されたマリアの持ち物に、私のあげた指輪が見当たりませんでした」

「指輪を贈っていたんですか」

「財政難だというのに無理をしてしまいましたね。それがどこにもありません。彼女の母親に聞いても、それらしい指輪は部屋にもなかったそうです。考えられる結論はひとつ。

指輪をはめた指がまだどこかに落ちているのでしょう」

「鳴海さんは死んだとき指輪をしていたんですか？」

「わかりません。でも、指輪がどこにもないとしたら、指輪のはまっている指がどこかに落ちているとしか思えません……」

自分の内側に沈んでいくように黙った彼は、そのまま始発電車が来るまでもう話をしなかった。黙々と線路を歩き回り、朝焼けの前に僕たちは彼女の死んだ場所を離れた。別れを告げるときの芳和さんの瞳《ひとみ》は疲労のせいか濁って見えた。三石さんが語ったように、彼は決して周囲から好かれるような人ではなかっただろう。僕はあくびを繰り返しながら家に戻ると、学校へ行く支度を調えた。

高校から帰ってきて夕飯を食べているとき、「あんた、今朝、芳和さんにつきあって指探しをしてたんだって？」と姉に話しかけられた。この十二時間のうちに三人のうちのだれかと電話かメールで話したのだろうと思った。

「夜中にコンビニへ行こうとしたら、みんなが線路にいたんだ。それで、ちょっと話しこんだだけだよ。ねえ、それよりも、芳和さんが指を探してるなんてこと、姉さんも知ってたの？」

「うん、まあ。おおまかなことはね」

「芳和さんは、なぜあんなに指探しをがんばっているんだろう」

「彼の気持ちも、わからないではないよ」

姉は箸《はし》の先を口に入れたまま考え込むような表情を浮かべた。

「芳和さんは、大学を卒業したらマリアと結婚していたかもしれないの」

「結婚？」

自分には遠い言葉なので驚いた。大学四年になるともうその言葉は射程距離内にあるのだろうか。

「二人とも、あんまり自分のことを喋《しゃべ》るほうじゃないからね。順調だったのかどうか傍目《はため》にはだれもわからなかった。でも、芳和さんがマリアに指輪をプレゼントしたのは本当だったみたいよ。実物はだれも見たことないけど」

つきあっているらしいと噂になっていたが、あの二人がどの程度の関係で、どういう会話をしていたのか、だれも知らなかった。姉や研究室の他の人間は、芳和さんが指輪を贈ったことなどを鳴海マリアの死後に聞かされたそうだ。

「指輪は婚約の証《あかし》だったわけ？」

「今度のデートのときにその指輪をはめてきていれば結婚を承諾する。指輪をしていなければ結婚はしない。そんな約束を交わしてたみたい」

しかしデートを予定していた日が、鳴海マリアの命日となったそうだ。芳和さんは夜十時にある店で待ち合わせをしていた。その一時間半前、彼女は死んだ。

「告別式のときに彼から指輪の約束について聞いたの。こういう理由があるから、自分はマリアの指を探さなくちゃいけないって」

芳和さんは鳴海マリアのことを愛していた。しかし指輪が見つからないことで、彼女の方の愛に疑いが出てきた。

なぜなら、鳴海マリアには前科があったからだ。

「芳和さんにとってはね、指を探すという行為が、鳴海マリアの愛を見つけ出すことにつながっているのよ。指輪はありとあらゆる場所を探しても見つからない。探していない場所と言ったら、後はもう、紛失した彼女の指の上だけなの」

「もしも指輪が、その指にもはまっていなかったとしたら……」

「だれかにあげるか、売ったかしたのかもね。三石さんが彼に言ってたよ。『きっと指輪はだれかにあげてしまったんだ、鳴海マリアはそういう女だったんだから目を覚ましなさい』って」

「姉さんはどう思ってる？」

姉は目を伏せて箸をテーブルに置いた。

「……三石さんほどにはっきりとそうは思ってない。鳴海にもいいところはたくさんあったよ。ただ、私の知っている鳴海マリアが、だれかを愛するような人間じゃなかったことは確か。あの子は自分自身すらも愛していなかった。平気で危険なこともやってたのよ。

落ちたら死ぬような橋の欄干を、すました表情で歩いたこともあった。指輪が他人の手にはまっていたり、ごみ捨て場で見つかったり、質屋で売られていたりしても、『ああ、そうかもな』って私は感じるだけ。鳴海マリアは人類からの愛情を受け取ることなく肉体を地上から消滅させたんだなって」

今朝方に見た芳和さんの顔を思い出した。痛みに似た思いが胸中に生まれた。

姉と会話をした後、憂鬱《ゆううつ》な気持ちで部屋に戻った。体が妙にだるくて何かする力は出なかった。テレビもつけず、音楽もかけず、無音の室内で僕は押し入れからガラス瓶を取り出した。

蛍光灯の光が透明な液体を通過し、丸い底に横たわっている彼女を照らし出した。彼女の肌が、まるで自ら発光しているように白く輝いた。ゆるく関節をまげて、パソコンのキーボードを打ち込むような姿勢をとっていた。あるいはピアノの鍵盤《けんばん》を押して澄んだ音をたてようとしているようにも見えた。

鳴海マリアは芳和さんと会う直前に自殺したことになる。自ら命を断つ人間が、なぜわざわざそのようなタイミングで死のうとしたのだろう。発作的な自殺で、芳和さんに断りを入れそこなったのだろうか。それとも、彼との約束などどうでもよかったのだろうか。

しかし他殺だったとすればどうなるだろう。事前に遺書を捏造《ねつぞう》していただれかが、芳和さんと会う前に彼女を陸橋に呼び出して突き落としたのかもしれない。

どこに確証がある？　すべておまえの想像だろう？

胸中で問いかけがあった。その通りだよ、と僕は自分自身に返事を送った。何も証拠はない。人の噂話を聞いて構築した想像上の物語だ。

複数の人間の言葉によって鳴海マリアという人物像が少しずつ形を持ち始めていた。しかしどこかそれは中心を欠いたもので、あいかわらず僕にとって彼女は朝靄《あさもや》のような存在だった。

何もかもが漠然としている中に、ただ彼女の指だけがあった。みんなの語る彼女についての印象よりも、目の前にある一本の指の方がはるかに揺るぎない存在感を持っていた。ガラス瓶を覗《のぞ》きこみながら、僕は彼女に様々な質問を投げかけた。あなたはどのような理由で死んだのか。指輪をどこにやったのか。死んだとき、人間を愛する心を持っていたのか。しかし口や喉《のど》を車輪につぶされてしまった彼女は無言で沈んでいるだけだった。

無口な彼女を見ながら、心にとめておこうと決心したことがあった。それは彼女の死が他殺だった場合のことだ。遺書の偽造ができるほど近しい関係の人間が犯人である可能性が高い。

つまり話を聞いた人間は、全員、容疑者なのだということだ。

3

夕飯を姉と二人で食べてから、自室へ引っ込んで眠りにつくことが日課となった。我が家と線路との間は金網が隔てているだけだった。そのため電車の騒音が外から聞こえてきて眠りから覚めることがあった。

夜が深くなり終電車が通りすぎると静かになった。しかしそのころになると時計のアラームが鳴って僕は目を覚ました。

終電車のなくなった深夜が僕の活動する時間帯となっていた。

毎晩、家を抜け出して等々力陸橋に行き芳和さんの手伝いをした。彼はほとんど毎日、深夜の二時前後になると大学の研究室を出て軽自動車で等々力陸橋にやってきた。短いときで一時間、長いときで三時間ほど鳴海マリアの指探しをしてから彼は帰っていった。土屋さんと三石さんを見かけたのは最初の一日だけで、その後、二人が彼を手伝っている様子はなかった。大学で朝まで実験していた土屋さんが、家に帰る途中、ジュースの差し入れを持って立ち寄ってくれたことが何度かあるだけだった。

僕が芳和さんに接近して指探しにつきあったのは、彼の口からもっと鳴海マリアのことを聞きたいという意図があったからだ。しかしその理由がなかったとしても、彼自身のことが気がかりだった。

　鳴海マリアの恋人だったという彼に対しては、複雑な気持ちを抱かなかった。それはおそらく、彼の姿が自分に重なったからだろう。彼女の指を求めて歩きさまよう彼の姿が、十年前の自分を思い出させた。

　母がいなくなってしばらくの間、僕はそのことが信じられなかった。母の姿を探して、僕は家の中を歩いた。襖《ふすま》を開けて室内に母がいないと、がっかりした気持ちでまた別の襖を開けた。

「これからは私のことを母さんと思いなさい」

　小学六年生にして現実を見ていた姉がそう言った。その言葉を聞いて以降、僕は母探しを意志の力でやめた。しかし今でも、当時の気持ちは覚えていた。

　指探しは等々力陸橋の真下からはじまり鳴海マリアの体が点々と散らばっていた方向へと進んだ。芳和さんはレールと枕木の隙間へ懐中電灯を向け、小さな光の反射を目撃するたびにあせった様子でそれを摘み上げた。しかし落ちていたものは割れた鏡の破片や空き缶のプル・タブでしかなかった。彼はそれらを金網の外に投げ捨てると疲れた表情で再び歩き始めた。

　鳴海マリアの破片が等々力陸橋から何キロも離れて散らばっているはずはなかった。しかし芳和さんは念のため陸橋から三キロを越えたところまで線路上を歩いた。金網の外に彼女の指が転がっているかもしれないと考え、陸橋周辺の溝をさらい、茂みを掻《か》き分け、他人の家の庭に入り込むことさえあった。

一般的に言って僕たちは異様だった。夜な夜な懐中電灯を持って人の死んだ線路上を歩いている行動は正常から遠いはずだった。それに加えて芳和さんの風貌《ふうぼう》は日に日にやつれていき、顎《あご》一帯に伸びていた無精髭《ひげ》も不潔さを増した。もともと健康そうには見えなかった外見がさらに酷《ひど》くなり、いつのまにか骸骨《がいこつ》が服を着て歩いているような風貌となっていた。

幸いに近所の住人から見咎《みとが》められることはなかった。もしも不審者として警察に通報されていれば線路に入ることは難しくなっていた。しかし一度だけ通報されそうになったことがあった。その機会は僕の不注意で訪れた。

指を探すためには、まず金網を乗り越えなければならなかった。しかし電灯を握ったまま金網をよじ登るのは簡単なことではなかった。そこで僕は道端から懐中電灯を放り投げて最初にそれだけを線路内へ入れておこうとした。

それを実行したところ、野球部で鍛えた僕の肩は強すぎた。それに加えて、線路を挟んでいる金網の幅は思いのほか狭かった。

電灯は二つの金網を越え、線路を挟んで反対側に並んでいる民家の壁へぶつかった。周囲に大きな音が響いた。窓に明かりが点灯して住人の起き出す気配があった。

僕と芳和さんは目を合わせて少しの間、見つめ合った。その後の行動は迅速だった。線路内にいた芳和さんは慌てて金網を乗り越えると路上駐車していた車で逃げ出した。僕もその場を離れて家に戻った。

幸いに警察を呼ばれた様子はなかった。翌日の晩には何事もなく無言で指探しは再開された。昨日は大変でしたね、という会話さえ僕たちの間にはなかった。以来、金網を乗り越えるときはベルトに電灯を突き刺して上るようにした。

「恭介君、きみのこと、実はマリアから少しだけ聞いていました。実際に顔を見るのは通夜のときがはじめてでしたけど」

指探しの合間に線路のレールへ腰掛けて芳和さんが話してくれた。彼の斜め向かいに座ると、レールの固さと冷たさがズボンの生地を通して感じられた。

「どんなことを?」

「小学校の集団下校のとき、間違えてマリアの家に帰ったことがあるそうですね」

「ああ、それか……。鳴海さんが必ず先頭だったんですよ。だからつい、家に帰ろうとしてるのか、鳴海さんの後をついて行かなきゃならないのか、わからなくなったんです」

僕は当時のことを思い出しておかしくなった。しかし彼女のことを考えた反動で急激に悲しくなった。

「どうかしましたか」

芳和さんが心配そうに僕を見た。

「顔色が悪いですよ。もう家に帰ったほうがいいです。ほら、立ってください」

彼は僕の手を引っ張って立ち上がらせた。あなたに顔色が悪いなんて言われたくありませんよ。胸中でそう呟きながら、僕は彼に手を引かれて家のある方角へ歩いた。ここしばらくの間、体調がおかしかった。歩いていると眩暈《めまい》を感じることさえあった。

どこまでも伸びている線路は先の方が暗闇に溶けて消えていた。どちらが自分の家のある方角なのか、眩暈のする頭では判然としなかった。しかし芳和さんには進む方向がわかっているらしく、確信をもって僕を連れて行こうとした。彼の手は温かで、暗闇のなかでも確かな存在感があった。

鳴海マリアが彼へのガードを解いた日、彼は父親を案内していたと聞いた。もしかしたらこの芳和という人間もまた、集団下校のときに先頭を歩いていたタイプだったのかもしれないと考えた。

最初のうち僕は指を探すふりだけのつもりで彼の手伝いに参加した。しかし芳和さんに肩車されて線路沿いにある車庫の屋根上を調べているとき、僕は必死であるはずのない彼女の体を求めて暗闇の中に目を凝らしていた。もしかしたら深い闇の向こう側に彼女が立っているのではないかと思えてならなかった。

「彼女はいましたか」

僕を支えている芳和さんが期待を込めた声で聞いた。

「いえ、いません……」

そう返事をしなければならなかったとき、僕たちは残念な気持ちを共有していた。芳和さんは僕を地面に下ろすと、別の場所を探しはじめた。

「いつまでこういうことを続けるんですか？」

道端の茂みを掻き分けている芳和さんの背中に僕は問いかけた。

「土屋君にも言われましたよ」

「どうせ見つけても彼女の指は腐ってるでしょう」

「しかし指輪までは腐っていないはずです」

「指輪がはまっているかどうか、わからないじゃないですか」

「はまっています」

声は確信に満ちていた。

「もしも、鳴海さんが他のだれかにあげていたとしたら？　以前、彼女はそうしていたんでしょう？」

「彼女は変わりました」

芳和さんはそう言うと僕を振り返った。夜の闇が深かったため彼の表情は見えなかったが、言葉に含まれる怒りの圧力で呼吸ができなくなった。

でも、彼女の指に指輪ははまっていない！

そう言いそうになって僕は口をつぐんだ。真剣に彼女を擁護する彼の気持ちが怖かった。

「彼女は後悔していた。研究室は懺悔《ざんげ》室だったんです。私は彼女にとって神父だった。彼女は土屋君をまともに見ることさえできませんでした」

「土屋さんを見ることができない？」

「首を吊った男の人は、土屋君の高校時代からの親友だったんです」

遺書の内容を聞いたとき、土屋さんは複雑そうな顔をした。その理由はこれだったのだろうか。

昼間の生活にも変化が現れた。部活には顔を出さなくなり同級生たちとも遊ばなくなった。学校で暮らす意味合いが僕の中から失われ、一日の中で本当に価値のある時間は太陽が沈んでからとなった。

姉が寝入った後、自室の押し入れからガラス瓶を取り出して中のものを眺めた。その後で芳和さんの手伝いに行き彼女を探した。家に帰れば探しているはずの指があるというのに、僕は懐中電灯の光で暗闇を照らしながら切実な気持ちで彼女を追いかけた。

指は僕が拾っていると、芳和さんに言い出す機会を失っていた。指輪がはまっていないことを知ったときの彼の顔を見たくなかった。

彼はもう一人の僕に違いなかった。立場も年齢も異なっていたが、線路を一緒に歩いているとき、彼が何を考えているのか時々わかった。

朝に鏡を見るといつのまにか自分の顔が芳和さんと同じくらいに憔悴《しょうすい》していた。体がふらつき頭がいつも霞《かすみ》がかかったようにぼんやりとしていた。知らないうちに僕の体から筋肉という筋肉が消えており、立っていることさえ疲れるようになった。だからだろうか、ある晩、姉が僕のことを「芳和さん」と呼んだ。

「芳和さん、コーヒー買ってきましたよ」

指拾いに行くため玄関で靴を履いていたところを、トイレに行こうとしていた姉に発見された。姉は等々力陸橋までついてきて僕と芳和さんの指探しを見物した。それからコンビニで缶コーヒーを三本買ってくると僕に一本を差し出した。

「姉さん、僕だよ」

「なんだ、恭介だったの。暗くてわからなかった」

姉は驚いてそう言うと金網にもたれかかった。しばらくの間、並んで立ってコーヒーを飲んだ。

「ねえ、腐った柿の匂いって、嗅《か》いだことある?」

姉の視線は道沿いに並んでいる垣根に向けられた。庭木がその垣根を越えて夜空に黒い葉を茂らせていた。

「職場の前の通りに、柿の木があるの。秋になると、地面に熟れた実が落ちてるんだ。ぐずぐずにそれが腐っていて、なんともいえない甘い匂いが道に漂ってる。私はその甘い匂いがいつも怖いのよ。腐って原形をとどめていないのに、どうしてこんなに甘い匂いがするのだろうって。頭がくらくらするような、吐き気がするほどの、濃くて甘い香りなんだもの。それを嗅ぐたびに、きっとこれが死の香りなんだって思うんだ」

姉はそう言うと僕を見つめ、それから金網の向こう側で指探しを続けている芳和さんに目を向けた。

姉の運転する軽自動車に乗って大学を訪れたのは芳和さんの手伝いをするようになって十日後の夜だった。その理工学系の大学は我が家から徒歩で三十分も離れていない場所にあった。生前の鳴海マリアに姉は大量の音楽CDを貸していて、それが大学の研究室に放置されているらしい。CDを回収するついでにみんなと遅い夕飯を食べようという姉の計画に僕も参加させてもらうことにした。

大学というものに興味があり、以前から覗《のぞ》いてみようと思っていた。高校二年の僕はそろそろ進路を決めねばならなかった。財政面を考えると無理だという気はしたが、一応、大学進学も選択肢にはあった。また、鳴海マリアの通っていた場所を見てみたくもあった。

車の助手席に乗っている間中、体を悪寒が走っていた。僕が鼻をすすっていると、「シートカバーをかぶせたばかりなんだから鼻水落とさないでよ」と姉が言った。もう遅いよ。僕はそう返事をしながら、助手席を覆っている布切れにたれてしまった鼻水を手で拭《ぬぐ》った。

僕の体は原因不明の細菌に冒されてしまっていた。日を追うごとに体力の消耗が激しくなり、机にじっと座っていることにも苦痛を感じるようになっていた。自室にいると耳鳴りが聞こえることさえあった。耳の穴の深い暗闇で女の人が髪をかきむしっているような音だった。刻一刻と死の世界が近づいてきているように思えた。まるでガラス瓶の中の彼女が、僕をどこかへ連れていこうとしているようだった。

姉の軽自動車が大学構内に入ると、植樹されている木々の枝越しに巨大な建造物群が見えた。すでに夜九時をまわっているため辺りは暗かったが、建物の窓に点々と明かりがついており人のいる気配があった。駐車場に車を止めて姉はエンジンを切った。

「三年前にね、ここの食堂でマリアに再会したの」

姉は大学内を歩きながら僕に説明してくれた。

「あの子に会うのは中学の卒業式以来だったから、ちょっとびびったよ。この大学に入ったってことは噂に聞いてたけど」

構内を行き交っている大学生たちを見ながら姉はなつかしそうに目を細めた。

夜の大学を歩いている学生の数は少なかったが、まったくいないわけではなかった。高校と違って大学には昼も夜もないらしいと思った。

校舎内部は真新しい造りでエレベーターなどがあり病院の病棟を思わせた。鳴海マリアの所属していた研究室は巨大な校舎の三階にあった。部外者が勝手に入っていいものかと心配したが、姉は気にせず扉を開けて室内に首を突っ込んだ。

「おじゃまします」

「おお、今日は恭介君も一緒なんだね」

姉の後ろから室内を覗くと、白衣姿の三石さんが室内で手招きしていた。彼女は事務椅子に腰掛けておりノートパソコンを扱っている最中だった。研究室にいたのは三石さん一人だけで、芳和さんや土屋さんは別の場所で実験装置を動かしているそうだった。

三石さんがコーヒーをいれてくれたので、それを飲みながら研究室内を眺めた。十畳ほどの部屋に事務机と実験装置がひしめいており、その間にコーヒーメイカーや冷蔵庫などがあった。三石さんが冷蔵庫を開けて何か客に出せるものはないかと探した。冷蔵庫に入っていたのはラベルの貼ってある試験管ばかりで人間の食べられそうなものは見あたらなかった。

研究室に並んでいる事務机の中にひとつだけ空いた場所があった。

「ここがマリアの使っていたデスク」

姉が説明しながら僕の横に立って事務机を見下ろした。机の上にCDケースだけが大量に積み上げられており、どうやらそれが姉の回収しにきたCDたちらしいとわかった。机の表面に手を載せてみるとひやりとした冷たさを感じた。目を閉じると鳴海マリアの尖《とが》った指先が思い浮かんだ。

「恭介君、この大学を受けるの？」

三石さんの声が背後から聞こえた。

「ええと、それは今日の視察しだいです」

僕は机の上から手を放して返事をした。

「心から忠告するけど、理工学系の大学はやめときな。人生を謳歌《おうか》したいならね」

三石さんは顔の前でぶんぶんと手を振ってそう言った。不意に研究室の電話が鳴り出して彼女が受話器をつかんだ。受け答えをする三石さんの横にメモ用紙とペンが置かれていた。

鳴海マリアの遺書がメモ用紙に書かれていたことを思い出した。筆跡鑑定の結果、遺書の文字は確かに彼女自身によるものだったそうだ。目の前にあるメモ用紙が遺書に使われたものなのだろうか、と僕は考えた。

「どうしたの、恭介。顔色が悪いけど、大丈夫？」

姉が僕を心配して聞いた。僕は首を横に振るとメモ用紙を手に取った。

「これは、ずっとこの研究室にあるものなんですか？」

電話を終えた三石さんに僕は聞いた。彼女は、なぜそのようなことを聞くのかという表情をした。

「これ？　うん、ずっとここにある。そういえば鳴海が……」

研究室の扉が開いた。芳和さんと土屋さんの二名が扉の向こう側に立っていた。

「鳴海さんが、どうかしたんですか？」

「それによく落書きしてたなって思い出しただけよ。なんでもない、ただそれだけ」

三石さんはそう言うと、室内に入ってきた二人へ振り返った。芳和さんは白衣、土屋さんは私服だった。この研究室では化学関係の研究で薬品を扱うことが多いので、実験中は基本的に白衣を着用しなければならないそうだ。土屋さんが私服なのは、少し前に白衣をなくしてしまったからだという。

五人で深夜営業のレストランへ出かけることになった。姉と土屋さんが運転して、それ以外の三人はそれぞれの車に分かれて乗りこんだ。レストランではもっぱら僕と芳和さん以外の三人が話をしていた。

僕は時折、店内の時計を見つめて時間を確認した。気づくと芳和さんも時計を見つめており、目が合うと彼はいつもの疲れたような表情で笑みを浮かべた。

きみもか……。

彼がそう口にしたわけではない。しかしそういった心の声が視線を通じて伝わってきた。僕たちはともに等々力陸橋を通りすぎる終電の時間を考えていた。

レストランを出た後、僕たちの乗りこんだ二つの車は等々力陸橋に向かった。線路に入って歩き回ることができる時間となっていた。土屋さんの車が金網そばに停車すると、芳和さんが持参した懐中電灯を持って金網をよじ登り始めた。

三石さんが陸橋真下にある金網の一画をつかんで「ここは開けられないのかな」と言った。金網のその部分に扉が設置されており、鳴海マリアの体を拾い集めた人々はそこを抜けて線路内に入っていた。しかし普段は針金で金網に固定されており扉を開けることは面倒だった。車に工具箱を積んでいた土屋さんと姉が同時に車へ戻りそれぞれペンチやニッパーなどを持ち出してきた。

針金を工具で切り取ると扉を開けて線路内に入り込んだ。五人そろって深夜の線路に侵入するのは初めてのことだった。鳴海マリアが命を断った地面の上に立ち、僕たちは無言でレールを見下ろした。レストランで明るい声を出していた三石さんも黙り込んでいた。白い月明かりが五人それぞれの顔を照らし出していた。昼間に聞こえる轟音《ごうおん》が嘘のようにレールは冷たく沈黙していた。

芳和さんが懐中電灯で足下を照らしながら線路を歩きはじめた。彼はいつものように地面を見つめて鳴海マリアを探していた。僕たちもそれにつられて彼女の指を探しながら線路を歩きはじめた。それぞれが何かを思いつめた様子だった。沈黙の向こう側に鳴海マリアの声があり、みんな彼女の聞こえない声を聞いているのだろうと思った。

美しい笛の音に誘われて、子供たちが暗闇の奥へと消えていく。無言で線路を歩きながら、僕はその光景を想像した。自分たちがまるで笛吹きの後をついて行った、伝説の中の子供たちのように思えていた。羊飼いの後をついてまわる羊でもあった。線路の先は夜の闇に飲み込まれて見えなかったが、そこに鳴海マリアが立っているような気がして、僕は無心で足を動かした。僕は鳴海マリアによってどこかへ連れて行かれようとしていた。肉体を消滅させた彼女が、指だけになりながらはたしてどこを差しているのか知りたかった。

鳴海マリアの真意、および死の真相に気づいたのは十月六日のことだった。その日は平日で、僕はいつもどおり高校に行かなければならなかった。窓から入る朝日を受けながら、姉が食パンにマーマレードを塗っていた。家を出て駅に向かい電車に乗った。しかしその日、布団を出たときから気分が悪く嘔吐《おうと》感が常にあった。

前日の夕刻から僕の体調と頭の中はおかしかった。おそらく等々力陸橋近くのコンビニで遭遇した母のことが引き金となっていた。

十月五日の夕刻、仕事から帰ってきた姉に頼まれてコンビニまで買い物に出かけた。朝食のパンに塗るものがなくなっていたため、マーマレードの小瓶を買い物かごに投入した。そのとき僕の名前を呼ぶ声が背後から聞こえてきた。

振り返ると母が息を切らせて立っていた。我が家を訪ねようとためらっているうちに、僕がコンビニに入るところを見かけて追いかけてきたそうだった。面と向かって話をするのはひさしぶりだった。

母は何を言えばいいのか戸惑った様子で、マーマレードの小瓶やその他が入っている買い物かごと僕とを交互に見つめた。棚の間に棒立ちの状態で僕たちは向かい合っていた。沈黙の後で母は、僕の背丈がまた少し大きくなったことと、十年前のことへの後悔の気持ちを述べた。母の声は今にも消え入りそうなほど弱々しかった。しかし僕はまるで昆虫を観察するように母を見つめてしまった。

たとえ手順を踏んだ離婚だったとしても、僕や姉にしてみれば捨てられたも同然だった。それが今になって後悔していると言われて戸惑っていた。僕はすでに姉のことを母親の代わりとして成長してしまっていた。産みの母が唐突に現れてもその心の中にある愛情を信じられなかった。

人間はそう簡単に変わらない。

だから、母のことが信じられない。

姉は時々、僕にそう言った。僕も同じ感想だった。母に頭を下げると、マーマレード等の入った買い物かごをレジに運んだ。精算が済むとコンビニを出て家の方角に歩いた。振り返ると母が店の入り口から僕の方を見つめていた。家に帰りつくまでの間、僕は頭痛とともに、間近で見た母の顔と姿を思い出した。母はいつのまにか僕よりも背が低くなっており肩幅も狭かった。そして何よりも髪の毛にまじっていた白髪が強く目に焼きついていた。

夕飯を食べないまま僕は部屋に引きこもった。風邪を引いたかのように体がけだるく頭が朦朧《もうろう》としていた。脳がきついベルトで締め上げられているかのようにきりきりと痛んだ。全身に汗をかいた状態で勉強机につくと押し入れから出してきたガラス瓶を見つめた。細く白い鳴海マリアが底に沈んでいた。

ガラス瓶をそっと持ち上げると、中に満たされている透明な液体が揺れた。沈んでいる彼女もまた、意思を持った生物のように揺れ動いた。瓶底で半回転し、彼女はあらぬほうを指差した。

もしも彼女が指輪をはめていてくれたならどんなに良かっただろう。僕は彼女を見つめながら考えた。この指に指輪がはまっており、彼女は芳和さんを愛していたのだと覚《さと》ることができていたら、僕はこの世の何もかもを信じられただろう。母の涙さえも受け入れられたに違いない。

今、指輪の有無により鳴海マリアの心を突き止める試みがなされようとしている。

その結果が唯一、僕にはわかっている。

そのことを考えると息苦しかった。芳和さんにもたらされる結果が、他人のことではないように思われた。

僕は自分の母さえ信じられない歪《ゆが》んだ人間だった。他人がどれだけの想いを隠しているのかなど、どうやって知れというのだろう。表情か？　声の響きか？　視線のさまよいか？　言葉か？　もしもそれら一切が偽りだったらどうする。裏切られて、治療不可能なほど心が出血したらどうする。もう、母の姿を探して家の中をさまよい歩くのは嫌だった。襖《ふすま》やドアを開けて部屋の中がからっぽであることを確認するのは怖かった。人の想いに対して疑問を持つのは、そうならないようにという外交手段なのだ。

しかし芳和さんはそうではない。彼の気持ちが怖いのは、疑うということをせず、どこかに指輪があると信じて線路を歩いているからだ。なぜ無条件に彼女を信頼できるのだろう。なぜ確固としたものは何もないのに、一人の人間を信じられるのだろう。

裏切られたと知ったとき、彼はどうなってしまうのだろう。自分の十年前を僕は思い出した。そしてまた、鳴海マリアのために首を吊《つ》った男の人の話を思い出した。彼女の指に指輪ははまっていないのだ。そのことを覚ったとき、彼もまた、暗闇の中へとさまよいこむのだろうか。

僕はガラス瓶の中の白い指を見つめた。人間に愛情を抱かなかったとある女性の指が、ゆらめきながら、僕を死の世界へ誘《いざな》おうとしていた。暗く憂鬱《ゆううつ》な世界を、白く細い体で彼女が差し示していた。錯覚に違いないが、腐った柿の匂いを不意に感じた。それは禍々《まがまが》しく胸のつまるような匂いだった。

ガラス瓶を持って部屋を出ると玄関で靴を履いた。姉が台所で皿を洗いながらどこへ行くのかと聞いた。僕は自分でも何と答えたのかわからないが、気づくと等々力陸橋の上に来ていた。瓶詰めにされた彼女もまた一緒だった。僕は鳴海マリアの入っている瓶を大きく振りかぶって手すりから投げる用意をした。

このまま彼女をそばに置いていたらいけないと思った。このままでは彼女に死の世界へ連れ去られてしまうはずだった。そのときの僕には、彼女の死が自殺なのか、他殺なのか、もはや問題ではなくなっていた。芳和さんがその指を見つけてどうなろうが、気にしてはいけないと思った。ただひたすらに鳴海マリアのことを忘れ、それを探している男のことを忘れ、僕はだれの愛情も交錯しない安全地帯へと逃げ出したかった。

しかし野球ボールのように彼女を投げることはできなかった。僕は等々力陸橋の上に膝《ひざ》をつくと、彼女の入っている瓶を抱えてうずくまった。頭の中はそのときも霞《かすみ》がかかっており、視界はぼやけてふらついていた。世界のすべてが海面のように歪み、僕は投げ出されないよう必死にガラスの瓶へつかまっていた。その様子を傍から見れば、母親の胸にしがみつく赤ん坊のようだったことだろう。

通りすがりの警官が僕の肩をたたいてどうかしたのかねと質問した。僕は鳴海マリアの沈んでいる瓶を抱いたまま首を横に振り立ち上がった。家に戻って再びガラス瓶を押し入れに隠し、僕は布団へもぐりこんで悪寒に耐えた。

翌日の十月六日。

その日は平日で僕はいつもどおり高校に行かなければならなかった。窓から入る朝日を受けながら、姉が食パンにマーマレードを塗っていた。家を出て駅に向かい電車に乗った。しかしその日、布団を出たときから気分が悪く嘔吐感が常にあった。

電車内は人が多く混雑していた。座席はどこも埋まっており僕は立っていなければならなかった。朦朧とする意識を必死で保って窓から外ばかり見つめていた。車内にひしめいている頭の数々を見ているとそのうちに吐いてしまいそうだった。

重くてだるい頭の中で様々な悪夢が生み出された。目を閉じれば暗闇の中で白く細い指がウジ虫のように蠢《うごめ》いていた。ポケットに手を入れればあるはずのない鳴海マリアの指が僕の指にからみついてきた。猫の鳴き声が聞こえたので足下を見ると、白猫が真っ赤な舌で鳴海マリアの指を愛《いと》しげになめていた。しかし電車内に猫がいるはずもなく、瞬きをしているうちにどこかへ消えてしまった。

僕は悪夢に耐えながら窓の外に意識を集中させた。等々力陸橋を通過する直前の景色が外を過ぎ去っていた。金網へ背中をつける形で様々な建物が並んでいた。濃い青色に塗られた建物の壁が窓の外を通り過ぎた。そこは正面から見ればレンタルビデオショップのはずだった。その青い壁は一瞬で見えなくなってしまったが、そのとき心に何かが引っかかった。

青い壁……。

目に映ったその色が僕を緊張させた。

青い壁がどうかしたのか？

僕は自分に問いかけて、朦朧としている脳を叩《たた》き起こした。必死に記憶を掘り返しているうちに、僕の脳は霞の奥からある記憶を引きずり出してきた。それは鳴海マリアの指をホルマリンに漬けてしまう直前のことだった。彼女の指の側面に、さきほど見たのと同じ濃い青色のペンキがついていた。

電車で肉体を破壊された瞬間、指が空中を飛んであの壁にぶつかったのだろう。そのとき壁にペンキが塗られたばかりで、乾いておらず、指に塗料が付着してしまったのだ。

本当にそうなのか？

再び胸中で自分自身への問いかけがなされた。

それはありえないことなんじゃないのか？

そうだ、その通りだ。

ありえないことが起こっているぞ。

等々力陸橋を電車が通過した。陸橋下の陰に電車が入り、一瞬だけ窓の外が暗くなった。窓ガラスが鏡のようになり、僕と、その背後に立っている女性の姿を映し出した。その女性は僕へ寄り添うように立っているのだが、奇妙なことに左手の薬指が見当たらなかった。

直後に窓の外は朝の光景へと変化し、彼女の姿も見えなくなった。僕は振り返って背後を確認しようとしたが、ひどい眩暈《めまい》に襲われてそのまま床へ倒れてしまった。視界が白くなっていき、周囲のざわめきも遠くなっていった。気絶するその瞬間まで、体の下から聞こえてくる、がたん、ごとん、という電車の振動を感じていた。

7

4

そばにだれかいるような気がして、僕は細く目を開けた。カーテンを透かして入る外の光がまぶしかった。いつのまにか見知らぬベッドの上に横たえられ、乾いた薄い掛け布団に包まれていた。室内の様子から、どうやら病院の一室らしいとわかった。そばにだれかがいるというのは気のせいだったらしく、室内には僕一人しかいなかった。

看護師を呼んで事情を聞くと、僕は電車の中で倒れて病院に運ばれてきたそうだった。やがて医者が病室に来て、僕の胸に聴診器をあてた。いつから眩暈がしていたのか、食事はきちんととっているのか、などを医者が質問した。

「最近、新築の家に引っ越したりはしてない？」

聴診器を胸の上から遠ざけて医者は問いかけた。

「引っ越しはしてません」

はだけていた制服のボタンをとめながら、なぜそのようなことを聞かれるのだろうかと思った。

「じゃあ、接着剤とかペンキとか、何かそういうものを部屋にこぼさなかった？　あるいは、容器の蓋《ふた》を開けたままにして部屋に置いてない？」

咄嗟《とっさ》に、ホルマリンの入った瓶のことを思い出した。

「……そういえば、接着剤がこぼれて畳に染みこんでます」

僕の嘘に医者は気づかず、納得した顔で頷《うなず》いた。

「たぶん、シックハウス症候群だろう。換気をよくしなさい。そうすれば大丈夫だから」

診察を終えて医者と看護師は病室から出て行った。部屋に一人で残されて医者の言葉を考えた。

シックハウス症候群という言葉には聞き覚えがあった。防腐剤、塗料溶剤、接着剤、木材保存剤、防蟻《ぼうぎ》剤などの中に含まれている化学物質が原因で発生する病気である。特に新築の家にはそれらの化学物質が充満しており、シックハウス症候群になりやすいという。症状としては、発汗異常、不安、鬱状態、喘息《ぜんそく》、など様々なことがあげられる。

鳴海マリアの指を拾った次の日、図書室にあった化学関係の本で僕はホルマリンについて調べた。そこに掲載されていたのがその病名だった。アルデヒド系の物質であるホルマリンは、シックハウス症候群の原因物質のひとつだった。

蛙の標本を持ち帰ったとき、瓶を床に落としてしまった。その際、縁に白いひびが入ってしまった。密閉に問題はなさそうだったため無視してそのまま使用していたが、そのひびから少しずつホルマリンが蒸発していたのに違いない。揮発したものが少量だったため僕は気づかず、毎日瓶をながめながら、その物質を吸い込み続けていたのだ。

「恭介、もう起きて大丈夫なの……？」

病室の扉が開いて、心配そうな表情の姉が室内に入ってきた。看護師が僕の持ち物を元に学校に電話して、学校から今度は姉の職場に連絡がいったそうだった。

「電車の中で倒れたって本当？」

「うん。まあ、自慢じゃないけどね」

僕は靴を履きながら返事をした。看護師の話によると、気分が良くなったら帰ってもかまわないそうだった。

病院を出ると外の光に目が眩《くら》んだ。時間は正午を過ぎたばかりのようだった。原因がわかったとはいえ、頭の中には霞が残っていた。ふらつきそうになる体で姉の軽自動車まで歩いた。

僕が助手席に乗り込むのを待って、姉がエンジンをかけた。

「これからどこに行くの？」

「決まってるでしょ。あんたを家に連れて帰るのよ。自分の部屋でおとなしくしてなくちや」

病気の原因がホルマリンの漂う僕の部屋にあることを姉は知らなかった。

「それよりも姉さん、大学に連れて行ってくれないかな」

「なんで？」

姉は首を傾げた。しかし僕はその問いかけに対して姉を納得させるだけの返答をまだ持っていなかった。

「みんなに、いろいろ聞きたいことがあるから」

「聞きたいこと？　何を聞くの？」

「まだ考えてない……」

姉は怪訝《けげん》そうな様子で僕を見つめた。

気絶する前に考えたことが心に引っかかっていた。詳細はまだわからないが、彼女の死は自殺ではなかったという確信だけが僕の中にあった。

研究室に行って再び彼らと話をする必要があった。僕は彼らから情報を聞き出して、そこから鳴海マリア殺害の犯人を割り出そうと考えていた。

姉がアクセルを踏み、軽自動車が動き始めた。病院の駐車場から出ると、姉はハンドルを切って大学の方に車を向けた。

「どうしたの？　熱でもあるの？」

姉が運転をしながら言った。僕は首を横に振って視線を窓の外に向けた。病院のある栄えた地域を過ぎ、やがて完全な水田地帯へと軽自動車は入り込んだ。見晴らしの良い県道はまっすぐに伸びており、走っている車は姉の軽自動車以外に見あたらなかった。稲を輝かせる陽光に目を細めながら、なぜ自分がこのような役回りを与えられたのかと考えた。

なぜ自分が彼女の指を拾い、だれも疑っていない彼女の死を調べ、そして今から犯人探しをしようとしているのか。

白猫が僕の下に彼女を連れてきたことが原因だった。しかしよく考えてみると、それは偶然などではなく、因果関係が背後にあった。

白猫が彼女の指をどこかの道ばたで拾い上げたのには理由があった。その指がかつて自分をかわいがってくれた指であることを知っていたからに違いない。

白猫が我が家の裏庭に指を運んできたことにも理由があった。なぜなら僕がそこでよく餌をあげていたからだ。

では、なぜ僕は白猫に餌をあげていたのか。

なぜなら彼女の猫だったからだ。

僕の中にあった鳴海マリアへの好意が、今の役回りを僕に与えていると思えた。まるで、自分への気持ちに気づいた死後の鳴海マリアが、白猫を操り、自分を殺害した犯人の捜索を僕に命じたようだった。そう考えると僕は救われた。

さて……。

助手席のシートに深く腰掛けて気持ちを引き締めた。大学は病院からそれほど離れておらず、到着するまで五分ほどしかかからない。研究室にいる三人にそれぞれ質問しなければならない。混乱しないように、質問事項を頭の中でまとめておいたほうがいいだろう。大学の駐車場にたどり着いたら、姉を運転席に残し、僕だけ軽自動車を降りて研究室に行こう。一対一での話し合いが、最も都合が良いはずだ。

最初に僕は自分の知っている事柄を見直すことにした。自分にわかっていることと言えば、今のところ『鳴海マリアの死は自殺ではない』ということのみだった。

なぜ自殺ではないと断定できる？

僕は胸の中で自分自身に話しかけた。

なぜなら、彼女の指にペンキが付着していたからだ。

胸の中で自分自身が返事をした。

ガラス瓶に入れる直前まで、鳴海マリアの指には濃い青色のペンキが付着していた。爪でこすって綺麗《きれい》にしたことを覚えている。

そのペンキは、線路沿いの金網に背中をつけて建っているビデオショップの壁と同じ色だった。

「姉さん」

運転中の姉に話しかけた。

「線路沿いを走っててさ、ビデオショップの他に青色の壁の建物って、見かける？」

「なに？」

「なによ、突然」

姉は戸惑いながらも、記憶を探るような表情をした。

「ビデオショップ以外になかったと思うけど……」

「じゃあ、地面は？　青色のペンキで描いてある道路標示って何かある？」

「道路標示？　たいていは白か黄色なんじゃない？」

「わかった、ありがとう」

礼を言って僕は再び窓の外に目を向けた。

夏の終わりかけたあの夜、鳴海マリアの肉体は広範囲に飛び散って建ち並ぶ家々の壁に赤色の染みを作った。ビデオショップは等々力陸橋から五十メートルほど離れた場所にあり、その壁に彼女の血が飛び散っていてもおかしくはなかった。実際にあの夜、飛んできた体の破片のいくらかがその壁に当たって落下していたかもしれない。

しかし鳴海マリアの指に青色のペンキが付着しているのはありえないことだった。

ビデオショップの壁がその色に塗られたのは、彼女の死んだ夜から三日後の、僕が指を拾った日のことだった。佐藤と電車に乗っているとき、塗られている途中の壁を窓越しに見た。朝のうち白かった壁が、夕方には二階の部分だけ中途半端に青くなっていた。つまり彼女が死んだ夜、壁は白いままだったはずだ。

では、どの段階で指にペンキが付着したのだろう？

それは、ペンキが塗られてから乾くまでの短い時間だったに違いない。つまり、僕が指を拾った日に彼女の指は青いペンキで汚れたのだ。

なぜ電車に轢《ひ》かれてから三日の間をおいて彼女の指が汚れたのだ？　なぜ自分は、ただそれだけの情報で自殺ではなく他殺だったと直感してしまったのだ？　それは性急にすぎる思考なのではないか？

僕の中にある人間不信回路が自分に対して疑いをぶつけた。

指の青い汚れは、白猫につけられたものだったのではないのか？　白猫が落ちている指を発見し、裏庭へ運んでくる途中、ペンキが塗り立ての壁で汚してしまったのではないのか？

そうかもしれない……。

それなら、おかしなところは何もない。彼女はやはり自殺だったのだ。だれかに殺されたというのは僕の考えすぎだ。

いや、ちがう！

その日、ペンキが塗られていたのは二階部分だけだった。白猫が指をくわえたままペンキの塗られている二階部分まで飛び上がったなど考えられない。壁に出っ張りはなく、猫が上がれるような足場など見あたらなかった。

だとすると、どうなる？

おそらく、他のだれかの力がそこに作用したのだ。

他のだれか？　通りすがりの人物が路上に落ちている指を発見して、拾い上げ、ビデオショップの壁めがけてまた投げ捨てたとでも？

おそらくその通りだ。そうする以外に、二階の壁へ指が当たる状況が考えられない。電車による衝撃で飛び散って壁に当たったのでないとするなら、だれかが放り投げて、たまたまペンキを塗り立ての壁に当たったのだ。

その人物は、なぜ指を投げたのだ？　そもそも、指を発見し、それを拾い上げさえしながら、なぜ警察に通報しない？

通報しないのは、おそらく……。

おそらく……、その人物が鳴海マリアを殺したからだ。犯人という役柄の人物を設定しなければ、指に付着していたペンキを説明できないではないか。

窓の外に広がる田園を見つめながら息を吐き出した。長いこと呼吸するを忘れて僕は考え込んでいた。

「ねえ、恭介、冷房つけようか？」

姉がそう言ってカーエアコンの操作をした。いつのまにか僕は額に汗をにじませていた。汗を拭《ぬぐ》いながら頷いて、再び自分への自問自答を再開した。

鳴海マリアが死んで三日後、指を壁に向かって投げた人物がいた。それがおそらく犯人だった。以上が、これまでに僕が導いた推論である。しかしそこには疑問があった。

犯人はどのような理由で鳴海マリアの指をビデオショップの壁めがけて投げたのだ？

僕は少し考えてから自分自身に返事をした。

違う。壁に向かって投げたんじゃない。線路内に戻そうとして、金網の手前から放り投げたのだ。しかし強く投げすぎて指は金網と線路を越えてしまった。反対側にあるビデオショップの壁にぶつかってしまったのだ。以前に僕も懐中電灯で同じようなことをやってしまった。

しかし犯人自身が落ちていた指を拾うなんてすごい偶然だぞ？　鳴海マリアの指は、三日の間、だれにも見つからずに路上で転がっていたということか？　そして犯人がたまたま路上で指を発見して線路内に投げ入れようとしたわけなのか？

ちがう……。おそらく、三日間、指は犯人以外に見つからない場所にあったのだ。

それはどういうことだ？

つまり、犯人はそのときまで指を所持していたということさ。鳴海マリアを殺した夜から三日間、ずっとそばに置いていたのだ。線路の清掃が終わり、完全に自殺だと断定されたのを見計らって、指を線路に戻そうとしたのだ。

犯人はなぜ指を持っていった？　線路でばらばらになった鳴海マリアの体から、なぜ指だけを拾って隠していた？

わからない……。

他にも疑問があるぞ。鳴海マリアが死んだ夜、広範囲に落ちている体の部品から、なぜたまたま彼女の指を探し出せた？　周囲は暗かったはずだぞ？

犯人がわざわざ指を探したのではなかったとしたらどうだろう。

どういう意味だ？

あらかじめ指だけを切り取っていたのだとしたらどうだろう。鳴海マリアの体が電車によって破壊されるよりも前に切断したのだ。それなら、散らばっている中から探さなくて良い。

切断していた？　なぜ？

わかりきっている。はずれなかったからだ。鳴海マリアは犯人の衣類を強く握りしめた。だから爪の中に白い糸くずが入り込んだ。犯人は彼女の指をはずそうとして付け根から切り取ったのだ。

それは犯人が彼女を陸橋から突き落とす瞬間か？　鳴海マリアが衣服を握りしめること

は事前に予測できなかったはずだぞ？　どうして都合良く指を切断する道具が手元にある？　犯人は未来を予知していたとでも言うのか？

いや、都合良くそばに道具があったのだ。

陸橋の上にそんなものがあったというのか？

そうじゃない。つまり……陸橋で指が切られたわけではないということだ。

どういうことだ？　鳴海マリアは、陸橋から突き落とされるとき、落ちまいとして咄嗟《とっさ》に犯人の衣服を握りしめたわけではないのか？

違う、という結論になる……。

陸橋以外の場所で、犯人の衣服を握りしめていた？　それはどのような場合が考えられる？

例えば、首を絞められたのだとしたらどうだろう。鳴海マリアは陸橋とは別の場所で首を絞められて殺害されたのだ。彼女はそのとき、苦しみから犯人の衣服を握りしめた。息絶えた後も彼女の手はそのまま固く強《こわ》ばり、服を離そうとしなかった。だから犯人はしかたなく指を切断したのだ。

電車に轢かれた以外に死因があると？　しかし、それでは首を絞められた跡が死体に残っているはずだ。

犯人は、それを隠蔽《いんぺい》するために彼女の体を電車でばらばらにしたのかもしれない。犯人はどこかで彼女を殺害して指を切った後、遺体を等々力陸橋まで運んできて線路に寝かせたのだ。例えば首を絞めたのなら、レールの上に首を横たえただろう。刃物で突いたのなら、その部分を車輪の通り道に置いただろう。指を切断した彼女の手もレールの上に載せた。電車の車輪に踏みつぶさせたのは、死体に残っている外傷をわからなくさせるためだったのではないだろうか。

鳴海マリアが電車につぶされたのは、他殺であることを隠蔽する犯人の意図だったということか？

そうだ……。犯人は鳴海マリアが線路へ飛び込んだように見せかけるため、陸橋の上に彼女の靴を並べ、そして彼女直筆の遺書を置いた。以前にも陸橋から飛び込んで自殺した人間がいた。犯人はそれに似せることで、今回もまた自殺だと思わせようとしたのだ……。

車は田園地帯を抜け、県道沿いに家の散らばっている地域へ入っていた。

「コンビニに寄ってもいい？」

姉はコンビニエンスストアの駐車場に車を乗り入れた。

「ジュース買ってくる。あんたも降りる？」

僕は首を横に振って車内に残ることを告げた。姉が車を出て行くと、僕は助手席の窓に額をつけて外を眺めた。田園のはるか遠くを電車の細長い体が横切っていた。

あれは鳴海マリアの体をひきつぶした電車だろうかと考えた。彼女の体を破壊した車体は洗浄されて再びレールの上を走っているという噂だった。彼女の肉体をつぶした乗り物に大勢の人間が乗り込んで会社や学校に通勤・通学しているのかと思うと不思議な気持ちにさせられた。

やがて姉が二本の缶ジュースを持って車に戻ってきた。運転席に乗り込むと、姉は持っていたジュースのうち一本を僕にくれた。

「気分はよくなった？」

「うん、だいぶね」

缶ジュースを開けながら僕は答えた。

「何か考え事してたの？」

「鳴海さんのことをちょっと……。もしもあの人の死が自殺じゃなかったとしたら、というようなことを考えてたんだ」

姉は咳《せ》き込んでジュースを噴き出しそうになった。呼吸を落ち着かせた後、姉は真剣な表情になった。

「マリアが自殺じゃなかったとしたら、何なわけ……？」

「だれかに殺されたんだよ」

「だれに？」

僕は首を横に振った。それを聞きたいのは僕の方だった。

だれが彼女を殺害し、指を切り、線路に運んで寝かせたのだ？

それはみんなの話を聞いてからでないとわかりそうになかった。姉は僕の顔を怪訝《けげん》そうに見つめてから車のエンジンを始動させた。コンビニエンストアの駐車場を出ると、姉の運転する軽自動車は大学のある方向へ県道を進み始めた。

だれが彼女を殺害し、指を切り、線路に運んで寝かせたのだ？

胸中で再び問いかけがあった。

だれが彼女を殺害し、指を切り、線路に運んで寝かせたのだ？

だれが彼女を殺害し、指を切り、線路に運んで寝かせたのだ？

その疑問ばかりが繰り返された。

いきなり解答がわかるはずない！

僕は頭の中に住んでいる問いかけ好きの自分に返事をした。研究室のみんなから話を聞いた後、もっと情報を集めてから出されるべき問いかけだ。今はまだ、みんなに効率よく質問できるように、できるだけ様々な可能性を考えておくだけでいいのだ。

それでは別の問いかけをしよう。

そうしてくれ。

鳴海マリアはどこで殺害された？

わからない。しかし陸橋ではないと思う。どこか、指を切断する道具のあるところだろう。殺害後、たまたまその道具がそばにあったから、犯人は彼女の指を切ることができたのだ。

殺害して指を切断した後、犯人はどうやって鳴海マリアを等々力陸橋まで運んだ？　背負って運んだとは考えにくい。おそらく車で運んだのだ。

では、なぜ犯人は鳴海マリアを等々力陸橋まで運んだ？

さっきも答えたはずだ。他殺の跡を電車の車輪によって破壊したかったからだ。

では、なぜわざわざそうするのに陸橋を選んだ？　そうするのなら、踏切でも、普通の線路上でもかまわなかったのではないのか？

何度も同じようなことを質問しないでくれないか。もう一度言うぞ。電車への飛び込み自殺に見せかけたかったからだ。数年前に大原陸橋で自殺があった。この辺に住む人間なら、陸橋で人が死んだというだけで「ああ、またか」と思うだろう。犯人は鳴海マリアの死と大原陸橋での自殺とを重ねて見せたかったのだ。

犯人は鳴海マリアの死を、徹底的に自殺へ見せかけたかった？

その通りだ。不審な事故ではなく、自殺でなければいけなかった。だから踏切や線路に彼女を寝かせるのではなく、陸橋の真下に彼女を寝かせたのだ。

では、なぜ等々力陸橋をその場所に選んだ？

………。

その問いかけが自分の内側でなされた瞬間、鳥肌がたった。

「ねえ、恭介……」

姉が前方を見つめながら言った。

「マリアの指輪って、本当に存在するのかしら?」

僕は運転席を振り返って姉の横顔を見つめた。

「芳和さんは必死に線路を探し回ってるけど、指輪の実物を見た人間ってどこにもいないのよね。土屋君も、三石さんも、見てないって。もしかして、最初から存在しないものなんじゃないかって考えられない?」

犯人は、なぜ等々力陸橋をその場所に選んだ?

「あ、ごめん。冷房がきつすぎた?」

姉が横目で僕を見てそう言った。僕が鳥肌の浮いている腕をさすっていたからだ。

「大丈夫。それよりも、なんで指輪が存在しないなんて言うのさ」

「指輪があんまり見つからないからよ……。あなたが毎晩、芳和さんにつきあってるのはよくない気がする。だから、そういうことにしておいたほうがいいかなって。今晩は外出禁止だからね」

姉は心配そうな表情で僕を見て、それから再び道路の前方へと視線を向けた。

犯人は、なぜ等々力陸橋をその場所に選んだ? なぜ、大原陸橋をその場所に選ばなかったのだ？

その通りだ。もしも自分が犯人なら、等々力陸橋ではなく大原陸橋の下に鳴海マリアを寝かせるだろう。大原陸橋は数年前に自殺が起きたその場所だった。鳴海マリアの死を自殺に見せたいのならその場所を利用すれば好都合じゃないか。おまけに大原陸橋はほとんど人も通らない。市内にある陸橋の中で最も自殺に適している場所だ。

それにひきかえ等々力陸橋は勝手が違っている。周囲には民家があり、コンビニエンスストアもある。金網のそばに車を止めて鳴海マリアの体を運び出しているところを目撃されるかもしれない。線路に彼女を寝かせた後、階段を上がって彼女の靴を陸橋に並べなければならない。危険すぎる。そこをだれかに見られたらその時点でおしまいじゃないか。

犯人は、なぜ大原陸橋ではなく、等々力陸橋の下に鳴海マリアを横たえた？

おそらく、危険を冒してまでそうしなければならない理由が犯人にあったのだ。

その理由とは？

犯人は、知っていたのだ……。

何を知っていた？

…………。

「姉さん、車を止めて」

僕は姉に声をかけた。すでに大学の白い校舎が前方に見えていた。陽光を受けて校舎はまぶしく輝いていた。

「でも、もうすぐ大学に着くよ?」

「いいから」

姉はしかたなく軽自動車を路肩に止めた。姉は振り返って僕を見ると驚いた顔をした。

「どうしたの?」

自分はそれほどまでに悲愴《ひそう》な顔をしていたらしい。

「……犯人は知っていたんだ」

僕は姉に訴えかけた。

「犯人は、あの夜、大原陸橋に人がいることを知っていた。だからしかたなく、等々力陸橋に鳴海マリアを連れて行ったんだ。姉さん、もう僕は大学に行く必要はなくなったんだ。研究室でみんなに質問することもなくなった。ねえ、わかる? 大原陸橋にいた人間、それは僕と佐藤のことだよ。鳴海さんを殺害した犯人は、大原陸橋に僕たちがいることを知っていた人物だ」

姉は車のエンジンを切った。そうなると軽自動車の中は静かになり、お互いの呼吸や衣《きぬ》擦《ず》れの音さえよく聞こえてきた。

「僕はあのとき、姉さんに電話をかけたよね。大原陸橋で花火をするから来ないかって。あの夜、大原陸橋に人がいたことを事前に知っていた人間は、姉さんだけだった。姉さんが、鳴海さんを殺したんだ」

epilogue

職員室で先生に挨拶《あいさつ》をした後、家に帰るため校舎を出ようとしていた。下駄箱で靴に履き替えると、それまで履いていた上履きを手提げ袋に突っ込んだ。もう学校に戻ることはおそらくないはずだ。

「鈴木先輩」

振り返ると佐藤が立っていた。彼と話すのはいつ以来だっただろうかと考えた。たしか、鳴海マリアの指を拾った日に電車内で会話をしたのが最後だった。

「お前、授業は？」

「さぼりですよ。先輩が行ってしまう前に、報告しておこうと思っていたことがあって。俺、野球部に復帰できそうなんです」

煙草が原因で起きた部室のぼや騒ぎは彼のせいになっていた。しかしその犯人が、本当は将来有望な二年生の生徒であることは野球部内でだけ知られていた。

「僕が顔を出していない間に何かあったの？」

「栗木先輩が、自分から他の先生に打ち明けてくださったんです。『自分がやったことだ。

佐藤は関係ない。佐藤を部活に出させてやってくれ』って」

話をしている彼の顔に、もう以前のようにふさぎ込んだ様子はなかった。よかったな、と僕が言うと、彼は少しだけ笑みを浮かべて頷《うなず》いた。

だれかに裏切られて人を信じられなくなり、また別のだれかに救われて他人を信じようと決心する。目の前に立っている佐藤という一歳下の男は、その行程を辿《たど》り戻ってきたのだなと考えた。

僕と姉は、おそらくその行程の途中で戻ってこれなくなっていたのだろう。

「先輩、お姉さんから連絡は……？」

真面目な顔つきになって佐藤が質問した。僕は首を横に振って、一週間前のことを思い出した。十月六日、病院を出た後、軽自動車の中で僕は姉の犯行を告発した……。

姉さんが、鳴海さんを殺したんだ。

そう言った僕の顔を姉は悲しそうな様子で見つめていた。僕の発想を笑って馬鹿にしなかった。否定して怒り出すこともなかった。告発を受け止めると、姉は無言で目を伏せた。エンジンは切られており、狭い軽自動車の中は耳鳴りがするほど静かだった。僕はシートカバーの被《かぶ》せられている助手席の縁を強く握りしめた。

「なぜ、そんなこと言うの……」

姉はうつむいたまま声を出した。まっすぐの髪が流れて肩から落ちた。黒い布で覆い隠したように姉の表情が見えなくなった。

「鳴海さんを殺した人間がいるとしたら、なぜ大原陸橋を選ばなかったんだろう。犯人は、僕と佐藤がそこにいたことを知っている人間なんじゃないかって考えたんだ」

「たったそれだけで私が犯人じゃないかって思うのはあんまりよ。犯人は、あなたたちのやっている花火を見て、等々力陸橋へ引き返したのかもしれない。花火だったら、遠くからでも見えるでしょう」

胸に痛みが走った。肉体的な痛みではなかった。痛みの正体は、姉の首根っこを捕まえようとしている自分の行動だった。

「それはありえない。なぜなら、花火はしけっていてつかなかった。僕たちは暗闇の中でただ座っていた。大原陸橋のそばまで来なければ、僕たちがいることなんてわからないはずだ。その夜、僕と佐藤が大原陸橋にいることを遠く離れた場所で知っていたのは姉さんだけだったんだよ」

僕は助手席のシートカバーを見て、それから後部座席におかれた工具入れを見つめた。みんなで線路を歩いた夜、金網の扉を開けるために姉はニッパーを車から持ち出してきた。

「ここで、鳴海さんの指を切ったんだね」

あの夜に針金を切断したニッパーなら、彼女の指を切断することなど簡単だったはずだ。

僕はドアを開けて外に出た。車が停車しているのは大学の手前にある広い道路で、美しい並木が道に沿って植わっていた。太陽の光がアスファルトに反射して眩しかった。

外から改めて助手席を眺めた。シートカバーはベージュ色で、座席を包んで紐《ひも》で固定するタイプのものだった。鳴海マリアが死ぬ以前にそれはなかった。座席の下に手を這《は》わせてシートカバーの紐を探した。指先がどうしようもなく震えてなかなかそれは見つからなかった。ようやく紐を見つけて解くと、カバーのすそをつかんで引きはがした。カバーの下から現れたのは、座席に点々とついている赤黒い染みだった。遠目に見てもわかるほど《ほど》大きな径をしていた。

「姉さん、これは」

僕は座席の染みを指先で撫《な》でた。

「それは……」

姉は小さな声で囁《ささや》くように呟《つぶや》いた。

「それは、あの子の血よ……」

自分が鳴海マリアを殺したのだと、姉はそうやって認めた。

「血が落ちてしまって、カバーを買ってきて隠してたの」

目の前の染みが意味することを覚《さと》り、膝《ひざ》の力が抜けそうになった。つまり僕は、今までずっと、鳴海マリアの殺害された場所に腰掛けていたのだ。それに気づかないまま、彼女はだれに殺されたのだろうと自問自答を繰り返していたのだ。

　どうして……。

実際に自分が声を出しているのか、それとも頭の中だけで響いた言葉なのか、それさえもわからなかった。

　よく覚えてないの。

　ぐったりとして生気のない姉の声が運転席から聞こえてきた。

　姉は僕から顔をそらすように運転席の窓を向いた。僕には後頭部が見えるだけでどのような表情をしているのかわからなかった。軽自動車の車内は、陽光の降り注ぐ外に比べて洞穴の中のように暗かった。

「今から三年前、私は高校時代の知り合いに会うため、あの大学に足を運んでた。このこと、あなたに話したっけ……」

　僕は車の外に立ちすくんだまま、身動きできずにその声を聞いていた。

「その知り合いってね、高校のときから土屋君の親友だった人なの」

　姉と土屋さんは同じ高校だった。そしてもう一人……。

「彼が首を吊《つ》ったとき悲しかった。ずっと好きだったの。信じられない気持ちだった。でも、鳴海マリアに狂わせられたのなら、そういうこともありえるかもしれないと思ったのよ。彼女のような人間なら、人間の一人くらい死んでしまうかもって」

だから彼の死後も姉はそのことを隠して、二年間、鳴海マリアと親交を保っていたという。

「あの子に対して憎しみはほとんどなかった。不思議なことだけど、彼女の首を絞めるほんの直前まではね」

「九月十七日に、いったい何があったの？」

「あの子から携帯電話に連絡があってね、『相談したいことがあるからちょっと来てほしい』って言われたんだ」

姉は仕事帰りに大学の駐車場へ向かった。そして助手席に乗り込んだ鳴海マリアから、芳和さんとの約束を聞かされたそうだった。

鳴海マリアは芳和さんに渡された指輪を持っていた。それをはめて彼に会いに行けば結婚する意思があるという意味だった。

「あの子はそれで迷っていて、私に相談を持ちかけてきたみたい。だれにも話していなかったらしいの。彼に贈られた指輪も、絶対に人前でははめなかったって。でも、私が大学に到着したとき、あの子はすでにもう心を決めていた……」

僕はポケットから指輪を取り出して芳和さんに見せた。手のひらに載っている指輪は銀製でほとんど装飾はなかった。蛍光灯の明かりを反射して指輪の縁が輝いていた。

「芳和さん、これ、姉さんの部屋の机に入っていました。あなたが鳴海さんに送った指輪って、これですね?」

指輪を彼に渡すとき、腰掛けている研究室の事務椅子が高い音をたてた。白衣姿の芳和さんは、指輪を見つめて頷いた。

「間違いありません、私が探していたものです……」

彼の指が摘んでいる小さな銀製の輪を僕も見つめた。中心の何もない空間に視線を注ぎ、その向こう側にいたはずの鳴海マリアについて考えた。彼女がいったい何者だったのかを僕は必死で知ろうとしていた。指だけになってしまった彼女の実体を手でつかもうとしていた。そして僕は、自らの手で母親代わりの姉を告発したとき、鳴海マリアの真意を同時に知ったのだ。

「殺害されたとき、鳴海さんは指輪をしていたそうです。そう姉さんから聞きました。そして、その指輪が引き金になったんです」

姉は軽自動車の中で鳴海マリアから結婚の意思を聞かされた。そして服のポケットから指輪を取り出し、姉の目の前で自分の手にはめたという。鳴海マリアは指輪のはまっている自分の手を見ながら、世界中の花束を受け取った少女のように幸福そうな微笑みを浮かべていたそうだ。姉がどのような気持ちで彼女の話を聞いていたのかは想像するしかなかった。鳴海マリアは姉にとって、自分の好きな人をチェスの駒のように扱って死に至らしめた人間だったのだ。

「その瞬間、自分は彼女が憎いのだということを、姉さんは覚った……。次に正気へ戻ったとき……」

助手席には首を絞められて動かなくなった鳴海マリアがいたそうだ。

芳和さんは指輪を見つめたまま無言だった。僕の話に対する反応や表情の変化はなかったが、聞いていることだけは間違いなかった。

「姉さんはしばらく車内で考えた。どうやったら自殺に見せかけられるのかを……」

まさにそのとき、姉の携帯電話が鳴り響いた。電話をかけたのは僕だった。大原陸橋で花火をするから来ないかという誘いの電話だった。

「僕からの電話により、大原陸橋で自殺があったことを姉は思い出した。そして電車に轢《ひ》かせることを思いついたんです」

ようやく芳和さんは指輪から視線を上げて僕を見た。言葉は発さなかったが、彼は驚いたような表情をしていた。

「僕の電話が、姉さんにアイデアを与えてしまったんです。大原陸橋には僕と友人がいたので、等々力陸橋に鳴海さんの遺体を運んだそうです。線路に寝かせ、陸橋から飛び降りて気絶しているように見せかけた。そして奇跡的に、それは誰にも見咎《みとが》められなかった……」

「きみの話によると、その直前に指を切ったそうですね」

「切り取った指は持ち帰った。もちろんそれが指輪のはまっていた指です」

「なぜ持ち帰ったのでしょうか」

「指輪を外したかったのだと、姉さんは説明しました」

軽自動車の中から聞こえてくる姉の声を思い出しながら答えた。

指輪の存在を消滅させることで、姉は、事実と異なる人物像を死後の鳴海マリアに付与させようとしたのだ。指輪が見あたらないということは、鳴海マリアの場合、他人へあげてしまったという想像につながった。それは芳和さんへの愛情もただの演技へ成り下がるという意味だった。

私はね、死んだ後のマリアの魂まで殺したかったのよ。

暗く虚《うつ》ろな姉の声が耳によみがえり、僕は冷たいものを背筋に感じた。姉のことを母親の代わりとして慕い続けていた。だからよりいっそう、暗い軽自動車の奥から聞こえてくる声が怖かった。

「その場で指輪が外れなかったわけですね」

芳和さんの質問に、僕は頷《うなず》いた。

「だから指ごと持ち帰った。姉はそれ以外の部分を線路へ寝かせました。結局、指輪は外されて机の引き出しにしまわれていました」

「でも、電車に轢かせて肉体を破壊しただけで、他殺の可能性を警察が消すでしょうか。ばらばらの体を調べたら、事前に殺害された人間だとわかるものなのではないでしょうか」

芳和さんが呟いた。

言うべきかどうか躊躇《ためら》った後で、姉に聞いた話を告げることにした。

「姉が彼女を線路に横たえたとき、まだ鳴海さんには息があったそうです」

彼が僕を見た。

鳴海マリアの死後、指が服をつかんで離さなかったという推理は姉によって否定されていた。生地が破れるほど強く服を握りしめられてはいたが、すぐに外れたそうだ。つまり僕の推理は妄想が混じっていたことになる。姉が指を切り取ったのは、指輪を回収したかったという理由のみだった。

首を絞めた直後、助手席で動かない彼女を見て、殺害してしまったと姉は思いこんだという。自殺に見せかけようと陸橋そばに移動した後、指輪を回収するため車内で彼女の指を切り取った。しかし、彼女の体を線路に横たえてその場を立ち去るとき、鳴海マリアを寝かせた辺りの暗闇から、かすかにうめき声らしきものが聞こえてきたという……。

「生きているのかどうか、姉は確かめずにその場を離れたそうです」

うめき声は気のせいだったと、姉は考えることにしたらしい。

本当にあの子が死んだと思ったの。体も冷たかったし、心臓の音も聞こえなかった。それでもあの声が彼女のものだったとしたら……あの子はきっと死後の世界から戻ってきたのよ……。

姉はそう語った。

「マリアは生きたまま電車に轢かれた……？」

芳和さんが口元を押さえて苦しげな声を出した。頷きながら僕は、助手席のシートについていた染みを思い出した。死後の肉体から出た血の染みにしては大きかった、と思う。

「指の方はどうなったのですか」

「……三日間ほどは冷蔵庫の中に入れていたそうです」

その話を姉から聞いたとき皮肉を感じた。鳴海マリアの指は、姉弟の二人ともによって冷蔵庫へ入れられたことになる。

鳴海マリアの死んだ夜、古い牛乳など冷蔵庫には入っていなかったにちがいない。姉は僕が冷蔵庫に近づいたとき、指が発見されるかもしれないと慌てて呼び止めたのだろう。

「通夜の後で、姉は鳴海さんの指を線路に投げ入れようとしました。実際は失敗して線路を飛び越したようですが、姉は気づいていなかった。僕は知りませんでしたが、通夜の後で芳和さんは、指輪を探す決意をみんなに話していたそうですね。だから姉は、指輪のはまっていない指を線路へ戻すことにした。芳和さんが指輪のない指を見つければ、その時点で、鳴海さんの愛が殺害されることになるから……』

通夜の後、姉は家に帰ってきて、すぐにまた外出した。おそらくみんなで食事をしたというのは嘘で、指を取りに戻ってきただけなのだろう。

「でも、指は線路に落ちていませんでした……」

芳和さんはいつのまにか指輪を強く握りしめていた。

僕は傍らにおいていた鞄《かばん》を持ち上げた。研究室の扉を振り返り、土屋さんや三石さんが部屋に入ってこないことを確認した。

「彼女の指は、ここです……」

鞄を開けて中からガラス瓶を取り出した。ひびの入っていたものではなく、店で購入した新しいガラス瓶だった。芳和さんは身を乗り出して中のものを見つめた。瓶は透明な液体で満たされており、底に鳴海マリアの白く細い指が沈んでいた。


ねえ、恭介……。

今まで話したことが、姉さんのやったことの全部よ……。

姉は軽自動車の運転席からそう告げた。大学校舎の見える道路は車の通りが少なかった。姉の話を聞いている最中に通り過ぎていった車は、路肩に止まっている姉の軽自動車を邪魔そうに避けていた。僕は汗を拭《ぬぐ》いながら、軽自動車の中を見つめた。

陽光の差していなかった車内がわずかに明るくなっていた。話を聞いているうちにいつのまにか日が傾いていたためだ。頰を濡《ぬ》らしている姉の顔が、暗闇の奥から浮かび上がった。

人間はそう簡単に変わらない。

姉は時折、僕にそう語っていた。十年前に裏切った母のことを否定し続けて、自分へ言い聞かせるような言い方だった。鳴海マリアが過去を反省せず、人類の男を決して愛さなかったなら、姉は憎しみを抱くこともなかったにちがいない。人は変われるということを、姉は許容できなかった。だから彼女の首を絞めたのだ。

「これからどうするの？」

僕は姉に質問した。

「わからない」

車のあまり通らない道の先を姉はまっすぐに見つめた。ちょうど太陽がそこに向かって落ちつつあった。姉の鼻をすする音が聞こえてきた。

「姉さん、僕はあなたを許すつもりはないから。好きな人を殺された憎しみで鳴海マリアを殺したというのなら、僕にも姉さんを殺害する権利があったっていいはずだよ」

「ごめん、そうだよね。あなたの心には、気づいてた」

「僕は警察署に行って姉さんのやったことを話すよ」

「じゃあ、警察署まで送ってあげましょうか?」

「うん。あ、やっぱりだめだ」

「どうして?」

「姉さんの隣に座るのは、落ち着かないよ……」

夕日に照らされる姉は泣きそうな顔で微笑みを浮かべた。

「もう、ばかね。こういうときになんてこと言うのよ」

「僕はひとまず歩いて警察署に行くから、姉さんは後から来なよ」

「逃げるかもしれないよ?」

「僕は凡人だから未来のことなんてわからないんだ。姉さんまで難しい問いかけをしないでよ」

僕が助手席の扉を閉めると、姉が車内でエンジンをかけた。聞き忘れたことを思い出して、僕は慌てて再び助手席の扉を開けた。

「ねえ、遺書はどうやって作ったの?」

車内に首を突っ込んで質問した。ギアチェンジしようとしていた姉が肩をすくめて答えた。

「スイカに貼り付けられてたのよ。あれって、中学生のときにあの子が書いた謝罪の手紙だったんだ。封筒の中にね、メモ用紙が一枚、入ってただけだったの。スイカの一件は、彼女に人間味を感じた数少ない事例だった。珍しかったから、アルバムといっしょに保管してたってわけ。あの夜、等々力陸橋へ行く前に、家へ立ち寄ってその手紙を持ってきてたの」

僕は納得して助手席の扉を閉めようとした。

「あ、待って」

姉が咄嗟《とっさ》にそう言ったので、僕は動きを止めた。

「なに？」

「元気でね。またいつか、恭介」

姉は目を細めてそう言った。僕は頷《うなず》いて扉を閉めた。姉の軽自動車は警察署と反対の方向へ走り出してやがて見えなくなった。家にも帰って来ず、携帯電話もつながらなくなった。姉がどこにいるのか、僕に知るすべはなかった。

結局、僕は警察署に行かなかった。姉の犯行については、他人の手に裁定をゆだねようと考えていた。そのため、姉は行方不明として周囲に認知された。

芳和さんと鳴海マリアの指と指輪を残して僕は研究室を出た。廊下を歩いていると、書類の束を抱えている二人の人影を見つけた。一方は大柄の男性で、もう一方は細い針金のような女性だった。土屋さんと三石さんだとわかると、僕は彼らに近づいた。

「これから研究室に行くんですか?」

挨拶《あいさつ》をした後、僕は質問した。土屋さんが首を横に振った。

「先生に呼ばれてるんだ。ミーティングってやつ。それより姉さんから連絡はあったのか?」

「いいえ」

「心配よね。何かあったのかな。ねえ、今日はどういう用事でここにいるの?」

三石さんが聞いた。

「芳和さんと話をしにきたんです。さっきまで、姉や鳴海さんのことを話してました」

「ねえ、後で食堂で一緒にごはん食べない?」

「駐車場で待たせている人がいるので、僕はこれで失礼します」

僕はそう言って二人に別れを告げると大学の校舎を出た。鳴海マリアのいた大学のキャンパスには今日も大勢の大学生たちが歩いていた。彼らの間をすり抜けながら、人混みの中にいるはずのない彼女の姿を探した。いないことを確認しても、もう胸に穴が開いたような残念さは感じなかった。

駐車場に行くと軽自動車の助手席に乗り込んだ。

「恭介、もう用事は済んだの?」

「うん」

運転席の母に僕は頷きを返した。母はエンジンをかけると、そろそろと用心深く車を発進させた。

「わっ！」

母の驚いたような声とともに車が急停止した。フロントガラス越しに前方を見ると、駐車場の出入り口で白色の猫が毛繕いをしていた。

「なぜこんなところに……」

僕は思わずそう呟いて助手席の扉を開けた。外に出てよく確認したが、やはりそれは鳴海マリアの指を運んできた白猫だった。大学から我が家までは徒歩三十分ほどの距離しかないので、ここが白猫のテリトリーだったとしても不思議はないのかもしれない。

「その猫も連れて行く？」

母が運転席から声を出した。

「いいの？　家計、苦しいんでしょう？」

「大丈夫よ、猫くらい」

僕は白猫を抱き上げた。同行者の増えた母の軽自動車は大学内の道を進み校門を目指した。僕は膝《ひざ》の上の白猫を撫《な》でながら、鳴海マリアの指について考えた。

あの指は本当に白猫がくわえて運んできたのか？

胸中で問いかけがなされた。

鳴海マリアは指だけになった状態で、姉の部屋にある指輪を求めて裏庭まではいずってきたんじゃないのか？

そうだな。それはあり得ることだ。

白猫の首を指で掻《か》きながら窓の外を見ると、さきほどまでいた研究室のある棟が視界に入った。

ガラス瓶の蓋《ふた》を開ける芳和さんの姿を思い出した。それはつい数分前、研究室を出る直前のことだった。

ガラス瓶の蓋が外れると、研究室内の空気にホルマリンの臭いが漂った。白衣姿の芳和さんは棚から空のポリ容器を取り出し、その中に瓶内のホルマリンを移し替えた。ガラス瓶から透明な液体が消えると、鳴海マリアの白い指だけが底に残った。

僕は呼吸を忘れて芳和さんと白い指に見入った。芳和さんの顔は無精髭《ひげ》がみっともなく伸びていた。頬がこそげ落ちてほとんど骨だけとなり、まるで砂漠をさまよっていた旅人のように見えた。彼は瓶の中へ手を入れると、慎重な様子で鳴海マリアの薬指を引っ張り出した。彼女の指はホルマリンで濡れていた。

「気をつけてください、発ガン性物質ですから」

僕は忠告したが、彼に気にしている様子はなかった。ホルマリンにつけた肉体が硬化してもろくなるという知識があるのかどうかわからないが、彼の手は細心の注意を払って彼女を扱った。手のひらに指を載せると、彼は静かな足取りで窓辺に近づいた。

差し込む陽光がホルマリンに濡れる鳴海マリアを輝かせた。この世にこれ以上はないという白さと細さを彼女は持っていた。机の上に置いていた銀製の指輪をつまみ上げると、彼はその白い指へ静かに輪を通した。

僕は研究室を出ると、音をたてないよう静かに扉を閉めた。


研究室棟は見えなくなり、母の車は大学の校門を抜けた。道路に出る直前、車は信号で止まった。

「ねえ、結局、ここには何しに来たの？」

信号が変わるまでの間に、母が質問した。

「ええと、失恋……？」

僕がそう答えると、母は話を聞きたそうにした。その表情は姉の鈴木響によく似ていた。まだ冗談を言うときは緊張するが、いつか母とも親しくなれるはずだった。

「……っていうわけでもないかもしれない」

僕はそう結論づけた。

膝の上で白猫はくつろいでいた。母が手を伸ばして白猫の首を掻こうとした。僕は咄嗟に焦った。白猫は僕と鳴海マリア以外の人間になついておらず、はじめて会った人間の指には必ずひっかき傷を残したからだ。

しかし白猫は母の指を攻撃しなかった。目を糸のようにして気持ちよさそうにごしごしと撫でられていた。やがて信号が青になると、母は白猫に触れるのをやめて軽自動車を発進させた。

あとがきにかえて―書き下ろし小説　ウソカノ

7

1

放課後の教室でいつものようにみんなの馬鹿話に参加していたわけだが、壁の時計を見て僕は立ち上がった。

「時間だ。そろそろ帰るよ」

なんでだよ。聞いてくる友人たちに僕は説明した。

「彼女と待ち合わせしてるんだ」

おまえ、つきあってるやつがいたのか。

「うん。他の高校の生徒。いつも帰り道で落ち合うことにしてる」

彼女は安藤夏。ある朝、電車の中で知り合った。

ドアの閉まりかけた電車に飛び込んできたとき、彼女の制服のスカートがドアにはさまってしまった。身動きとれなくなった彼女は、困ったなあ、という顔をしてうつむいていた。偶然そばに立っていた僕は、見かねて電車のドアを足でげしげしと蹴《け》ってむりやりこじ開けた。電車が走行中のことだった。彼女のスカートはとれたが、ドアをこじ開けたせいで警報装置が作動し電車がとまって僕は怒られた。安藤夏は怒られなかった。駅員がやってくるのを見て、彼女はすぐさま逃げ出していたからだ。駅を出たところで安藤夏が待っていた。

「私のせいでごめん……」

「ひとりで逃げたな!」

「なんかおごるから、ゆるしてよ」

僕はクラスメイトたちに、安藤夏と出会ってつきあうまでの経緯を説明した。さらに趣味やら好物やらを教えた。彼女の趣味はギターを弾くこと。何度か彼女の演奏を聴いた。迷子になって泣いている子供を見かけたら、彼女はかけよって母親をいっしょに探してあげた。彼女の好物はミスタードーナツのホームカット。それからあんパン。

じゃあな、しっかりやれよ。

僕が教室を出て帰ろうとしているとき、クラスメイトたちが後ろから声をかけた。僕は学校を出ると、どこにも立ち寄らず家に帰ってアニメを見た。今日から始まる新番組だった。見終わってゲームやって漫画読んだら夜になったので眠りについた。安藤夏と会って話なんてするわけがない。彼女などいない。あれは作り話だ。

ああ、どうしよう。彼女がいるなんて嘘を、思わずついてしまった。だって新番組のアニメを見たいから帰りたいだなんて言えるか普通。でもしかたない。今さら後戻りはできない。まさか本当にみんな信じるとは思わなかった。僕はその日以降、自分にも彼女がいるんだぜという嘘をつき続けるはめになった。彼女は元気か？　と聞かれたら「部活で忙しいみたい。水泳部に入ってるんだけどね」などと返事をする。今度、彼女に会わせろよ、と言われたら「その日は英会話スクールがあるから無理だってさ」という感じで断る。安藤夏と電話したりメールしたりするふりも見せる。彼女とのおもしろおかしいエピソードをねつ造してみんなに話して聞かせる。日を追うごとに安藤夏の設定は増えていき、忘れないようにメモしておかねばならなかった。彼女の生い立ち、誕生日、親の仕事、幼少期のトラウマ、ペットの名前。存在しない少女の人生を僕は構築した。彼女の家の住所を決定するために、僕はいろいろな町を訪ね歩いた。いかにも彼女が住んでいそうな町並み、家などを探した。クラスメイトたちは信じ込んでいた。安藤夏の存在を。嘘だとばれたら僕の人生はおしまいだ。いじめられるかもしれない。不安におびえる日々を送っていると、クラスメイトの一人である池田君にばれてしまった。

2

池田君はひそかにナメクジというあだ名がつけられている男子生徒である。いつも汗ばんでいて女子たちから嫌われているのだが、彼には女子大生の恋人がいてみんなから一目おかれている。クラスの男子は尊敬のまなざしで彼を見る。

「ぴんと来た。きみ、嘘ついてる。安藤夏なんていないだろ」

池田君は階段の踊り場で僕を指さした。

「秘密を知ったな！　死ね！」

僕は池田君を階段から突き落として殺そうとした。彼はそれに抵抗した。

「まっ、ちょっとまってったら、だれにも言わないから、俺もなんだ。だからぴんと来たんだ。俺の舞ちゃんもウソカノなんだ」

ウソカノ。嘘の彼女という意味らしい。池田君の彼女である女子大生は、名前を忍羽舞と言った。池田君は彼女のことをいつも舞ちゃんと呼んでいる。休日になると彼は忍羽舞の運転する車でドライブして砂浜などに行ってるらしい。忍羽舞はゴージャスでおしゃれでテニスが上手で高級レストランでは池田君にマナーを教えてくれるらしい。

「池田君の恋人も嘘だったなんて……」

「そうさ。俺たちはみんなを欺いた。最初は小さな嘘だった。その嘘を隠すためにまた嘘をついた。雪だるま式に嘘は大きくなってしまい、もういまさら本当のことなんて言えなくなった。彼女たちが存在しないなんて知られてみろ。自殺するしかないね」

「新しい曲、作ったんだ。ギター、聴きにおいでよ」

安藤夏が言った。いや、言わない。彼女なんて存在しない。

「最近、元気ないね。どうしたの。そのドーナッ、食べないんだったらちょうだいよ」

安藤夏が言った。いや、言わない。僕は一人きりでドーナッ店にいる。目の前の椅子にはだれも座っていない。

僕と池田君は協力しあってお互いの嘘をカバーした。町中でお互いの彼女に会ったことがある、というエピソードをねつ造して披露した。「もうすぐ舞ちゃんから電話がくるはずだ」という前フリを池田君がみんなの前でやっておいて、物陰で僕がこっそり彼の携帯電話に連絡を入れた。

「でも、きみのウソカノはディテールがまだ未熟だね。きみ、ギター弾いたことないだろ。ギターに関するエピソードが曖昧《あいまい》だよ」

「池田君こそ、テニスなんてやったことないんじゃないのか？　テニスの描写に迫真性が感じられない」

僕たちは相手のウソカノにだめだしをした。そして、より彼女たちのディテールを強める努力をした。僕はギターを買って猛練習した。安藤夏のためだ。彼女がギターを弾くとき、どんなことを考えているのか知りたかった。彼女なんていない。存在しない。でも、彼女が弦を指で押さえつけるときの感覚を知りたかった。弦をはじいて音を出すときの気持ちを知りたかった。

「よく駅前とかで、弾き語りしてる人いるじゃない？　ああいうの、やってみようかな」

ＴＳＵＴＡＹＡでＤＶＤを選んでいるとき、安藤夏がつぶやいた。

「大勢が見てるところで歌うの？　恥ずかしくないの？」

「そりゃあ、恥ずかしいけどさ。でも、歌いたいんだよね」

安藤夏には夢があった。人に話すのもはばかられるような夢である。その夢はまだ誰にも話していない。僕にも話していない。でも僕は彼女の夢を知っている。なぜなら彼女は僕が作ったからだ。

池田君の手に、いつのまにかマメができていた。彼の恋人である忍羽舞は少女時代からテニスを習っており、中学高校はテニス部に所属し、学校のエースとして名高かったのである。彼女の歩んできた歴史をたどり、その気持ちを理解しようと彼はがんばっているのだ。

ある日、僕と池田君は隣町にある貯水ダムに行った。そこは彼が忍羽舞とドライブでよく行く場所だった。

「そうそう彼女はここでいつも深呼吸するんだ。こんなふうに」

ひそかにナメクジと呼ばれて女子から嫌われている彼は、広大なダムを見下ろせる場所に立って深呼吸を繰り返した。はじめのうち彼は目を輝かせて口数も多かった。しかしそのうち無言になり、僕たちはコンクリートの段差に腰掛けた。ダムは静かに水をためていた。池田君がぽつりとつぶやいた。

「いないんだよ、舞ちゃんなんて」

「知ってるさ。嘘だもの」

バスに乗って僕たちは帰ることにした。

翌日の学校で、池田君の嘘がばれてしまった。

3

池田君が忍羽舞と知り合ったのは、大学生の従兄が開催した合コンがきっかけだった。彼は頭数をそろえるためにむりやり参加させられたのだ。まだ高校生だというのは秘密にしてソフトドリンクばかり飲んでいたという。それを忍羽舞がめざとく指摘して「酒を飲め酒を」と首根っこをつかみむりやりビールを飲まされた。彼女に気に入られて連絡をとるようになり現在に至るというわけだ。それらの経緯は池田君が所持していた『忍羽舞設定ノート』に記されていた。彼はそのノートをいつも持ち歩いていたのだが、昼休みに教室で騒いでいた男子生徒が彼の机を倒してしまい、引き出しから落ちたそのノートを見つけた。「やめろよ、返せよ」と訴える池田君を無視して読んでしまった。

忍羽舞など存在しない。その一報はすぐさまクラス中に知れ渡った。彼のノートはみんなの前で読み上げられ、コピーされて他のクラスにも回された。笑われて馬鹿にされて奪われた彼のノートにみんなが思い思いの好き勝手で下品な設定を書き連ねた。池田君の恋人である忍羽舞はクラスの男子たち女子たちに汚された。女子大生の彼女がいると聞いて彼に一目置いていたクラスメイトたちは、いっせいに彼を無視するようになり、授業中に先生の見ていないとき消しゴムのかけらが投げられるようになり、ひそひそ話とさげすみの視線の対象となった。僕は教室で池田君と話すのを避けるようになった。彼のほうをできるだけ見ないようにつとめた。彼が弱々しい目をして僕を見ていることは感じられた。でも話しかけて自分まで巻き込まれるのはいやだった。

「実は、彼に頼まれたんだ。町中で会ったことにしてくれって。彼が手に入れてた試験の過去問、そうしなくちゃ見せてもらえなかったんだ。だから……」

町中で忍羽舞を見たという嘘を、僕はクラスメイトに弁解した。不安だった。池田君が僕の嘘をみんなにばらすかもしれない。いつそうなってもおかしくなかった。しかし彼は口をつぐんだまま、安藤夏のことをみんなには内緒にしてくれていた。

「半年前だったっけ。初めて会ったのは」

電車に乗ってドアのそばに立っているとき、安藤夏がつぶやいた。

「きみのスカートがはさまれたんだ」

「あのときはあせったなあ」

安藤夏ははにかむように笑って外を見た。電車は音をたてて橋の上を通過した。夕日の空はやさしく淡い桃色だった。彼女の姿がドアのガラスに映り込んでいた。

「最近、私、ギターの腕が上達したような気がするんだ。そう思わない?」

「曲作りもうまくなったよ」

「なんでだろう。何かつかみかけてるのかも。そういえば、前に町で会った人、どうしてる? 池田君だっけ? 彼と、その彼女さん」

「忍羽舞さん?」

「いっしょに立ち話したよね。おしゃれな人だった」

彼女は死んだ。でもそれは言えなかった。最終的に『忍羽舞設定ノート』は破られて踏みつけられてゴミ箱に捨てられて焼却炉で燃やされた。

「池田君と話をするべきよ」安藤夏が言った。「喧嘩《けんか》してるんでしょう? 顔を見ればわかる。でも、仲直りするべきよ。だって、あなたの一番の友達でしょう?」

安藤夏は僕の手を握りしめた。僕の手は温かさに包まれた。信じがたい。血の通った人間のようだ。僕は不意に泣きそうになった。

「……すべて幻だ」僕は彼女に頭を下げた。「ごめんな、ゆるしてくれ。きみは存在しないんだよ。僕たちは彼女が欲しかった。みんなと同じように。でもできるわけがなかった。自分の顔、こんなだぜ。一生、彼女なんてできるわけがない。本物の女子と話をするときなんて、相手の顔を見れないし、心臓がばくばく鳴って破裂しそうだよ。言葉が出なくてしどろもどろになって恥ずかしくて死にそうなんだ。そんな状態なのに彼女なんてできるわけないだろ。だから、僕はきみを作っちゃったんだ」

安藤夏はじめのうちきょとんとした顔つきだったが、やがて目を細めると、慈愛に満ちた表情で言った。

「がんばったね」

僕は驚いて彼女を見た。すべて了解ずみの表情だった。彼女はすぐには消え去らなかった。しかし僕たちはお互いに知っていた。いつか別れなければいけないことを。

4

授業が終わり帰り支度で騒然となっている教室でのことだった。池田君が教室を出ようとしているとき、クラスで一番、人気のあるかわいらしい女子生徒とぶつかった。彼女はそのひょうしに鞄《かばん》を落としてしまった。しかもぶつかったとき、池田君と素肌が触れてしまったらしく、女子生徒は嫌悪感まるだしの顔をしていた。彼女とその友人たちは池田君をにらみつけると、おまえキモいんだよ、学校に来るなよ、妄想癖があるんじゃねえのか、このひきこもりやろうめ、とののしった。池田君は悔しそうな顔をしていたが、何も言わずにその場を立ち去ろうとした。

「うるせえよ」

僕が彼女たちに向かってそう言うと、その場にいた全員が話すのをやめて振り返った。池田君は立ち止まり、信じられないという表情で僕を見た。

「行こうぜ、池田君」

クラスメイトの注目を浴びながら、僕と池田君はいっしょに学校を出た。商店街を歩きながら僕たちは話をした。

「いいのか？　明日から俺と同じ立場になるかもしれないんだぞ？」

「地獄かもね。でも、まあいいよ」

「おまえと安藤さんのこと、言いふらすつもりはないよ。それを心配してたんなら……」

「安藤に言われたんだ。仲直りしろって。ごめんな。彼女のこと、残念だったな……」

池田君はさびしそうに空を見上げた。

「彼女はもう、どこにもいない。消えちゃった。なあ、俺、焼却炉の灰をかき集めて、海にまいたんだぜ。ばかばかしいだろ」

池田君はみっともなくぽろぽろと泣き始めた。商店街の空は、昨日と同じで淡い桃色だった。

僕と池田君はその後もずっと友達だった。高校を卒業しても連絡を取り合った。お互いに成人して、あのときの自分たちは馬鹿で間抜けだったよなと話をした。

池田君にはじめて本当の彼女ができたのは、彼が泣いた日から一年もたっていないころだった。ある日、池田君が学校のテニスコートのそばを歩いていると、クラスメイトが彼を呼び止めた。そいつはテニス部に所属しており、いつも池田君をからかって遊んでいるようなやつだった。彼は運動神経抜群の男で、テニスの試合ではトーナメントの上位に食い込み、県大会でもすばらしい成績を残していた。その日、彼はいやがる池田君にむりやりラケットを握らせて練習につきあわせた。練習相手がおらず、ひまつぶしに彼をへこませようと思ったのだろう。しかし池田君は彼のサーブを打ち返した。

テニスコートの周囲に人が集まり始め、テニス部の者や偶然に通りかかった者たちが二人の練習試合に見入った。誰だあいつ？　池田ってやつだ。同じクラスで、ナメクジって呼ばれてる。すごいぞ。打ち返してる。

池田君をかんたんにへこませようと思っていたクラスメイトは、いつのまにか本気で試合をしていた。結局、スマッシュがラインをはずれて、ぎりぎりで池田君は負けてしまった。しかし彼を馬鹿にする者はいなかった。試合が終わったとき、テニスコートは拍手につつまれた。池田君は汗だくの制服のまま、ぼうぜんとした顔で周囲を見まわした。その日、偶然に試合を見ていたある女子生徒が、しばらくして池田君と仲良くなった。

「焼却炉の灰を、あいつ、海にまいたんだってさ……」

僕は自分の部屋でギターの手入れをしながら話しかけた。安藤夏は椅子にまたがってにやにやと笑っていた。

「ロマンチックなところあるじゃない」

「そもそもあいつ、感覚がくさいんだよ」

僕はギターの弦をはじいた。音が部屋に広がって消えた。余韻を楽しむように彼女は目を閉じた後、しばらくして言った。

「大丈夫、二人とも、好きになってくれる人がいつかできるよ」

彼女はそしてさびしそうな顔をした。

その夜、僕はギターを背負って外に出た。安藤夏は寒そうに体を震わせながら僕についてきた。

会社帰りや学校帰りの人が大勢、駅前を歩いていた。パチンコ店の派手なネオンがタクシー待ちの人をカラフルに染めていた。

「私の書いた歌詞、頭に入ってる？」

「当然だろ」

「……がんばってね。そばで見てるから」

　僕はギターの弦を爪弾《つまび》いた。弦はふるえて音を出した。音にのせて僕は歌い始めた。歌詞はありきたりの、でも切実な内容だった。誰にでもいつか訪れる苦しい気持ちが語られていた。はじめのうち安藤夏は心配そうに僕を見ていたが、ひとりまたひとりと周囲に集まってくると彼女はほっとした顔になった。恥ずかしさも消えて僕は歌った。自分がギターの弾き語りをするなんて考えたこともなかった。しかし演奏も歌うことも楽しかった。

　歌い終えて拍手が起こると安藤夏は満足そうにうなずいた。次の曲を弾き始めてすぐ彼女の姿が観客に埋没して見えなくなっていることに気づいた。僕は演奏を中断して人を押し分けて彼女をさがした。名前を呼んで駅前をさまよい歩いた。彼女はどこにもいなかった。

　一生、忘れないと誓った。いつもみじめな気分で消え入りたかった時期が自分にもあった。一生それは続くような気がしていた。そのとき僕の手を握ってくれた彼女のことを忘れないと誓った。

END

初出

Calling You
『きみにしか聞こえない』角川スニーカー文庫

失はれる物語
『さみしさの周波数』角川スニーカー文庫

傷
『きみにしか聞こえない』角川スニーカー文庫

手を握る泥棒の物語
『さみしさの周波数』角川スニーカー文庫

しあわせは子猫のかたち
『失踪HOLIDAY』角川スニーカー文庫

ボクの賢いパンツくん
二〇〇五年夏「角川書店ネガティブキャンペーン3」キャンペーン賞品
「乙一オリジナルデザイントランクス」表面に印刷

マリアの指
『失はれる物語』角川書店

ウソカノ
書き下ろし

装幀　帆足英里子

失《うしな》はれる物語《ものがたり》

乙《おつ》一《いち》

角川文庫 14268

平成十八年六月二十五日　初版発行
平成十八年七月三十日　再版発行

発行者——井上伸一郎
発行所——株式会社角川書店
東京都千代田区富士見二—十三—三
電話　編集(〇三)三二三八—八六九四
　　　営業(〇三)三二三八—八五二一
〒一〇二—八一七七
振替〇〇一三〇—九—一九五二〇八

印刷所——暁印刷　製本所——BBC
装幀者——杉浦康平

落丁・乱丁本はご面倒でも小社受注センター読者係にお送りください。送料は小社負担でお取り替えいたします。
定価はカバーに明記してあります。

お 52-3　ISBN4-04-425306-4　C0193

角川文庫発刊に際して

角川源義

第二次世界大戦の敗北は、軍事力の敗北であった以上に、私たちの若い文化力の敗退であった。私たちの文化が戦争に対して如何に無力であり、単なるあだ花に過ぎなかったかを、私たちは身を以て体験し痛感した。西洋近代文化の摂取にとって、明治以後八十年の歳月は決して短かすぎたとは言えない。にもかかわらず、近代文化の伝統を確立し、自由な批判と柔軟な良識に富む文化層として自らを形成することに私たちは失敗して来た。そしてこれは、各層への文化の普及滲透を任務とする出版人の責任でもあった。

一九四五年以来、私たちは再び振出しに戻り、第一歩から踏み出すことを余儀なくされた。これは大きな不幸ではあるが、反面、これまでの混沌・未熟・歪曲の中にあった我が国の文化に秩序と確たる基礎を齎らすためには絶好の機会でもある。角川書店は、このような祖国の文化的危機にあたり、微力をも顧みず再建の礎石たるべき抱負と決意とをもって出発したが、ここに創立以来の念願を果すべく角川文庫を発刊する。これまで刊行されたあらゆる全集叢書文庫類の長所と短所とを検討し、古今東西の不朽の典籍を、良心的編集のもとに、廉価に、そして書架にふさわしい美本として、多くのひとびとに提供しようとする。しかし私たちは徒らに百科全書的な知識のジレッタントを作ることを目的とせず、あくまで祖国の文化に秩序と再建への道を示し、この文庫を角川書店の栄ある事業として、今後永久に継続発展せしめ、学芸と教養との殿堂として大成せんことを期したい。多くの読書子の愛情ある忠言と支持とによって、この希望と抱負とを完遂せしめられんことを願う。

一九四九年五月三日